Ich bedanke mich herzlich bei

Daniel Ahlers.

Er hat seinen Namen für die Rolle des Kommissars hergegeben.

Alle Handlungen rund um die Figur „Daniel Ahlers“ sowie die ganze Geschichte wurden von mir frei erfunden.

Im wirklichen Leben wohnt Daniel mit seiner Familie in Billerbeck und betreibt dort das Familien-Fitnessstudio „Family Fit“.

Lektorat:
Schreibgewandt – Beate Fischer
Cover:

Bildquelle: Pixabay
Verantwortlich für den Inhalt:
Birgit Hedemann
An der Welle 7a, 48727 Billerbeck
kontakt@birgithedemann-billerbeck.de
Druck:
epubli – ein Service der Neopubli GmbH, Berlin

BirgitHedemann
MaskierteSchuld
Krimi

TRAGEN WIR NICHT ALLE MASKEN?

SIND WIR NICHT ALLE SCHULDIG?

Prolog

Februar – Mai 2019, Nele Jordi

Mein neues Leben begann an einem Samstag. An diesem nasskalten, grauen und ungemütlichen 2. Februar 2019 gegen 17 Uhr lernte ich Michael kennen.

Ich hockte im Schneidersitz auf meinem Bett und öffnete meinen Laptop. So konnte ich meinem *Novemberblues* entgehen, der mich auch im Februar noch schwermütig machte. Meine Mitschülerinnen hatten mir von einem neuen Dating-Portal erzählt, auf dem sich süße Jungs tummelten. Sie hatten so geschwärmt, dass ich meiner Neugier nachgab und mich anmeldete.

Ich bin behütet aufgewachsen und meine Eltern haben mich vor allen schlechten Erfahrungen geschützt. Vielleicht bin ich deshalb etwas naiv und gutgläubig, aber das ist mir bisher nicht zum Verhängnis geworden.

Kaum eine Viertelstunde nachdem ich mein Profil ausgefüllt und hochgeladen hatte, meldete sich Michael Volle. Ich sog seine Komplimente über mein Aussehen auf wie ein Schwamm. Michael chattete höflich und charmant mit mir, bis jemand an meine Zimmertür klopfte und mich zum Abendbrot rief.

Widerwillig beendete ich die aufregende Unterhaltung. Mit klopfenden Herzen machte ich mich auf den Weg zum Speisesaal. Ich wusste, dass ich keinen Bissen hinunterbringen würde.

Kaum war ich zurück in meinem Internatszimmer, loggte ich mich erneut ein und stieß einen Freudenschrei aus: Michael hatte Wort gehalten und sich wieder gemeldet. Die halbe Nacht las ich seine Worte. In diesen Stunden verliebte ich mich zum ersten Mal in meinem Leben. Ich wollte mehr.

Am nächsten Morgen behauptete ich gleich nach dem Frühstück und der sonntäglichen Andacht, dass ich Kopfschmerzen hätte, damit ich mich auf mein Zimmer zurückziehen konnte. Doch Michael hatte nichts geschickt.

Mit verheulten Augen saß ich beim Mittagessen und musste den Fragen meiner Mitschülerinnen ausweichen. Ich gab vor, unter einem Migräneanfall zu leiden, damit sie mich in Ruhe ließen.
Erst am Montagabend erlöste mich eine Nachricht von meiner Qual. Michael war online. Sofort schrieb ich ihn an und erkundigte mich angespannt, ob ihm etwas zugestoßen sei oder ob ich etwas falsch gemacht hätte.
Seine zögerliche Antwort rührte mich zu Tränen. Er schrieb fünf einzelne Nachrichten, bis ich den Grund für seine Zurückhaltung kannte.

Michael sorgte sich. Er hatte Bedenken wegen meiner Jugend. Ich war noch nicht volljährig, er einunddreißig. Ich lebte in der Schweiz, er in Deutschland. Wir kannten uns nicht persönlich. Und obwohl wir nur ein paar Fotos getauscht hatten, schrieb er von Liebe und dass er so etwas Magisches noch nie erlebt hatte. In der nächsten Nachricht verabschiedete er sich von mir. *Du gehst mir schon jetzt nicht mehr aus dem Kopf. Wir müssen den Kontakt abbrechen, bevor ich meinen Schmerz nicht mehr kontrollieren kann.*

Mit verschleiertem Blick tippte ich Wort für Wort und schüttete ihm mein Herz aus. Ich erzählte ihm von dem Internat, das ich seit meinem vierzehnten Lebensjahr besuchte, und von meinem strukturierten, langweiligen Leben. Ich berichtete ihm, dass ich meine Eltern nur wenige Male im Jahr besuchen konnte und wir dann oft als Familie in den Urlaub fuhren. Sie wählten immer teure, sehr exklusive Reiseziele. Aber ich sehnte mich nach meinem Zuhause. Nach meiner Mutter, meinen Freunden aus Zürich, meinem Bruder, der mit meinem Vater in der Bank arbeitete, und nach meinem Elternhaus.

Ich flehte Michael an, den Kontakt zu halten. Ich kannte ihn erst seit zwei Tagen und hatte mich noch nie so lebendig und gesehen gefühlt.

Er versprach mir, für mich da zu sein, und ich war selig.

Ich verzehrte mich nach Michael. Die Schulstunden waren kaum auszuhalten. Ich konnte nur daran denken, dass ich ihn abends treffen würde. Dass wir uns schreiben und telefonieren konnten.

Doch mein größter Wunsch war es, bei ihm zu sein. Real. Körperlich. Ich wollte ihn fühlen, riechen und schmecken.

Dann bot sich endlich eine Möglichkeit. Unsere Klasse plante einen Ausflug. Eine teambildende Maßnahme. Wir sollten gemeinsam einen Berg besteigen und das Panorama erleben. Nach einem Imbiss würden wir in Gruppen mit der Seilbahn zur Talstation zurückkehren. Der Tag sollte mit einem Grillfest ausklingen.

Zunächst war ich hin- und hergerissen. Ich liebte die Berge, aber an diesem Tag hätte ich keine Zeit für Michael.

Seine Traurigkeit über die Nachricht zerriss mir das Herz. Er wollte und konnte sich nicht vorstellen, auch nur einen Tag zu erleben, ohne meine Stimme gehört zu haben. Als er sagte, dass er mich am liebsten jede Minute bei sich hätte, und es sein einziger Wunsch sei, der erste und einzige Mann für mich zu sein, spürte ich meine Erregung wachsen. Ich war alt genug. Ich wollte zu ihm. Für immer. Wollte ihn in die Arme schließen und mein Leben mit ihm teilen. Meine Familie rückte in den Hintergrund. Ich war sicher, meine Liebsten würden mich verstehen. Gemeinsam feilten wir an einem Plan. An einem Fluchtplan.

Der Tag des Ausflugs erwachte. Am frühen Morgen löschte ich mein Profil auf dem Dating-Portal und setzte meinen Laptop auf die Werkseinstellung zurück, so wie Michael es mir erklärt hatte.
Wir brachen von einem Parkplatz aus zu unserer Wanderung auf. Der Aufstieg zog sich in die Länge. Als ich endlich mit meinen Mitschülerinnen den Berggasthof auf dem Zugerberg erreichte, waren viereinhalb Stunden vergangen.

Ich nutzte das Hin und Her zwischen Toilette, Aussichtsterrasse und Gastronomie zur Flucht. Michael wartete in der Nähe der Seilbahn.

Problemlos erreichte ich den vereinbarten Treffpunkt abseits der Station. Michael kam auf mich zu. Mein Herz stolperte und meine Knie wurden weich. Er sah umwerfend aus. Nur schwer konnte ich mein Begehren unterdrücken, ihn zu berühren. Stattdessen nahm ich ihm im Vorbeigehen wortlos eine kleine Sporttasche aus der Hand. Ich hielt mich streng an unsere Vereinbarung und ging einfach weiter. An einer Baumgruppe zog ich eine Burka aus der Tasche und stülpte sie über meine Kleidung. Ich drehte mich um und blickte Michael nach, bis ich ihn an der Seilbahnstation aus den Augen verlor. Mein Herz klopfte laut gegen meinen Brustkorb.

Trotzdem zwang ich mich, wie besprochen, zehn Minuten zu warten, bevor ich selbst in eine Kabine stieg, die mich ins Tal brachte.

Unten angekommen, ging ich zielstrebig über den Parkplatz. In der letzten Reihe stand Michaels Sportwagen.

Schweißüberströmt stieg ich ein. Ich schaute auf die Straße. Mein neues, freies Leben in Deutschland lag nur noch wenige Autostunden von mir entfernt. Meine große Liebe saß auf dem Fahrersitz neben mir. Dicke Tränen rannen meine Wangen hinunter, als Michael mich zum ersten Mal in seine Arme schloss. Das goldene Medaillon, das mir meine Großmutter an meinem zehnten Geburtstag um den Hals gelegt hatte, lag kalt auf meiner Haut.

24.05.2019 – Zürich, Schweiz

Peter Jordi, der Geschäftsführer der UBS Group AG, war in einer Online-Konferenz. Als seine langjährige Sekretärin an der Tür klopfte, wusste er sofort, dass etwas Wichtiges geschehen war. Sie würde ihn nie aus einem nichtigen Grund stören.

Er bat sie herein und ihr bleiches Gesicht, veranlasste ihn, das Geschäftsgespräch zu unterbrechen.

»Bitte entschuldigen Sie, Herr Jordi, Neles Internatsleiterin möchte sie dringend sprechen«, sagte sie mit zittriger Stimme.

»Stellen Sie das Gespräch durch«, bat er und entschuldigte sich bei den Teilnehmern der Konferenz.

Kurz danach nahm er das Telefonat an. Er ahnte Schlimmes.

»Peter Jordi, was kann ich für Sie tun?«, fragte er.

»Karola Hähni hier. Herr Jordi, es ist mir sehr unangenehm, aber Ihre Tochter Nele wird seit über zwei Stunden vermisst.« Ihre Stimme klang belegt.

»Was heißt vermisst? Erklären Sie mir das«, verlangte er, während er aufstand und zum Fenster ging.

»Die Klasse ist gemeinsam auf den Zugerberg gewandert. Am Berggasthof wurde Nele vom Lehrpersonal noch gesehen. Nach circa dreißig Minuten wurde ihr Fehlen bemerkt und die Suche eingeleitet. Erfolglos. Wir haben die Kantonspolizei verständigt.«

»Sie vermuten eine Entführung, Frau Hähni?« Jordi ließ sich wieder auf seinen Chefsessel sinken.

»Ich habe keine andere Erklärung für ihr Verschwinden, Herr Jordi. Aber …«

Er hörte sie weinen. »Reden Sie bitte nicht in Rätseln, Frau Hähni!«, forderte er sie auf.

Sie räusperte sich. »Nele hat sich verändert. Das ist niemandem im Internat entgangen. Aber wir haben keine Erklärung dafür.«

Sonntag, 10.10.2021

Billerbeck

Das gestrige Konzert war seit Monaten ausverkauft gewesen und jeder im Ensemble des Sinfonieorchesters in Münster wusste, dass es hier um ein Ticket nach Mailand ging. Die Gastspieleinladung an das Teatro alla Scala wäre erneut ein großer Erfolg für das Orchester.

Valentin Taube konnte die Aufregung und Anspannung nachvollziehen, seine eigene Karriere als Solist hatte so begonnen. Damals hatte er jede freie Minute geübt und kaum geschlafen. Seine Frau Johanna hatte ihn zu Höchstleistungen gedrängt.
Heute hatte er die Gewissheit, dass sie nur darauf aus gewesen war, ihr Leben mit einer berühmten Person zu teilen. Ob es am Anfang Liebe gewesen war? Valentin war sich nicht sicher. Johanna mutierte im Laufe ihrer Ehe zur Gattin des 1. Konzertmeisters und später genoss sie den Platz an der Seite des berühmten Geigers. Ein Sitzplatz in der Loge oder ers-

ten Reihe, gerne neben Münsters Prominenz wie dem Oberbürgermeister, der Sängerin Ute Lemper oder dem Designer Guido Maria Kretschmer, war ihr lieber als ein Spaziergang mit ihm durch seine Heimatstadt Billerbeck.

Zumindest in diesem Punkt war er standhaft geblieben. 2004 hatte er sich über ihren Wunsch hinweggesetzt, Billerbeck den Rücken zu kehren, und hatte sein in die Jahre gekommenes Elternhaus abreißen lassen. Heute lebten sie auf diesem schönen Flecken Erde in einem Fachwerkhaus. Äußerlich traditionell gebaut, aber mit modernster Technik ausgestattet. Seine Eltern waren nicht vermögend gewesen. Durch ihr bescheiden geführtes Leben konnten sie ihrem einzigen Sohn ein Musikstudium ermöglichen. Stolz hatten sie bis zu ihrem Tod seine Karriere verfolgt.

Seine Frau hatte sich bis heute nicht damit abgefunden, auf dem Land zu leben. Eine luxuriöse Stadtwohnung in Düsseldorf, Hamburg oder Frankfurt, wäre in ihren Augen standesgemäß.

In Gedanken versunken erreichte Valentin den Johanniskirchplatz. Das Konzert war ein voller Erfolg gewesen und er war sich sicher, das Sinfonieorchester würde eine Gastspieleinladung erhalten. Er blieb stehen und bestaunte die kleinen, hell erleuchteten Speicherhäuschen. Sie waren ringförmig erbaut worden und in ihrer Mitte stand die alte Pfarrkirche St. Johannes der Täufer. Hier war er getauft worden und mit seinen Mitschülern zur Erstkommunion gegangen. In dieser Kirche hatte er Johanna im Mai 1997 vor den Traualtar geführt. Nur drei Jahre später hatte er den Durchbruch als Geiger geschafft.

Für die Billerbecker war er Valentin, der Wundergeiger, sie freuten sich mit ihm über seinen Erfolg. Er lief weiter. Vorbei an der alten Volksschule, in deren Gebäude sich heute eine Trattoria befand. *Wann war er das letzte Mal mit Johanna hier gewesen?* Er konnte sich nicht erinnern. Wahrscheinlich im Sommer 2020.

Valentin ging links am Haus vorbei und blieb einen Augenblick vor dem Archidiakonatshof stehen.

Obwohl er den Anblick seit seiner Kindheit kannte, war er fasziniert von dem historischen Denkmal. Er folgte dem Bürgersteig bis zur Straße und bog nach links ab. Nach ein paar Minuten erreichte er die Münsterstraße und dann die Zufahrt zum Parkplatz zwischen Edeka und Rossmann.

Stimmen erregten seine Aufmerksamkeit. Männer schienen sich zu streiten. Er blieb einen Moment stehen und lauschte. Eine Frau schrie um Hilfe. Valentin zuckte erschrocken zusammen. So schnell er konnte, lief er die abschüssige Zufahrt hinunter und erreichte den abgegrenzten Bereich, in dem die Container des Lebensmittelladens standen. Hier verharrte er in der Dunkelheit. Während die Frau erneut um Hilfe schrie, hörte Valentin einen dumpfen Aufprall. Dann war es still.

Zügig legte er die wenigen Schritte bis zum Parkplatz zurück und erblickte zwei Männer, die in einem Handgemenge verstrickt waren. Am Boden lag eine Frau mit langen, dunklen Haaren.

Valentin schritt lautstark ein. »Verdammt, was ist denn hier los?«

Als sich ihm die Männer abrupt zu wendeten, erstarrte er. Einer der beiden hielt ein großes Messer in der Hand. Der kalte Stahl glitzerte im Laternenlicht gefährlich nahe am Hals seines Gegners.

Valentin drehte sich auf dem Absatz um und zerrte während des Weglaufens sein Handy aus der Jackentasche. Er hörte seinen Verfolger und spürte einen Schlag auf seinen Hinterkopf. Sein Körper sackte zusammen.

Montag, 11.10.2021

Uniklinikum Münster

Valentin Taube stand unter Schock.

Am frühen Morgen war er in diesem Krankenzimmer erwacht und der behandelnde Arzt Dr. Kunstmann hatte ihn davon in Kenntnis gesetzt, dass er am Sonntagabend gegen 21.45 Uhr in das Universitätsklinikum Münster eingeliefert worden war. Bewusstlos, mit einem Messer in seiner linken Schulter und einer Platzwunde am Hinterkopf. Der Chirurg informierte ihn darüber, dass er noch vor Mitternacht operiert worden war.

Es machte Valentin zu schaffen, dass er sich nicht erinnern konnte.

Dr. Kunstmann konnte oder wollte keine Prognose dazu abgeben, ob er seinen Arm je wieder benutzen konnte. Der Mediziner berief sich auf den Chefarzt der Chirurgie. Professor Dr. Ulf Kramer befand sich auf dem Rückweg von einem Kongress. Am Nachmittag wurde er im Klinikum erwartet.

Zwei Kriminalbeamte wollten Valentin sprechen, um den Ablauf des vergangenen Abends zu klären.

»Kriminalkommissar Ulrich Borgmann«, stellte sich einer von ihnen vor und zeigte auf den anderen. »Mein Kollege Daniel Ahlers.«

Die beiden waren erst wenige Minuten im Raum, als sich Valentin sicher war, dass er noch unter dem Einfluss der Betäubung stand. Was hatte der Ältere der beiden gesagt? Er, Valentin Taube, wäre verantwortlich für einen Mord!

Bruchstückhaft setzte seine Erinnerung an den gestrigen Abend ein. Er war im Begriff gewesen, Hilfe zu rufen, als ihm irgendetwas auf den Kopf geschlagen worden war. »Nein! So war das nicht«, fiel er dem Polizisten ins Wort. »Ich wollte die Polizei rufen … Eine Frau hat geschrien. Ich wollte nur helfen.« Valentin schwitzte stark und zitterte heftig. Dr. Kunstmann signalisierte den Beamten, dass der Patient Ruhe benötigte. »Sie können Herrn Taubes Aussage zu Protokoll nehmen, sobald es sein Zustand zulässt.«

Die Beamten beugten sich der Anweisung des Arztes und verabschiedeten sich.

»Sie können jetzt nicht gehen! Wen soll ich denn ermordet haben?«, rief Valentin ihnen hinterher, als die Kriminalkommissare den Raum verließen.

Noch Stunden nach dem Besuch starrte Valentin an die weiße Decke. Schweißperlen rannen ihm die Schläfen hinunter. Sein Herz polterte gegen seinen Brustkorb. Seine Gedanken rasten. *Was war in den letzten Stunden geschehen? Würde er die nächsten Jahre hinter Gefängnismauern verbringen müssen? Wo war Johanna? War sie ermordet worden?*

II – Polizeipräsidium Münster

Kriminalhauptkommissar Dieter Schilling sah auf, als sein Kollege Ulrich Borgmann das Büro betrat.

»Was sagt der Geiger? Habt ihr sein Geständnis?«, fragte er und lehnte sich mit hinter dem Kopf verschränkten Armen im Bürostuhl zurück.

»Du bist witzig«, konterte Borgmann und ließ sich gegenüber von Dieter Schilling auf einen Stuhl sinken. »Der Doc hat das Gespräch unterbrochen. Valentin Taube stand noch unter dem Einfluss der Narkose. Wir müssen warten. Der Chef der Station«, er schaute auf seine Notizen, »ein Professor Dr. Ulf Kramer, wird im Laufe des Tages erwartet. Nach seiner Einschätzung wird über die nächste Befragung entschieden.«

»Der Chef persönlich! Ich kenne ihn. Sehr kompetent und sicher für den Promi gerade gut genug. Wo ist Daniel? Ich habe Neuigkeiten für euch.«

»Er müsste sofort hier sein. Hast du noch einen Kaffee für mich?«

Schilling verneinte, als Daniel Ahlers sein Büro betrat und sich neben Ulrich Borgmann setzte.

»Ich habe den vorläufigen Bericht der Rechtsmedizin«, begann Schilling seine Kollegen einzuweihen. »Die Tote wird auf Anfang zwanzig geschätzt.« Er nahm ein Foto aus der Akte und schob es den Männern hinüber.

»Ich hätte sie auf mindestens Ende zwanzig geschätzt«, warf Ahlers ein, nachdem er die Aufnahme betrachtet hatte.

»Das habe ich gestern Abend auch gedacht, aber …« Dieter nahm ein zweites Bild aus den Unterlagen und reichte es Ahlers. »Ohne Schminke sieht sie altersentsprechend aus. Wir wissen nichts über ihre Identität. Sie war schwanger. Der Stich traf ihr Herz. Sie war sofort tot.«

»Was haben wir noch?«, fragte Borgmann.

»Tanja Giese, eine Zeugin. Sie wurde in ihrem Schlafzimmer darauf aufmerksam, wie sich zwei Männer draußen lautstark stritten und eine Frau um Hilfe rief. Sie schaute aus dem Fenster und hörte einen Kampf. Sie vermutete, dass es um die Frau ging, die geschrien hatte. Aber sie konnte nichts Genaues erkennen.« Schilling zeigte auf eine Skizze. »Das ist das Fenster. Hier hat die Zeugin gestanden und ihre Beobachtungen gemacht. »Die Streitenden vermutet Frau Giese ungefähr zwei Meter von einem geparkten Wagen entfernt. Hier. Sie glaubt, dass es sich um einen SUV handelt.« Er wies auf eine weitere Markierung.

»Und?», bohrte Borgmann nach. »Wissen wir, wer zugestochen hat?«

Schilling verneinte kopfschüttelnd. »Frau Giese hatte Panik. Sie klingelte erst eine halbe Stunde nach dem Tumult ihren Nachbarn aus dem Bett. Seine Fenster gehen zur Münsterstraße raus, er hatte nichts gehört. Gemeinsam blickten sie auf den verwaisten Parkplatz und entschieden dann, den Notruf zu wählen. Giese fiel auf, dass das Fahrzeug, vor dem der Streit stattgefunden hatte, nicht mehr da war. Kurze Zeit später trafen die Kollegen ein. Sie fanden die Unbekannte erstochen und Taube bewusstlos vor. In Taubes linker Schulter steckte ein Messer. Auf dem Schaft des Messers sind Fingerabdrücke. Es gab keinen Treffer in der Datenbank. Von den zwei Männern oder dem Auto … keine Spur«, beendete Schilling seine Ausführungen.

»Taube sagte, er wäre im Begriff gewesen, die Polizei zu rufen, als ihn jemand von hinten niederschlug.« Ahlers stand auf und ging zur Kaffeekanne, die auf einem Sideboard stand.

»Leer«, sagten Schilling und Borgmann wie aus einem Munde.

Ahlers drehte sich zu ihnen um. »Lassen wir den Gedanken zu, dass Taube zufällig da war … Er hörte den Streit und den Hilferuf. Wir suchen zwei Männer. In welchem Verhältnis stehen sie zu der toten Frau. Wir müssen so schnell wie möglich noch mal mit Taube sprechen.«

»Und wenn seine Geschichte gelogen ist?«, warf Schilling ein.

Ahlers kratzte an seinem Dreitagebart. »Er ist Geiger und sehr beliebt in seiner Heimat.«

»Eher weltberühmt«, ergänzte Schilling.

Ahlers zuckte mit den Achseln. »Das macht ihn zum Mörder? Wer war noch in der Nähe des Tatortes? Haben wir eine Aufstellung der in der Funkzelle eingeloggten Handys beantragt?«

Schilling nickte. »Ich hoffe, es dauert nicht wieder ewig.«

Dienstag, 12.10.2021

Bestattungsunternehmen Klar, Münster-Roxel

Noch in Gedanken an den gestrigen Abend schloss ich die Eingangstür auf und betrat unsere Geschäftsräume in Roxel.

Ich ging in die kleine Büroküche, wusch meine Hände und kochte einen Kaffee. Dann erst zog ich meine Jacke aus und hängte sie an die Garderobe. Mein Spiegelbild zeigte mir eine zufriedene Frau, schlank, mit schulterlangen braunen Haaren. Ich war Mitte vierzig, wurde aber meistens jünger geschätzt. Dankbar ging ich in unser Büro.

Meine Gedanken wanderten erneut zum gestrigen Abend. Ich war mit Dieter Schilling, einem Hauptkommissar aus Münster, im Kino gewesen.

Erst nachdem Dieter mich vor meiner Haustür abgesetzt hatte, war mir bewusst geworden, wie einsam ich lebte. Jahrelang hatte ich überhaupt keine Lust verspürt, mich auf einen Mann einzulassen. Genaugenommen seit diesem warmen Tag im Juni 2013.

Bremen 2006 bis 2013

Nicola Sandberg

Ich hatte Abitur gemacht, studiert und war auf die Polizeischule gegangen. Ein einschneidender Vorfall hatte mich aus Münster vertrieben. Ich funktionierte. Aber auf Männer konnte ich eine Weile gut verzichten.

Im Februar 2006 besuchte ich eine berufliche Fortbildung in Bremen. Am Abend begleitete ich die Teilnehmer in die Altstadt und traf auf Hannes Kemper. Seine Art berührte mein Herz. Ich konnte mich nicht erinnern, wann ich mich zuletzt so frei und fröhlich, so lebendig gefühlt hatte. Hannes war vier Jahre älter als ich und Bankangestellter. Er entschied über schwindelerregend hohe Kredite für Unternehmen. Am selben Abend tauschten wir unsere Nummern aus.

Sehr langsam begannen in den nächsten Monaten mein Selbstbild und mein Selbstmitleid zu heilen. Ich ließ den Vorfall in Münster hinter mir, so gut ich konnte. Irgendwann verstand ich, dass ich keine Verantwortung dafür trug. Doch meine Gefühle konnten dem Verstand noch nicht ganz folgen.

Hannes wartete und machte mich zur Frau, als ich bereit war.

Im Sommer 2007 bezog ich gemeinsam mit ihm eine sanierte Altstadtwohnung mitten in Bremen. Ich war eine engagierte Polizeikommissarin und er wurde in den Vorstand der Bank gewählt. Ich kompensierte mein immer noch angeknackstes Selbstbewusstsein mit hohen Leistungen und einem mir selbst auferlegten Perfektionismus. Im Frühjahr 2013 bewarb ich mich auf eine ausgeschriebene Stelle als Kriminalkommissarin.

Kurz darauf fand ich mich innerhalb einer Minute in der Rolle des traumatisierten Teenies wieder. Nach so vielen Jahren.

Mir war schon nach dem Aufwachen übel gewesen und ich beendete meine Spätschicht auf dem Polizeirevier, kurz nachdem ich sie begonnen hatte. Ich wollte nur meine Ruhe haben, doch schon an der Wohnungstür hörte ich eindeutige Geräusche aus dem Schlafzimmer. Hannes trieb es in unserem Bett mit einer mir fremden Frau. Ich brach zusammen.

Am Abend, als mein Ex-Freund unsere gemeinsame Wohnung verlassen hatte, versiegten meine Tränen. Ich war auf dem Weg in die Küche, um mir ein Glas Rotwein zu holen, da bemerkte ich, dass der Anrufbeantworter eine Nachricht aufgezeichnet hatte. Die knappen Worte versetzten mir an diesem Tag den zweiten Stich ins Herz. Die Heimleiterin der Seniorenresidenz, in der meine Mutter lebte, bedauerte, mich weder auf dem Handy noch auf dem Festnetz persönlich erreicht zu haben. Mit trauriger Stimme richtete sie mir ihr Beileid zum unerwarteten Tod meiner Mutter aus. Sie war gegen 12 Uhr leblos in ihrem Zimmer aufgefunden worden.

Ich rief sofort zurück und erfuhr, dass ihre sterblichen Überreste bereits einem Bestatter übergeben worden waren. Mein Bruder hatte, nachdem auch er mich nicht erreichen konnte, sein Einverständnis erteilt. Ich versprach, am nächsten Vormittag nach Münster zu kommen, nicht ahnend, dass ich mich eine Stunde später im Badezimmer selbst dabei beobachten würde, wie ich mein Kind verlor, von dessen Existenz ich bis dahin nichts gewusst hatte.

Ausgerechnet Jörg Klar war der Bestatter, der meine Mutter auf ihrem letzten Weg begleitet hat. Wir waren im Kindergarten unzertrennlich gewesen. Leider war sein Vater bei der Bundeswehr. Als er versetzt wurde und Jörgs Familie umziehen musste, flossen viele Tränen.

Nach der Bestattung meiner Mutter bot Jörg mir einen Neuanfang in Münster an.

Er hatte die Firma *Clean & More* Dienstleistungen GmbH über fünfzehn Jahren zuvor als Reinigungsunternehmen gegründet. Mittlerweile war der Betrieb auf Tatortreinigung spezialisiert. Als zweites Standbein hatte Jörg vor acht Jahren ein alteingesessenes

Bestattungsinstitut übernommen, das heute unter seinem Namen *Bestatter Klar* einen guten Ruf besaß. Die beiden Geschäftszweige bereicherten sich gegenseitig. Unsere Aufträge zur Beseitigung von Spuren bekamen wir direkt von der Polizei, von Wohnungsgesellschaften oder auch von Hinterbliebenen, die sich plötzlich in einer Situation befanden, die sie überforderte.

Ich nahm Jörgs Angebot an und hängte meine Karriere als angehende Kommissarin an den Nagel. Zuerst arbeitete ich für ihn als kaufmännische Angestellte und knapp ein Jahr später zusätzlich als Tatortreinigerin.

Dankbar dafür, dass ich den Tag der Tragödien im Juni 2013 gesund überstanden hatte, versuchte ich all meine tristen Erinnerungen zu verdrängen. Bremen mit all seinen schönen und traurigen Erlebnissen lag hinter mir.

Ich kam zurecht. Doch wenn ich durch meine Arbeit bei Jörg dem Freitod begegnete, grenzte es für mich an ein Wunder, dass ich nicht selbst diesen Weg gewählt hatte.

Dienstag, 12.10.2021

Bestattungsunternehmen Klar, Münster-Roxel

Seufzend holte ich mir einen frischen Kaffee. Ich glaubte an höhere Mächte und daran, dass das Wiedersehen mit Jörg kein Zufall gewesen war.

Zurück am Schreibtisch fand ich eine Nachricht von ihm. Er war mit unserem Kollegen Chris nach Mecklenbeck gefahren, um einen Sterbefall zu überführen.

Zwei Stunden später, ich hatte die Zahlungseingänge kontrolliert und die Eingangspost bearbeitet, sah ich, wie unser Leichenwagen in den Hinterhof einbog. Die Lage der Geschäftsräume in Roxel war ideal. Vom Hof aus konnten die Verstorbenen vor neugierigen Blicken geschützt in unser Institut gebracht werden.

»Morgen Nicola«, begrüßte mich Chris einen Augenblick später und bediente sich an der Kaffeekanne.

»Hallo Chris. Wen habt ihr mitgebracht?“, erkundigte ich mich und legte zeitgleich eine Aufnahmedatei an.

Jörg trat ins Zimmer und beantwortete meine Frage. »Einen Familienvater, Anfang vierzig. Suizid.« Während er mir die Überführungsformulare und den Totenschein reichte, wandte er sich an Chris. »Gibst du mir auch einen?«

Routiniert las ich die persönlichen Daten des jungen Mannes und schluckte kurz. Er hatte sich die Pulsader aufgeschnitten. Er hinterließ zwei Kinder, sechs und acht Jahre jung, und eine getrennt von ihm lebende Ehefrau. In unserem Gewerbe begegneten wir oft dem Tod durch Suizid und ich fragte mich immer wieder, welche Schicksale das Leben zuließ. Ich ergänzte die Computerdatei und speicherte die Daten. »Wissen wir schon, wie Herr Schumann bestattet werden soll?«

Jörg schüttelte den Kopf. »Seine Frau kommt heute Nachmittag … Die beiden lebten getrennt und haben kaum miteinander gesprochen. Wenn, dann haben sie wohl gestritten. Er soll sich stark verändert haben. Sie vermutet, dass ihn etwas Berufliches belastet hat.« Jörg trank einen Schluck Kaffee. »Kurz vor seinem Suizid hat er versucht, sie anzurufen. Gegen 6 Uhr in der Früh bemerkte sie es. Sie rief zurück. Sein Telefon war nicht eingeschaltet. Sein Verhalten irritierte sie. Sie mitten in der Nacht anzurufen und dann nicht erreichbar zu sein, passte absolut nicht zu ihm. Deshalb brachte sie die Kinder zur Schule und fuhr zu ihm. Er öffnete nicht. Sie versuchte es nochmals auf seinem Mobil-Telefon und in der Kanzlei. Erfolglos. Sie rief die Polizei und im Anschluss beauftragte sie einen Schlüsseldienst.« Er räusperte sich. »Wie gesagt, sie kommt am Nachmittag hierher. Bis dahin möchte ich Herrn Schumann gewaschen und hergerichtet haben. Vielleicht möchte die Familie Abschied nehmen.«

Ich kannte meinen Chef gut genug, um ihn zu verstehen. Jörg war ein Verfechter von Ritualen. Für ihn persönlich war ein guter Abschied auch für die Kinder ein wichtiger Trittstein auf dem Weg der Trauer.

Er tat, was in seiner Macht stand, um die Zeit zwischen Tod und Beerdigung gut zu gestalten.

»Darf ich dir helfen«, fragte ich und reichte währenddessen Chris einen Lieferschein von der HEISO GmbH. »Die Urnen sind gestern angekommen. Magst du sie im Showroom einsortieren?«

Chris nickte zustimmend und ich folgte Jörg in den Raum, in dem wir die Totenwaschung vornahmen.

II – Polizeipräsidium Münster

Dieter Schilling las den abschließenden Obduktionsbericht der mittlerweile identifizierten schwangeren Toten. Bei der jungen Frau handelte es sich um Nele Jordi, neunzehn Jahre alt. Die Schweizerin galt seit Mai 2019 als vermisst. Der Abgleich in der internationalen Datenbank hatte schnell einen Treffer ermöglicht. Die Eltern des Mordopfers waren informiert und auf dem Weg nach Münster, um ihre Tochter zu identifizieren und um sie in die Heimat zu überführen.

Obwohl Dieter kinderlos war, konnte er sich gut vorstellen, welches Gefühlschaos in den verwaisten Eltern tobte. Jetzt hatten sie zwar Gewissheit über das Schicksal von Nele, aber auch die Sicherheit, nie wieder mit ihr sprechen zu können. Nicht zum ersten Mal in seinem Leben war er froh darüber, dass ihm durch seine Kinderlosigkeit viele Sorgen erspart blieben.

Er dachte an Carlotta Belfort, die Hauptperson seines letzten großen Falles. Sie hatte sich als junge Frau verliebt und war schwanger geworden. Ihre große Liebe starb durch einen tragischen Autounfall. Die Eltern des Kindsvaters setzten ihr so zu, dass sie als Ausweg nur die Flucht aus ihrer Heimat sah. Ihr ungeborenes Kind war in Gefahr. Als wäre das nicht genug, wurde Carlottas Enkelsohn Jahre später entführt. Obwohl die dramatische Rettung des Jungen bereits mehr als zwei Jahre zurücklag, würde Dieter die Details niemals vergessen. Gut, dass die Täter, die der Mafia nahestanden, im vergangenen Jahr rechtskräftig verurteilt worden waren. Carlotta hatte Thomas Schneider geheiratet, Dieters Vorgänger im Kommissariat. Die beiden lebten im Münsterland. Dieter bedauerte, so wenig Freizeit zu haben. Gerne hätte er Carlotta und Thomas öfter gesehen.

Die Geschichte seines Freundes machte Dieter Hoffnung. Thomas war bis zur Hochzeit mit Carlotta als Single durchs Leben gegangen. Er war - wie Dieter - mit seinem Beruf verheiratet gewesen. Erst im Ruhestand war er erneut auf Carlotta getroffen. Es war kein Geheimnis, dass er sie seit ihrer ersten Begegnung in den 1980er-Jahren verehrt hatte.

Dieter schaute auf sein Handy. Nicola Sandberg hatte sich nicht gemeldet. Er spürte, wie sich ein drückendes Gewicht auf seine Brust legte und sein Herz schwer werden ließ. Hatte sie den Abend nicht so genossen wie er?

Nicola ging ihm seit Wochen nicht aus dem Kopf. Gestern waren sie zusammen im Kino gewesen. Von dem Drama *After Love* hatte er nicht viel mitbekom-

men, dafür klang ihm ihr Lachen noch Stunden später im Ohr. Wenn er die Augen schloss und sich konzentrierte, konnte er ihr Parfüm riechen. Ihm gefiel, dass sie Wörter auf Masematte verwendete, wenn sie aufgeregt war. Er kannte nur wenige Personen, die diesen regionalen Dialekt noch sprachen.
Dieter genoss die Gesellschaft dieser schönen und klugen Frau. Es war fast fünf Jahre her, dass ihn seine Ex wenige Tage vor Weihnachten verlassen hatte. Er war das Singleleben leid.

Sein Handy piepste und holte ihn in die Gegenwart zurück. Dr. Daniela Meimann erinnerte ihn an den Termin in der Rechtsmedizin. Die Eltern von Nele Jordi wurden gegen 17 Uhr erwartet.

Er vertiefte sich erneut in den Bericht. Nele Jordi war bei einem Ausflug mit ihrer Internatsklasse spurlos verschwunden. Eine Erpressung blieb aus. Trotz aufwendiger Suchaktionen gab es keine Ergebnisse. Auch eine hohe Belohnung verhalf nicht zu sachdienlichen Hinweisen. Neles Vater, ein vermögender Banker, zweifelte nie daran, dass seine Tochter lebte.

Und jetzt war die Vermisste über siebenhundert Kilometer von ihrer Heimat entfernt im naheliegenden Billerbeck ermordet worden? Von einem Solo-Musiker? Für Dieter ergab das alles keinen Sinn. Aber die Staatsanwaltschaft hatte Haftbefehl erlassen. Sobald es sein Gesundheitszustand zuließ, würde Valentin Taube der Justiz übergeben werden.

III – Münster, Aaseeviertel

Am Nachmittag erhielten wir einen Auftrag von einer Wohnungsgesellschaft mit Sitz in Düsseldorf. In einem ihrer Objekte in Münster war ein älterer Mieter verstorben - und das wohl vor geraumer Zeit. Da Jörg mit Frau Schumann verabredet war, begleiteten mich Chris und unser Kollege Tim Kreis zu dem Wohnobjekt, das in Münster als Aasee-Hochhaus bekannt war. Im mittleren der drei Gebäude hatte eine Nachbarin am Montagabend Maden vor der Korridortür entdeckt.

Soweit ich wusste, waren die sterblichen Überreste zur Untersuchung an die forensische Medizin übergeben worden. Die Kriminalisten hatten die Spurensuche abgeschlossen.

Wir waren mit einer Mitarbeiterin der Hausverwaltung verabredet, die uns Zugang zur Wohnung verschaffen sollte. Wie jedes Mal wussten wir nicht, was uns im Detail erwartete.

Unser Auftrag war es, sämtliche Spuren zu beseitigen. Die Räumlichkeiten sollten schnellstmöglich wieder zur Verfügung stehen, um neu vermietet zu werden. Ich freute mich über Tims Begleitung. Mein immer lustiger Kollege hatte im Frühjahr seine Ausbildung zum Desinfektor abgeschlossen und ging genau wie Chris professionell an seine Aufgaben heran.

Wir waren gerade im Begriff, unsere Schutzkleidung anzulegen, als die Mitarbeiterin der Hausgesellschaft eintraf.

Erstaunt schaute sie auf unser sparsames Equipment. Mich musterte sie von oben bis unten.

»Mehr haben Sie nicht dabei?«, fragte sie mit einem generven Augenrollen. »Es ist eine riesige Sauerei in der Wohnung. Das können Sie sich nicht vorstellen!« Sie schnaubte. »Sind Sie für so eine Reinigung überhaupt ausgebildet?« Ihr Blick blieb an meinen gepflegten Händen kleben.

Ich dachte: *Doch, das können wir uns vorstellen. Besser als du.* Entgegen meiner Abneigung, die ihre wenigen Worte in mir ausgelöst hatten, lächelte ich sie freundlich an. »Wir machen uns erst ein Bild«, erklärte ich ihr. »Je nachdem, was wir vorfinden … Sie wissen schon, große Schichten von Haut und Haaren müssen wir erst abschaben, bevor unsere Reinigungsmittel zum Einsatz kommen können.« Ich lächelte weiter. »Dagegen können Blut und Leichenflüssigkeit schneller entfernt werden.« Ich sah ihr dabei zu, wie sie erblasste. »Manchmal finden wir …«

»Schon gut«, unterbrach sie mich und schloss die Tür auf.

Sofort strömte uns der Geruch des Todes entgegen.

»Wo kann ich Ihnen später den Schlüssel zurückgeben, Frau …?«, fragte ich sie.

»Schwarz. Ich heiße Maren Schwarz. Sie finden mich im Keller. Treppe runter, den Gang geradeaus. Das Büro ist gekennzeichnet«, antwortete sie und drehte sich auf dem Absatz um. Sie würgte.

Ich zog mich weiter an.

»Musste das sein, Nicola?« Chris reichte mir eine Mund-Nasen-Maske und Einmalhandschuhe.

»Sorry. Sie gehört zu der Art Menschen, bei denen ich mich einfach nicht zurückhalten kann«, erklärte ich und betrat die Wohnung.

Ich erkannte sofort, dass der Senior direkt vor der Korridortür zusammengebrochen und verstorben war. Es gab nur einen kleinen Blutfleck direkt neben einer Teppichbrücke. Ich konnte sie mit dem Fuß leicht verschieben. Vielleicht lag hier der Grund für den Sturz. Aufgrund der Madenbildung schätzte ich, dass der Todeszeitpunkt circa zehn Tage zurückliegen musste. Ich prüfte einen Raum nach dem anderen und verschaffte mir einen Überblick über die Größe der Wohnung. Sie bestand aus zwei Zimmern und einem kleinen Bad, in dem das Fenster offenstand. Eine Kochnische war in den Flurbereich integriert. Das ehemalige Zuhause des Toten war nicht unordentlich; hier und da bezeugten Spinnweben und Staubansammlungen, dass seit geraumer Zeit niemand gründlich sauber gemacht hatte. Vorsorglich schaute ich in den Kühlschrank. Bis auf ein Glas Kirschmarmelade war er leer. Nach wenigen Minuten war ich mir sicher: Der Mieter hatte einsam gelebt und es irgendwann nicht mehr geschafft, das tägliche Dasein zu gestalten. Vielleicht wollte er sich Hilfe holen, als er im Flur zusammenbrach. Mich schauderte. Die einzige Sauerei, die ich hier angetroffen hatte, war das Armutszeugnis unserer Gesellschaft. Da mussten erst die Verwesungsboten unter der Tür zum Vorschein kommen, um jemanden auf das Drama aufmerksam zu machen, das sich dahinter abgespielt hatte.

Ich besprach mich mit Chris und Tim, um die Säuberung schnellstmöglich zu beenden. Während ich ein

Mittel zur Eiweißspaltung auf dem Boden verteilte, gingen die beiden zum Wagen. Sie würden die Einwirkzeit für eine Zigarettenpause nutzen und mit Bürsten und Schwämmen zurückkehren.

Routiniert entfernten wir die Spuren und im Anschluss kontrollierten wir nochmals alle Räume.

Meine Kollegen brachten unsere Arbeitsmittel zurück zum Wagen und ich machte mich auf den Weg zu Frau Schwarz. Im Erdgeschoss kam ich an der Briefkastenanlage vorbei. Sie war nach den Etagen sortiert. Immer sechs Namen nebeneinander, darüber das nächste Stockwerk. Der Briefkasten des Seniors war prall gefüllt. Ich nahm die herausquellenden Papiere mit in den Keller.

Frau Schwarz nahm mir den Wohnungsschlüssel ab und schaute erstaunt auf die Post, die hauptsächlich aus Werbung und den Menükarten von Fast-Food-Betrieben aus dem Aaseeviertel stammten. »Warum schleppen Sie mir die hier an?«, fragte sie schnippisch.

»Der Briefkasten ist übergelaufen«, antwortete ich so ruhig wie möglich, obwohl ich merkte, wie die Wut in mir aufstieg. Nur auf ihre Aussage hin waren wir mit drei Mitarbeitern hierhergekommen. Diese *Sauerei* hätte jeder von uns alleine beseitigen können. »Wir mailen Ihnen morgen ein Angebot über die Leerräumung der Wohnung. Arbeitszeiten, Fahrtkosten und der Entsorgungsnachweis werden natürlich detailliert ausgewiesen.« Ich reichte ihr den Arbeitsnachweis über die Reinigung. »Hier benötige ich bitte eine Unterschrift.«

Frau Schwarz setzte ihre Lesebrille auf und studierte meine Aufstellung. Über ihrer Nasenwurzel vertiefte sich ihre Falte. Sie schaute auf ihre Armbanduhr. »Sind Sie sicher, dass Sie all diese Mittel gebraucht haben?«, schnaubte sie.

»Ich bin mir sicher, Frau Schwarz. Ihr Mieter hat über eine Woche tot in seiner Wohnung gelegen, das hinterlässt Spuren. Sie haben uns selbst den Stuss über die Sauerei in der Wohnung erzählt.« Mein Ton verriet mich.

»Ich mein ja nur«, lenkte sie ein und unterschrieb. »Schließlich trage ich die Verantwortung.«

Ich nahm unseren Arbeitsnachweis an mich und ging zur Tür. »Die tragen Sie wohl«, bestätigte ich ihr und verabschiedete mich.

»Ich werde mich über Sie beschweren«, rief sie mir hinterher.

»Machen Sie das ruhig«, antwortete ich und stieg die Stufen zum Erdgeschoss hinauf.

IV – Münster, Kreuzviertel, Nicolas Wohnung

Gegen 18.30 Uhr schloss ich meine Korridortür auf und betrat den Flur. Meine Einkäufe stellte ich auf den Boden.

Sofort stupste mein Kater Lidl seinen Kopf gegen mein Bein und widmete anschließend seine Aufmerksamkeit den Einkäufen. Schnurrend umkreiste er die Tüten.

Ich hängte meine Jacke an die Garderobe und zog meine Boots aus. Bevor Lidl seinen Kopf in einer der Tüten versenken konnte, nahm ich sie hoch und trug sie in die Küche.

Mein Familienmitglied maunzte vor sich hin. Ich hatte das Fellbündel vor einem Jahr beim Ausräumen meines Kofferraumes entdeckt. An diesem Tag hatte ich eine alte Kollegin besucht. Ich war bis zum späten Nachmittag bei ihr in Hagen geblieben.

Auf dem Heimweg hatte ich in einem Lidl-Supermarkt eingekauft und erst zu Hause den blinden Passagier bemerkt. Entweder war er auf dem Parkstreifen in der Innenstadt von Hagen oder auf dem Supermarkt-Parkplatz in Münster in den Wagen gesprungen.

Ich meldete den Kater online als Fundtier bei Tasso und teilte mit ihm mein Abendbrot. Am darauffolgenden Montag brachte ich das Fellbündel zum Tierarzt. Der Kater war kastriert, aber nicht gechippt. Er wurde auf vier bis fünf Jahre geschätzt. Ich gab ihm den Namen Lidl, weil mir die Vorstellung sympathisch war, dass er mir beim Verladen der Einkäufe in den Wagen gesprungen sein könnte. Bereits nach 24 Stunden hoffte ich, dass ihn niemand vermissen würde. Meine Bedenken, ihm im dritten Stockwerk eines Mietshauses keinen Freigang ermöglichen zu können, verflogen nach wenigen Tagen. Lidl wollte nicht nach draußen.

Nachdem ich die Einkäufe verstaut hatte, füllte ich seinen Napf. Als ich auf mein Handy schaute, hörte ich ihn schmatzen. Jörg hatte mir eine knappe WhatsApp-Nachricht geschickt. *Frau Schw.* stand da und ich entdeckte ein Emoji, das ein Gesicht in typischer Denkerpose zeigte: Hand am Kinn, eine Augenbraue in die Höhe gezogen. Augenscheinlich hatte sie ihre Drohung wahr gemacht.

Ich schickte ihm eine schulterzuckende Frau zurück und erkundigte mich nach Frau Schumann. *Sie hat abgesagt. Neuer Termin morgen 16 Uhr. Ich möchte, dass du dabei bist. Schlaf gut, Jörg* las ich wenige Minuten später.

Ich duschte und schlüpfte in Schlabberpulli und Jogginghose. In der Küche schmierte ich mir zwei Scheiben Brot und belegte sie mit Camembert. Anschließend öffnete ich eine Flasche Chardonnay. Mit meinem Abendbrot und einem Glas Wein setzte ich mich auf die Couch. Lidl sprang auf seine Decke, die ich über einem Teil des Sofas ausgebreitet hatte, und rollte sich neben mir ein.

Pünktlich um 19.30 Uhr begrüßte Hendrik Schulte die Zuschauer der Lokalzeit aus dem Landesstudio Münster. Der Mord an Nele Jordi, von dem ich bereits im Radio gehört hatte, beherrschte die Sendezeit. Es wurde ein Mitschnitt der Pressekonferenz gesendet. Überrascht setzte ich mich gerade auf. Dieter Schilling saß rechts neben dem Polizeipräsidenten Falk Schnabel.

Aufmerksam verfolgte ich den Bericht. Indizien sprachen dafür, dass Valentin Taube, mir bekannt als *Wundergeiger* des Münsterlandes, den Mord an der neunzehnjährigen Schweizerin begangen oder ihn zumindest begünstigt hatte. Dieter klang etwas heiser, auf mich wirkte er unsicher. Er sprach davon, dass Valentin Taube, so schnell es seine Genesung erlaubte, der Justizvollzugsanstalt Münster übergeben werden würde.

Ich drückte auf seinen Kontakt und landete nach wenigen Sekunden auf der Mobilbox seines Handys. Ohne eine Nachricht zu hinterlassen, beendete ich das Gespräch.

Dieters Antwort erschien auf meinem Display, als ich gerade ins Bett gehen wollte. *Es war ein langer Tag und ich bin total platt. Trotzdem möchte ich deine Stimme hören. Bist du noch wach?*, las ich mit klopfendem Herzen.

Ohne zu zögern, wählte ich seine Nummer.
»Schön, dass du noch wach bist, Nicola. Wie war dein Tag?«, fragte er.
Ich antwortete und freute mich über sein Interesse an meiner Arbeit. Mit den wenigsten Menschen konnte ich entspannt über den Tod in all seinen Facetten

sprechen. Irgendwann kamen wir auf Valentin Taube.

»Ist seine Schuld bewiesen?«, fragte ich direkt.

»Alles in mir sträubt sich gegen den Gedanken, aber … Meiner Meinung nach und nur meiner Meinung nach war er zum falschen Zeitpunkt am falschen Ort. Ich habe heute Morgen im Krankenhaus mit ihm gesprochen. Alles, was er sagt, klingt plausibel. Er ist total überfordert von unseren Erkenntnissen und dem Haftbefehl. Sobald die Ärzte grünes Licht geben, wird er in die JVA Münster gebracht. Vermutlich noch in dieser Woche.«

Ich schluckte hart. Ein Geiger, noch dazu berühmt, würde Übergriffen und Belästigungen ausgesetzt sein. »Steht ihm jemand zur Seite?«, erkundigte ich mich.

»Er ist verheiratet. Ich habe seine Frau heute kennengelernt. Ihre Vorstellung von der deutschen Justiz ist ziemlich unrealistisch. Leider glaubt sie, dass der gesellschaftliche Status ihren Mann schützt. Weißt du …« Dieter stockte.

»Was? Dieter, denkst du, dass die Ermittlungen in die falsche Richtung gelaufen sind? Ihr seid doch erst ganz am Anfang.«

»Der vorläufige Haftbefehl ist raus. Gestern sind die Eltern von Nele eingetroffen. Die Mutter war bis zur Hochzeit ein berühmtes Model. Der Vater ist ein erfolgreicher Banker, offensichtlich mit Einfluss. Staatsanwalt Sven Langer hat ihnen Taube quasi auf dem Silbertablett als Täter präsentiert. So etwas habe ich noch nicht erlebt. Das geht mir alles zu schnell.«

Wir schwiegen. Ich dachte nach. Wo hatte sich Nele seit ihrem Verschwinden aufgehalten? Warum hatte sie den Kontakt zu ihrem Zuhause komplett aufgegeben? Wer ist der Vater ihres Kindes? Ich zögerte einen Moment, dann brachte ich meine Überlegungen ins Spiel. »Nele war ein hübsches Mädchen, eine äußerst attraktive Kaline. Was, wenn sie nicht freiwillig aus dem Internat verschwunden ist? Vielleicht wurde sie gegen ihren Willen festgehalten und gezwungen, Dinge zu tun, die höhere Internatstöchter nicht tun.«

»Denkst du an Menschenhandel und Prostitution?«, hakte Dieter nach.

»Irgendwo muss sie seit Mai 2019 gelebt haben. Vielleicht melden sich Zeugen oder Weggefährten. Gibt es eine Resonanz auf die Pressekonferenz?«

»Soweit ich das weiß, bis jetzt nichts Konkretes. Der übliche Mist. Bürger, die sich gerne in der Zeugenrolle sehen.«

»Verstehe. Ich denke, der Aufenthaltsort von Nele ist ein entscheidender Baustein dafür, warum sie plötzlich in Billerbeck aufgetaucht ist. Mutmaßen wir mal, sie konnte oder wollte nicht mehr in ihrem Versteck bleiben … Wer oder was hat ihr Billerbeck schmackhaft gemacht? War sie an ihrem Todestag zum ersten Mal in den Baumbergen? Besteht die Möglichkeit, dass Taube der Vater ihres Kindes ist?«

»Warum bist du nicht Polizistin geblieben, Nicola?« Ich hörte Dieter lachen.

»Taube ist definitiv nicht der Vater«, fuhr er dann fort, ohne auf meine Antwort zu warten. »Das konnten wir ausschließen. Ob er das Mädchen gekannt hat? Er hat diese Frage verneint«, erklärte er mir. »Ich darf dir das alles gar nicht erzählen, aber das weißt du ja.«

»Natürlich! Du, ich würde gerne auf deine Frage von gestern Abend zurückkommen und dir erklären, warum ich bei Jörg Klar arbeite … Aber das ist eine sehr lange und traurige Geschichte.«

»Ich bin ein guter Zuhörer.«

»Ich bin noch nicht so weit.«

Mittwoch, 13.10.2021

Bestattungsunternehmen Klar, Münster-Roxel

Bis 14 Uhr verbrachte ich den Tag mit meinen Kollegen in einer Messiewohnung. Grob geschätzt würden zwei bis drei Personen acht Tage benötigen, um diese komplett zu räumen und zu säubern. Das Objekt lag in Münster-Gievenbeck in einem Hochhaus in der vierten Etage ohne Fahrstuhl. Mit jedem Müllbeutel hatten wir einen Fußweg von sechzig Metern bis zum Container vor uns. Auf dem Rückweg zur Firma dachte ich daran, dass wir nach der Räumung sämtliche Tapeten und Bodenbeläge lösen mussten, um die Wohnung wieder nutzbar zu können.

Nach meiner Ankunft im Büro bereitete ich für Frau Schumann, Jörg und mich Kaffee zu.

Pünktlich um 16 Uhr betrat unsere Kundin mit einem Rauhaardackel an der Leine das Büro und mir blieb vor Schreck die Spucke im Hals kleben. »Hallo

Marina«, begrüßte ich sie, nachdem ich meine Sprache wiedergefunden hatte.

Ich hatte gedacht, meine Cousine Marina lebte in Bayern. Ich hatte keine Ahnung, dass sie stattdessen in Nordrhein-Westfalen wohnte und Mutter von zwei Kindern war. Und wenn ich ehrlich war, passte es mir überhaupt nicht, mit ihr im selben Raum zu sein. Die wenigen Minuten in ihrer Gegenwart reichten aus, um mich ein Vierteljahrhundert zurückzuwerfen.

»Nicola? Was machst du denn hier?«, fragte sie und gab ihrem Hund den Sitzbefehl. »Ich dachte, du bist ein hohes Tier bei der Polizei in Bremen?«

Die Frage so zu formulieren, war typisch für Marina, und mir war sofort wieder klar, warum ich sie nie hatte wiedersehen wollen. Anstelle einer Antwort schüttelte ich den Kopf und begrüßte sie mit einer halbherzigen Umarmung. »Setz dich bitte. Mein Chef ist sofort hier. Magst du einen Kaffee?«

Sie nickte. »Danke, gerne.«

Ich betrachtete sie, während sie sich an unseren Besuchertisch setzte, zwei Stück Zucker in die Tasse gab und umrührte. Sie war spindeldürr, kaum vorstellbar, dass sie Kinder geboren haben sollte. Ihr Gesicht war blass und ihre Augen rot. Ihre langen, glanzlosen blonden Haare trug sie zu einem Zopf gebunden. Um ihre Mundwinkel hatten sich Falten eingegraben. Ihre Lippen wirkten wie ein Strich. Sie schien schon seit geraumer Zeit nicht glücklich zu sein. Ich konnte beim besten Willen in ihr nicht mehr die Frau erkennen, die meine erste große Liebe wie eine Seifenblase hatte platzen lassen. Krampfhaft unterdrückte ich die Erinnerungen.

Ich versuchte, ein neutrales Gespräch zu beginnen. »Mein Beileid zum Tod deines Mannes.«

»So traurig der Anlass unseres Wiedersehens ist, trotzdem freue ich mich darüber.«

Ich nicht, schoss es mir durch den Kopf, trotzdem bemühte ich mich um einen freundlichen Gesichtsausdruck.

»Guten Tag. Sie kennen sich, Frau Schumann?«, fragte Jörg, der unbemerkt vom Lagerraum aus das Büro betreten hatte.

»Wir sind Cousinen«, antwortete sie.

Jörg reichte ihr die Hand und setzte sich zu ihr an den Tisch.

Ich füllte seine Kaffeetasse und nahm neben ihm Platz.

Routiniert verwickelte er Marina in ein Gespräch und ich ließ meine Gedanken schweifen.

30 Jahre früher, Münster

Marina Sandberg war für mich die Schwester, die ich nie gehabt hatte, meine beste Freundin und meine Seelenverwandte. Unsere Väter waren Brüder und beide Familien wohnten in Münster. Ich war zwei Jahre jünger als Marina. Bis zu meinem sechzehnten Lebensjahr sind wir durch dick und dünn gegangen. Sie wusste alles von mir. In den Pausen klebten wir auf dem Schulhof zusammen und niemand konnte sich zwischen uns stellen. Bis wenige Wochen vor ihrem Schulabschluss. Sie steckte in den Vorbereitungen zu ihren Abi-Prüfungen und ich lernte Mark Torwald kennen. Zufällig. Ich war nach der Schule auf dem Heimweg. Der Bus war rappelvoll. Wir standen im Gang. Der Busfahrer bremste stark ab und ich schwankte gegen Mark. Und plötzlich lag ich in seinen Armen. Wir sagten beide kein Wort und schauten uns an. An der nächsten Haltestelle mussten wir aussteigen, damit andere Fahrgäste den Bus verlassen konnten. Wir stiegen nicht wieder ein, sondern setzten uns auf die Wartebank an der Station. Die Türen schlossen sich und der Bus rollte an. Mark griff nach meiner Hand und ich war schockverliebt. Wir redeten über Gott und die Welt und ich wachte erst aus meinem Traum auf, als ich erschreckt feststellte, wie spät es war. Meine Mutter machte sich bestimmt Sorgen, ich war seit Stunden überfällig.

Mark und ich verabredeten uns für den nächsten Tag und noch am selben Abend erzählte ich Marina von ihm.

Sie bedauerte, für die Klausuren lernen zu müssen und ihn deshalb nicht sofort kennenlernen zu können. Mir wurde erst später bewusst, wie wenig es mir ausmachte, sie ab diesem Zeitpunkt nicht mehr in jeder freien Minute zu sehen.

Für meinen Geschmack viel zu langsam lernte ich den zweiundzwanzigjährigen Medizinstudenten näher kennen. Er stammte aus Hessen und wohnte seit einem knappen Jahr in einer Studentenwohngemeinschaft in Nienberge. Ehrgeizig und fleißig verfolgte er sein Ziel, so schnell wie möglich als Mediziner tätig zu sein. Er hegte den Traum, den Menschen als Landarzt zu helfen. In seinen Gedanken sah er sich bereits als Vater von mindestens drei Kindern, umgeben von Tieren und einer Harley Davidson. Seine Vision für die Zukunft beeindruckte mich. Ich fühlte mich sehr erwachsen, schließlich verbrachte er seine knappe Freizeit mit mir und machte mich zu seiner Vertrauten. Leider wurde ich dem nicht gerecht.

Während der Pausen erzählte ich Marina bei jeder Gelegenheit leidenschaftlich von Mark und wie ungeduldig ich war, endlich mit ihm zu schlafen. In meiner Verliebtheit bemerkte ich nicht, wie sie mich ausquetschte und ihr Wissen über ihn einsetzte, um immer wieder einen kleinen Stachel des Zweifels abzusetzen.

Zu dritt trafen wir uns knapp eineinhalb Wochen nach der Busfahrt in einer Eisdiele. Marina stieg aus dem knallroten Käfer, den ihre Eltern ihr zum achtzehnten Geburtstag geschenkt hatten. Sie trug ihr cooles rückenfreies Kleid und hatte Locken in ihr langes Haar gezaubert. Ihr Lipgloss schimmerte golden. Als sie sich zum vierten Mal Sahne von den Lippen leckte und Mark dabei tief in die Augen blickte, fühlte ich mich zum ersten Mal in meinem Leben unwohl in ihrer Nähe. Dank meiner Redseligkeit konnte sie sich auf Anhieb mit meinem Freund unterhalten, schließlich wusste sie alles über ihn.

Schnell bekam ich eine Ahnung davon, dass drei einer zu viel sein können. Erst als Marina zur Toilette schwebte, besann sich Mark auf mich und ich spürte wohl sein schlechtes Gewissen mir gegenüber.

Einige Wochen später wollte ich Mark mit einem selbstgebackenen Kuchen überraschen. Es war sein Geburtstag und seine Familie würde erst am Wochenende nach Nienberge kommen, um diesen Tag mit ihm zu feiern.

Sein Lieblingskuchen kühlte auf der Anrichte aus und ich verbrachte viel Zeit im Bad. Meine sündhaft teure neue Unterwäsche schmiegte sich an meine gebräunte Haut. Als mir die Verkäuferin an der Kasse des Dessous-Geschäftes die kleine Tüte überreichte, waren meine Bedenken vergessen, Omas großzügiges Geburtstagsgeschenk zu verplempern. Schließlich hatte sie gesagt: Kauf dir was Schönes!

Mittwoch, 13.10.2021

Bestattungsunternehmen Klar, Münster-Roxel

»Nicola?« Jörgs Stimme riss mich aus meiner Erinnerung.

Ich zuckte zusammen und spürte, wie sich eine Schweißperle zwischen meinen Schulterblättern löste und an meiner Wirbelsäule entlang rann. »Entschuldige, ich war in Gedanken.« Ich streckte meinen Rücken durch und griff nach meiner Kaffeetasse.

»Immer noch die verträumte Kleine«, warf Marina überflüssigerweise in den Raum und ich hatte nur einen Wunsch: aufwachen und feststellen, dass es wirklich ein Traum war.

»Marina kommt morgen früh mit ihren Kindern. Dann können die beiden ihn Ruhe, Abschied von ihrem Vater nehmen. Kannst du dann hier sein?«

Alles in mir schrie NEIN. Die beiden duzten sich. Hatte dieses Biest meinen Chef schon um den Finger gewickelt? Dieses Mal nicht sexy, sondern als trauernde Witwe?

Meine Muskeln krampften, als ich mich sagen hörte: »Kein Problem.«

»Dann bringst du bitte Kleidung mit und auch Schuhe, wenn du möchtest. Wir sprechen uns noch vor der Beisetzung und morgen ist Nicola für euch da.« Jörg begleitete Marina zur Tür und verabschiedete sich. »Sag, was ist los?«, wandte er sich an mich. »Du benimmst dich, als ob du einen Geist gesehen hättest. Was ist zwischen dir und deiner Cousine vorgefallen?«

Ich füllte unsere Tassen erneut und suchte nach den passenden Worten. Nicht dass mich seine Fragen erstaunten, Jörg besaß sehr feine Antennen für menschliche Befindlichkeiten. Deshalb war er in seinem Beruf so erfolgreich.

Schweigend tranken wir unseren Kaffee.

»Sei mir nicht böse, ich möchte nicht darüber sprechen.«

»Wenn dir danach ist, bin ich für dich da. Ich habe morgen früh einen Termin. Wir können deiner Cousine den Nachmittag vorschlagen, dann hätte ich selbst Zeit für sie.«

Langsam schüttelte ich den Kopf. »Danke, aber ich bekomme das hin. Ich muss das machen!«

Jörg schaute mich freundlich an. »Komm, Nicola, wir machen Feierabend.«

»Verrätst du mir, was dir meine Cousine erzählt hat? Ich bin neugierig. Mein Kenntnisstand war, dass sie in Bayern lebt. Von Mann und Kindern wusste ich nichts.«

Jörg nickte. »Lass uns zu Ackermann fahren. Ich lade dich ein.«

Dreißig Minuten später hatten wir in unserem Lieblingsrestaurant bestellt und der Kellner servierte mit den Getränken einen Gruß aus der Küche.

Jörg erzählte mir von Eheproblemen zwischen meiner Cousine und ihrem Mann Harald. Sie hatten sich 2012 im Internet kennengelernt, damals hatte Marina noch in der Nähe von München gewohnt. Anfang 2013 hatten sie geheiratet, weil ihr Sohn Ben unterwegs war. Sie zogen in den Kreis Steinfurt und später, als sich ihr Sohn Tom ankündigte, nach Münster. Marina konnte zu diesem Zeitpunkt das Haus ihrer Eltern übernehmen. Die Senioren zogen in die Einliegerwohnung, die ursprünglich für ihre Tochter geplant worden war.

Ich erinnerte mich an das Haus. Meine Verwandten hatten ihre einzige Tochter maßlos verwöhnt. Marina war die Prinzessin. Ich habe mich oft gefragt, wie sie nach der Geschichte mit Mark weitergelebt haben. Den Kontakt zu meinen Eltern hatten sie abgebrochen, offensichtlich war das schlechte Gewissen zu mächtig gewesen.

»Entschuldige. Marinas Auftauchen hat viele Erinnerungen geweckt, die ich jahrelang unter Verschluss gehalten habe.« *Halten musste*, ergänzte ich in Gedanken.

Jörg nickte verständnisvoll. »Deine Cousine hat eine turbulente Ehe hinter sich. Trotzdem hat sie sich gelangweilt und war mit der Mutterrolle nicht wirklich zufrieden. Die beiden haben sich nichts geschenkt. Er war für die Finanzen zuständig.«

»Was hat er beruflich gemacht?«

»Er war als Anwalt tätig. Und hier wird es spannend. Viele seiner Ex-Mandanten verdienen ihr Geld im horizontalen Gewerbe.«

»Meinst du mit turbulent, dass sie als Prostituierte tätig war?«

»So entstehen Gerüchte«, sagte Jörg und grinste, während unser Essen serviert wurde.

Wir aßen schweigend. Jörg war vor mir fertig. Er trank einen Schluck Wasser und knüpfte an seine Erzählung an. »Harald Schumann verdiente viel Geld. Sein Ruf in diesen Kreisen war … außergewöhnlich. Ich möchte seine Arbeit nicht bewerten. Sie hat wohl Probleme mit sich gebracht. Viele Außentermine in Berlin, Hamburg, Düsseldorf und Frankfurt mit Übernachtungen und reichlich Kontakten zu zweifelhaften Etablissements. Er hat sein Leben genossen und war wohl nicht sehr diskret.«

»Du hast gemeint, dass sie sich nichts geschenkt haben. Was wolltest du damit andeuten?«, fragte ich nach.

»Marina sprach von Affären. Sie schienen es beide mit der Treue nicht so genau genommen zu haben.«

Ich lachte heiser auf. Jörg hatte keine Ahnung, wozu sie fähig war.

»Du bist nicht überrascht, Nicola? Stimmts?« Er wartete, bis ich ihm zustimmte. »Vor knapp drei Monaten war Harald Schumann beruflich in Hamburg. Irgendetwas muss damals geschehen sein. Direkt nach seiner Rückkehr hat er das gemeinsame Zuhause verlassen. Trotz aller Streitereien im Vorfeld, hatte er bis dahin eine Trennung und seinen damit verbundenen Auszug konsequent abgelehnt. Und plötzlich zieht er in eine Wohnung in Mecklenbeck und schneidet sich wenige Wochen später die Pulsader auf.«

»Dann hat er sich nicht während seines Hamburg-Aufenthaltes unsterblich verliebt«, fasste ich die Situation zusammen. »Bist du dir sicher, dass das, was sie dir in der kurzen Zeit erzählt hat, auch der Wahrheit entspricht, Jörg?«

»Du bist sarkastisch, Nicola. Das passt nicht zu dir. Marina scheint dir ziemlich auf die Zehen getreten zu sein.«

»Gefällt sie dir? Seit wann duzt du unsere Kunden nach wenigen Minuten?« Ich spürte Tränen aufsteigen.

»Du meine Güte. Sie ist deine Cousine. Nicht mehr und nicht weniger.«

Ich konnte es nicht verhindern. Seine Worte und das Wiedersehen mit Marina holten alle unterdrückten Gefühle ans Tageslicht. Mir schien, als hätte sich ein Schleusentor geöffnet. Ich ließ meinen Tränen freien Lauf.

Jörg wartete, bis ich mich wieder einigermaßen im Griff hatte, dann bezahlte er und wir gingen zum Parkplatz.

»Kannst du fahren? Ich bringe dich gerne nach Hause. Du kannst morgen mit dem Bus oder dem

Rad zur Arbeit kommen.« Er legte mir seinen Arm um die Schulter.

Ich schniefte. »Ich habe das alles so lange verdrängt, das muss jetzt mal an die frische Luft. Vielleicht schaffe ich es, mit der Vergangenheit abzuschließen.« Ich küsste ihn zum Abschied auf die Wange und stieg in mein Auto.

II – Münster, Kreuzviertel, Nicolas Wohnung

Kurz nach Mitternacht schreckte ich schweißnass in meinem Bett auf. Lidl sprang blitzartig von meinen Füßen auf den Boden. Er miaute erbost.

Alles war wieder gegenwärtig. Ich war sechzehn Jahre jung und zum ersten Mal verliebt. Und meine Geburtstagsüberraschung für Mark wurde zum Desaster.

30 Jahre früher, Münster

Ich stand auf der Terrasse und starrte durch das geschlossene Fenster. Marks Mitbewohner Jan hatte mich nicht in die Wohnung gelassen. Der Apfelkuchen rutschte von der Tortenplatte. Marina saß rittlings splitterfasernackt auf Mark. Seine Hände umfassten ihre Brüste. Ihr Mund war offen, ihre Augen geschlossen. Die beiden bemerkten mich erst, als Jan die Zimmertür öffnete und etwas sagte. Dann klappte sein Mund zu und er zeigte auf mich. Marina schien sich weder an Jan zu stören noch an dem, was er sagte. Sie drehte den Kopf zur Scheibe und bewegte sich rhythmisch auf und ab. Mit einem triumphierenden Grinsen hielt sie meinem Blick stand. Ich sah, wie Marks Hände zu ihren Hüften rutschten und dass er sie wie eine Puppe anhob. Meine Erstarrung löste sich und ich rannte davon.

Als meine Mutter mir einige Stunden später sagte, dass Marina am Telefon sei und mit mir sprechen wollte, war ich kaum in der Lage, den Kopf zu schütteln. Ich hörte, wie sie zu ihr sagte: »Ich glaube, sie wird krank. Sie ist blass um die Nase und ihre Augen sind rot. Wenn es morgen nicht besser ist, gehe ich mit ihr zum Arzt.« Dann lauschte sie Marinas Worten und antwortete: »Natürlich, das richte ich ihr gerne aus, Liebes.«

Ich übergab mich auf das Bettlaken und verweigerte jede Kommunikation. Meine Mutter wich nicht von meiner Seite.

Am nächsten Tag blieb ich im Bett. Irgendwann hörte ich die Türklingel und einen Moment später Marks Stimme. Meine Mutter erschien lächelnd im Türrahmen und aus meiner Kehle entwich ein Schrei. Entsetzt eilte sie auf mich zu. Die Haustür klappte ins Schloss.

Sie wiegte mich in ihren Armen, als es vor dem Haus dumpf knallte.

An diesem Tag dachte ich zum ersten Mal in meinem Leben, dass ich nie wieder lachen könnte. In diesen wenigen Stunden verlor ich meine Unbekümmertheit, mein Selbstbewusstsein und, ja, auch mein Urvertrauen – noch bevor ich meine Unschuld verloren hatte. Seit diesem Tag plagten mich Schuldgefühle.

Mark war, nachdem er meinen Schrei gehört hatte, aufgewühlt auf die Straße gelaufen. Der Pkw-Fahrer war chancenlos. Mark war auf der Stelle tot.

Marina beteuerte, dass der Sex mit Mark einfach so passiert sei und ihr auch nichts bedeutet hätte. Zum ersten Mal zeigte sie mir ihr zweites Gesicht. Ich sprach kein Wort mehr mit ihr und auch unsere Eltern schafften es nach Marks Tod nicht, den Kontakt zu halten.

Donnerstag, 14.10.2021

Kreuzviertel, Nicolas Wohnung

Irgendwann hatte ich verstanden, dass Marks Tod nicht in meiner Verantwortung lag. Auch Marinas Betrug galt nicht mir allein, sie hatte auch Mark benutzt. Sie rächte sich an mir, weil ich sie wegen Mark vernachlässigt hatte. Sie kannte mich in- und auswendig. Marina hatte es darauf angelegt, dass ich sie mit Mark in flagranti erwischte. Sie handelte kindisch und perfide zugleich. Sicher hatte sie seinen Tod nicht geplant, aber seine Vernichtung billigend in Kauf genommen.

Doch trotz meiner Erkenntnisse war an Schlaf nicht mehr zu denken. Ich verließ das Bett und ging barfuß in die Küche. Lidl folgte mir.

Obwohl dieses traumatische Erlebnis fast dreißig Jahre zurücklag, war jede Erinnerung an Mark Torwald qualvoll. Ich konnte an nichts anderes denken und wartete auf ein Wunder. Vielleicht würde der Kelch an mir vorüber gehen und Marina würde nicht wie verabredet ins Institut kommen.

II – Bestattungsunternehmen Klar Münster-Roxel

Ich parkte meinen Wagen auf dem Firmenparkplatz, hob meine Handtasche vom Beifahrersitz und presste sie gegen meinen Bauch. Seit ich aus Bremen weggegangen war, hatte ich niemandem von meinen Enttäuschungen erzählt. Stattdessen legte ich mir einige Geschichten zurecht. Alles, was nicht dazu passte, unterdrückte ich konsequent. Mittlerweile erschienen mir meine Gaukeleien selbst als wahr.

Eine bis hierhin fast perfekte Fassade, die seit Marinas Auftauchen löchrig war. Ich ließ den Gedanken zu, den beiden Menschen, die mir am wichtigsten waren, von meiner Vergangenheit zu erzählen und mich damit verwundbar zu machen. Mir war bewusst, dass Jörg Klar etwas von meinem Schmerz ahnte. Doch selbst, wenn er von Marks Tod gehört hatte, schien er nicht zu wissen, welchen Anteil Marina und ich daran hatten. Jörg und ich sprachen nur über Themen, die sich im Alltag ergaben. Er wahrte den Abstand, den ich vorgab. Bei Dieter Schilling war es anders. Er fragte. Er zeigte Interesse an mir und signalisierte, dass er mehr für mich sein wollte als nur ein guter Bekannter.

Ich seufzte laut und stieg aus meinen Wagen.

In dem Moment, als ich das Klacken der Türverriegelung hörte, fuhr Marina auf den Parkplatz. Ich wartete, bis sie, ihre Kinder und der Dackel den schicken SUV verlassen hatten. Die beiden Jungs waren sportlich gekleidet. Sie sahen sich sehr ähnlich.

»Guten Morgen, Nicola. Darf ich dir meine Söhne vorstellen?« Ohne meine Antwort abzuwarten, zeigte sie auf den Größeren. »Ben und mein Kleiner«, sie drehte sich zu dem anderen Kind um, »Tom.«

Ich begrüßte die Kinder und wandte mich an meine Cousine. »Ihr seid pünktlich. Lasst uns reingehen.«

Ich öffnete die Tür und atmete auf. Jemand von meinen Kollegen war schon da. Eine Stimme aus dem Radio verkündete die 9-Uhr-Nachrichten. Frischer Kaffeeduft waberte durch den Raum.

Chris erschien im Türrahmen. Er hatte uns gehört und begrüßte uns. »Es ist alles vorbereitet, Nicola.«

III – Polizeipräsidium Münster

Dieter legte den Hörer zurück auf die Gabel und stöhnte laut. »Wenn das mal kein Fehler ist«, murmelte er und öffnete die digitale Akte des Mordfalls Nele Jordi. Er scrollte bis zur gesuchten Stelle und fügte ein, dass der Verdächtige Valentin Taube am 14. Oktober 2021 um 11.25 Uhr der Justizvollzugsanstalt Münster, Zweiganstalt Coesfeld, übergeben worden war.

Wenigstens in diesem Punkt war sein Wunsch berücksichtigt worden. Die Staatsanwaltschaft hatte im Vorfeld veranlasst, dass der unter Mordverdacht stehende Taube die Untersuchungshaft in Münster oder Essen verbringen sollte. Dieter hatte sich weit aus dem Fenster gelehnt und die Sicherheit des Tatverdächtigen in den Vordergrund gestellt. In Coesfeld gab es nur 44 Plätze und im Gegensatz zu den JVAs in Münster oder Essen kam es in der Kreisstadt selten zu Übergriffen unter den Gefangenen.

Dieter ahnte, dass Taube unschuldig in der Haftanstalt saß. Der Kommissar war sich sicher, dass er etwas übersehen hatte. Die ganze Geschichte um Nele Jordi schien viel größer zu sein, als dass ein Musiker zufällig ihr Mörder geworden sein sollte.

IV – Bestattungsunternehmen Klar
Münster-Roxel

Wir hörten Ben und Tom draußen mit Chris lachen.

Die drei spielten mit Dackel Bailey Fußball, während Marina die mitgebrachte Tasche auspackte. Sie legte nach und nach einen dunkelblauen Anzug, ein weißes Hemd und braune Schuhe auf den freien Stuhl. »Harald liebte seine teuren Klamotten. Dann soll er auch darin bestattet werden. Ben hat die Kleidung für seinen Vater ausgewählt. Sogar an einen Gürtel hat er gedacht.« Mit einer heftigen Bewegung wischte sie sich eine Haarsträhne aus dem Gesicht. »Sich so aus der Verantwortung zu stehlen … Nicola, damit hätte ich niemals gerechnet. Harald war immer so selbstsicher, vielleicht wirkte er schon etwas arrogant auf die Menschen, die ihn nicht kannten. Er war ein Siegertyp. Ein Gewinner.« Marina streckte ihren Rücken durch und putzte sich die Nase. »Er war im Februar in Köln. Angeblich bei einem wichtigen Kunden. Normalerweise hinterlassen die aber keine Lippenstiftspuren auf dem Hemdkragen.« Sie spuckte die Worte regelrecht aus. »Also habe ich ihm die Pistole auf die Brust gesetzt und die Trennung verlangt. Er hat mir gedroht, mich zu vernichten und mir die Kinder wegzunehmen. Er wollte partout keine Trennung. Und dann … Mitte Juli … eine Reise nach Hamburg. Angeblich zu einem Prozess.« Sie schnappte nach Luft.

»Ich muss das alles nicht wissen, Marina«, wandte ich ein, während ich ihr einen Kaffee eingoss.

»Kaum, dass er wieder zu Hause war, zog er in eine freie Wohnung unseres Mietshauses. Wenn wir Kontakt hatten, war er großzügig, freundlich und fürsorglich wie schon seit Monaten nicht mehr«, fuhr sie fort, ohne auf meinen Einwand einzugehen.

Vielleicht war es der Schlafmangel oder die alten Gefühle. Ich konnte meine Zunge nicht im Zaum halten. »Dein Harald wollte wahrscheinlich eine eigene Bleibe, um ein smartes Doppelleben zu führen. Für seine Außendarstellung eine Frau mit Kindern und Familienhund und nachts eine heiße Schnecke auf der Bettkante.«

Marina riss die Augen auf und raffte zeitgleich stumm ihre Sachen zusammen. Sie zerrte ihren Mantel von der Garderobe und wäre auf dem Weg nach draußen fast gefallen. Bevor sie die Klinke erreichte, wurde die Tür geöffnet und Jörg stand im Raum. Marina stürzte an ihm vorbei. Wir hörten sie nach den Kindern rufen und wenige Minuten später heulte der Motor ihres Wagens auf.

Ich hatte mein Gesicht mit beiden Händen bedeckt und erlebte den Moment wie in einem Vakuum. Mir schien, der Kessel war ohne Druck. Ich zog meine Füße auf den Stuhl und wiegte mich sanft von rechts nach links. Als das Motorengeräusch des SUVs verklungen war, berührte mich Jörg an der Schulter.

»Was ist passiert, Nicola?«, fragte er.

Langsam ließ ich die Hände sinken. »Das ist eine sehr lange, sehr schofele Geschichte«, begann ich und erzählte ihm von meiner ersten großen Liebe und der Zeit nach Marks Tod. Ich sprach von Hannes

Kempers Verrat, der Fehlgeburt und endete mit der Bestattung meiner Mutter. Jörg hörte einfach zu und sah mich an. Dann stand er auf und ging zum Schrank. Er nahm eine Flasche Sasse Lagerkorn heraus, öffnete sie und füllte zwei Pinchen.

Eins reichte er mir. Schweigend tranken wir und plötzlich lächelte er mich an. »Du hast es geschafft. Du hast all diese quälenden Erlebnisse ausgesprochen.«

Am Nachmittag zogen wir Harald Schumann die Kleidung an, die sein Sohn ausgesucht hatte. Wir hörten das Telefon klingeln. Chris nahm den Anruf entgegen und holte Jörg an den Apparat.

Ich zog den Schlangenledergürtel durch die Laschen und wollte gerade die Schnalle schließen, als ich mit dem Zeigefinger eine ungewöhnliche Erhebung spürte. Ich drehte den noblen Gürtel um. Am Übergang von der Schnalle zum Leder war ein Geheimfach eingearbeitet worden. Ich hörte Jörg nebenan telefonieren. Schnell öffnete ich den Reißverschluss und griff mit klopfendem Herzen in das kleine Fach. Ein winziger Stoffbeutel kam zum Vorschein. Ich steckte ihn in meine Hosentasche und schloss die Gürtelschnalle gerade, als Jörg zurückkehrte. Gemeinsam zogen wir Herrn Schumann die Schuhe an. Nachdem der Sarg geschlossen war, verbeugten wir uns vor dem Toten.

Der kleine Beutel und sein Inhalt brannten durch den Stoff meiner Hose wie Feuer auf meiner Haut.

V – Polizeipräsidium Münster

Dieters Kollegen hatten es nicht vergessen. Leider. Er hätte es sich anders gewünscht. Am Nachmittag standen sie mit einem Kuchen, zwei Kannen Kaffee und einem Präsentkorb in seinem Büro, um ihm zu seinem 52. Geburtstag zu gratulieren.

Gegen 16.20 Uhr war der Überfall vorbei und Dieter atmete auf. Er tippte eine WhatsApp-Nachricht an Nicola und lud sie auf eine Pizza ein.

Eine Viertelstunde später sagte sie ihm zu. Dieter las die Antwort zweimal: *19.30 Uhr bei mir, bring die Pizza gleich mit, freu mich, Nicola.* Sein Herz klopfte schneller. Nicola hatte ihn zum ersten Mal in ihre Wohnung eingeladen.

Dieter wollte gerade Feierabend machen, als sein Kollege Daniel Ahlers ihn ansprach. »Es hat einen Einbruch gegeben und rate mal, wo?«

»Seit wann kümmern wir uns um Einbrüche?« Dieter wollte nach Hause, duschen und mit Nicola einen schönen Abend verbringen. »Mach es kurz, Daniel.«

»In der Wohnung von Harald Schumann wurde eingebrochen. Ein ziemlich bekannter Anwalt. Klingelt es bei dir?«

Dieter zog seine Lederjacke an. »Ehrlich gesagt, nein! Daniel … Ich bin verabredet.«

Daniel nickte wohlwollend. »Harald Schumann hat sich suizidiert. In dieser Woche, in der Nacht von Montag auf Dienstag.«

Dieter zog seinen Autoschlüssel aus der Jackentasche und blieb stehen. »Du glaubst, das ist kein Zufall?«

»Ich glaube, das ist kein Zufall. Vielleicht hat ihn jemand überredet, diesen Schritt zu tun?«

»Sagt dein Bauchgefühl?«, fragte Dieter, obwohl er die Antwort kannte.

»Genauso wie dir deins sagt, dass Valentin Taube für jemanden seinen Kopf hinhalten muss.«

Dieter überlegte. »Wir fahren morgen in die JVA und reden noch mal mit ihm. Und wir lassen uns die Akte Harald Schumann kommen. Ist es das, was du willst?«

Daniel nickte. »Und jetzt lass die Dame nicht warten. Kenne ich sie?«

»Wünsche dir einen schönen Abend, Daniel.«

Auf dem Heimweg, mitten im Berufsverkehr von Münster City schweiften Dieters Gedanken zu seinem Kollegen. Daniel Ahlers war in Bochum aufgewachsen. Als junger Mann hatten ihm die angeblichen Werte und Ideologien der Hells Angels imponiert. Dass es um Geld, Menschenhandel, Prostitution und Schutzgeld ging, begriff Daniel an dem Tag, als ein Freund und Klubmitglied mitten in der Fußgängerzone erschossen wurde. Niemand aus seinem Chapter half der Polizei bei der Aufklärung des Verbrechens, stattdessen schworen alle Mitglieder Rache. Daniel verstand, dass sich die Motorrad-Gangs im Krieg befanden.

Am Tag der Beisetzung verhinderte eine Übermacht von Polizisten, dass dieser Krieg auf dem Friedhof eskalierte.

Daniel fühlte sich wie im falschen Film. An diesem Tag beschloss er, andere Wege zu gehen.

VI – Münster, Kreuzviertel, Nicolas Wohnung

Kaum hatte ich die Wohnungstür hinter mir geschlossen, zog ich den kleinen Beutel erneut aus der Hosentasche.

Bereits im Auto hatte ich ihn geöffnet und einen winzigen, schlichten USB-Stick hervorgezogen. Ich schaute auf die Uhr. 17.10 Uhr. Ich stellte den Laptop auf den Esstisch und schaltete ihn ein. Endlich war er hochgefahren. Nervös schob ich den Stick in die Anschlussstelle. Circa dreißig Kacheln kündigten Videos an und unzählige Bilder bauten sich nach und nach auf. Am Ende erschien eine Excel-Tabelle. Angespannt öffnete ich das erste Video. Nach wenigen Sekunden ließ ich mich auf den Stuhl sinken. Was war das für eine kranke Scheiße? Ein junges Mädchen, ich schätzte sie auf höchstens sechzehn, lag in Reizwäsche mit geschlossenen Augen auf einem riesigen Bett. Ihre Handgelenke waren mit Lederriemen an das Kopfteil gefesselt. Obwohl … wirklich gefesselt waren sie nicht.

Dafür war die Schnürung viel zu locker. Die Kamera schwenkte vom Bett weg. Eine gepolsterte Tür öffnete sich und ich musste meinen Brechreiz unterdrücken. Sechs Männer in Unterhosen betraten den Raum. Sie wurden von hinten gefilmt. Das Video endete. Die nächsten drei Videos waren ähnlich. Andere Mädchen, alle blutjung. Alle lagen bewusstlos, wie tot auf einem Bett. Meist waren sechs, einmal auch acht Männer im Raum. In einer Szene konnte ich sie von vorne sehen. Sie trugen venezianische Masken, die wie maßgefertigt wirkten. Die roten Masken waren kunstvoll mit silbernen Ornamenten verziert. Ein dunkelrotes Federkleid umgab die Maske so üppig, dass es unmöglich war, den Träger zu erkennen.

Die Bilder zeigten verschiedene Szenen. Junge Mädchen, kleine Lolitas in edel möblierten Zimmern, in Marmorwannen mit goldenen Wasserhähnen oder in teuren Sportwagen. Alle Dateien drückten Gewalt und Missbrauch aus, ohne dass dieser sichtbar war.

Ich verfügte über genug Erfahrung. Diese Aufnahmen waren entstanden, um die anwesenden Männer einerseits auf die Mädchen aufmerksam zu machen und andererseits unter Druck zu setzen. Mit Sicherheit gab es auch Aufnahmen, die sie in Aktion zeigten. Ich öffnete die Exceltabelle. Eine Reihe von Großbuchstaben nebeneinander, die keinen Sinn ergaben. Hinter jedem Block stand ein Datum, diverse Zahlen und am Ende der Reihe erneut ein Datum.

Die folgenden Reihen hatten dasselbe Format.

Ich entfernte den Stick und fuhr das Gerät herunter. Unter der Dusche beruhigte sich mein Herzschlag langsam. Diesen Datenträger hatte Harald Schumann in seinem Gürtel versteckt. Was hatte er mit diesen Schweinereien zu tun? Hatte er als Anwalt Kenntnis davon, weil einer seiner Klienten beschuldigt worden war? Kannte er die Männer persönlich? War er selbst einer von ihnen?

Kurz vor 19.30 Uhr war der Esstisch für zwei Personen eingedeckt und der Wein stand im Flaschenkühler. Ich schaute mich prüfend um, konnte aber bis auf ein paar Haare von Lidl auf der Couch nichts entdecken, was meinen Besuch stören könnte.

Dieter in meiner Wohnung zu empfangen, nachdem ich den Inhalt des Sticks kannte, verursachte mir Magenschmerzen. Meine Hände zitterten, als ich für meinen Fellfreund den Napf füllte. Lidl rieb seinen Kopf an meinem Bein und maunzte.

Um 19.32 Uhr tönte die Türklingel und ich drückte mit zittrigen Fingern den Öffner.

Eine Stunde später, Dieter war im Bad, saß ich mit angewinkelten Beinen auf der Couch. Lidl lag schnurrend bei mir. Ich trank einen Schluck Wein und versuchte, jeden Gedanken an das Gesehene zu verdrängen. Das Kerzenlicht flackerte und im Hintergrund lief Musik von Valentin Taube. Dieter hatte die CD mitgebracht. Klassik verbunden mit Pop, die alten Meister neu in Szene gesetzt. Ich seufzte laut. Es hätte alles so schön sein können.

Ich hörte die Tür. Dieter erschien im Türrahmen. Mich schauderte.

»Frierst du, Nicola?«, fragte er und griff nach der Decke, die über der Lehne hing.

Ich schüttelte den Kopf. »Ich bin es nicht gewohnt, den Abend mit einem Seeger zu verbringen. Vielleicht verwirrt mich das. Die Musik, der gute Wein … « In Gedanken fügte ich hinzu, dass in meiner Nachttischschublade ein Datenträger lag, der ihn sicher interessieren würde.

»Du bist nicht an Abende mit Männern gewöhnt? Ich fühle mich geschmeichelt, dass du für mich eine Ausnahme machst.« Dieter schmunzelte.

Ich wechselte das Thema. »Gibt es Neuigkeiten über Taube?«

Dieter räusperte er sich. »Er wurde heute nach Coesfeld gebracht. Ich hoffe, er ist dort besser aufgehoben als in der JVA Münster, geschweige denn in Essen.«

Dieter stellte sein leeres Glas zurück und deutete auf die Flasche.

Ich nickte und er füllte unsere Gläser.

Lidl beobachtete ihn schläfrig aus einem geöffneten Auge.

»Ich verstehe. Du machst dir ernsthaft Sorgen um ihn. Denkst du, dass er in Coesfeld vor Übergriffen geschützt werden kann?», fragte ich nach.

»Ich bin mir sicher, dass er nicht Nele Jordis Mörder ist. Ich kann es nicht logisch begründen, aber … ich weiß es.« Dieter reichte mir mein Weinglas und nahm seines vom Tisch. »Du weißt, wie wichtig unser Gespür für unsere Arbeit ist. Da ist etwas mit Nele Jordi, was wir noch nicht wissen.«

»Hör auf jeden Fall auf deinen Bauch. Ihr ermittelt doch trotz Staatsanwalt Langers Meinung weiter, oder?«

Dieter nickte und trank einen Schluck Wein. »Morgen werde ich in der JVA vorstellig. Und als ob ich nicht genug Fälle auf dem Schreibtisch hätte, werde ich mir auch einen Einbruch genauer ansehen müssen.« Er klang müde.

Ich versuchte ihn aufzuheitern. »Hört sich spannend an. Wie hat es der Einbruch bis zu euch geschafft?«

»Über meinen Kollegen Daniel Ahlers. Er ist sich sicher, dass der Täter etwas Bestimmtes in der Wohnung gesucht hat. Der Mann hat sich in der Nacht zu Dienstag suizidiert. Daniel glaubt nicht an Selbstmord und an eine zufällige Auswahl der Wohnung. Bei dem Toten handelt es sich um einen bekannten Rechtsanwalt.«

Mein Glas rutschte mir aus der Hand, schlug auf dem Sofa auf, rollte über das Polster bis zur Kante und zersprang auf dem Parkett. In derselben Sekunde verschwand Lidl in die Küche.

Dieter griff nach einer Serviette und tupfte den Wein vom Polster. Er lächelte mich schief an. »Gibt wenigstens keine Rotweinflecken.« Er griff nach meinen zitternden Händen und umschloss sie mit seinen.

Erst da wurde mir bewusst, dass meine Hände eiskalt waren.

»Du bist schon die ganze Zeit so angespannt«, sagte Dieter mit rauer Stimme. »Ich kann mir nicht vorstellen, dass es an mir liegt … Obwohl ich mir das wünschen würde.« Er schluckte. »Magst du mir erzählen, was dich beschäftigt?«

Innerhalb weniger Sekunden entschied ich mich, auch ihm von Marina, Mark und Hannes zu erzählen. Kurz nachdem ich an dem Punkt angekommen war, dass Harald Schumann in unserer Kühlkammer auf seine Bestattung wartete, brach mir vor Erschöpfung die Stimme.

Dieter zog mich in seine Arme und ich lehnte meinen Kopf an seine Brust. Ich weiß nicht, wie lange wir so verharrten. Irgendwann dämmerte ich in den Schlaf hinüber.

Als ich erwachte, lag ich zugedeckt auf der Couch. Lidl hatte sich auf meinen Beinen zusammengerollt. Die Stehlampe in der Ecke neben dem Esstisch verbreitete gedämpftes Licht. Ich genoss für einen Moment die Ruhe und Sicherheit, die meine

Wohnung ausstrahlte. Dann bemerkte ich einen Zettel auf dem Couchtisch und las: *Ich melde mich morgen, danke für dein Vertrauen. Dieter.*

Gemeinsam mit Lidl ging ich ins Schlafzimmer und zog mich aus. Das Wort Vertrauen rotierte in einer Endlosschleife durch meine Gedanken. Verspielte ich gerade sein Vertrauen?

Seit Marinas Auftauchen war das Misstrauen zurück, das mich seit Jahrzehnten verfolgte.

Freitag, 15.10.2021

Polizeipräsidium Münster

Daniel Ahlers ließ sich gegenüber von Dieter in den Bürostuhl sinken. »Moin Kollege. Hast du dich von deiner neuen Bekanntschaft ordentlich feiern lassen?«

Überrascht sah Dieter auf. Ihm wurde bewusst, dass sein Geburtstag kein Thema zwischen ihm und Nicola gewesen war. Er schüttelte den Kopf und lächelte. Jetzt konnte er sie besser verstehen und ihren Abstand zu ihm einordnen. Seine Bedenken, dass sie nicht dasselbe für ihn empfinden könnte, waren verschwunden. Nur zu gerne wäre er ihr *Seeger*. Aber Nicola war zu oft von Männern verarscht worden. Sie war vorsichtig. Eine Welle der Zuneigung durchströmte Dieter. Nicola war für ihn bestimmt. Er würde warten und für sie da sein. Er seufzte.

»Muss ich nicht verstehen, Dieter? Oder?« Daniel kratzte an seinem Dreitagebart. »Dich scheint es ordentlich erwischt zu haben. Bring sie nächste Woche zum Bowlen mit. Dann können wir sie kennenlernen.« Er knöpfte seinen Hemdsärmel auf und gab einen Blick auf seine Tätowierungen frei.

Erneut schüttelte Dieter den Kopf. »Sei nicht so neugierig«, sagte er und nahm seine Jacke von der Garderobe. »Wir haben um 10.15 Uhr einen Termin in der JVA. Valentin Taube wird bis dahin von der Krankenstation entlassen sein.« Er zog sich die Jacke über und nahm seinen Autoschlüssel vom Schreibtisch. »Die Akte von Harald Schumann habe ich mir angesehen. Notarzt und Leichenbeschauer haben den Suizid bestätigt. Die Staatsanwaltschaft hat keine Obduktion veranlasst. Du hast Recht, ein einfacher Einbruch in eine Privatwohnung war das nicht. Das Polizeisiegel hätte jeden abgeschreckt.«

»Das heißt, Dieter?«

»Das heißt, ich habe mir gerade das Einverständnis für eine Obduktion geholt. Der Leichnam wird heute noch in die Rechtsmedizin überführt.« Dieter drückte auf den Lichtschalter und fuhr fort: »Kommst du? Wir haben einiges vor.« Er wartete nicht auf Daniels Antwort. Zu viele Gedanken gingen ihm durch den Kopf. Schumann lag seit drei Tagen beim Bestatter und war sicherlich schon für die Beisetzung vorbereitet. Waren dadurch Spuren vernichtet worden? Warum hatte Nicola so erschrocken auf Schumann reagiert? Ihre jahrelange Tätigkeit als Polizistin und ihre jetzige Aufgabe … Sie war keine Anfängerin. Dieters Magen krampfte bei diesem Gedanken. Verheimlichte Nicola ihm etwas? Hatte er sich getäuscht, als er dachte, sie vertraue ihm?

II – JVA Münster, Zweiganstalt Coesfeld

Nachdem Dieter und Daniel die Sicherheitskontrollen hinter sich gebracht hatten, führte ein Justizvollzugsbeamter sie in ein kleines Besuchszimmer. Dort wurden die beiden von einer Frau in Empfang genommen, die sich als stellvertretende Anstaltsleitung Corinna Kaiser vorstellte.

»Ich bedaure, meine Herren, leider konnten wir Sie nicht rechtzeitig informieren. Herr Taube wurde in den Gefangenentrakt gebracht, um die Zelle zu beziehen.« Sichtlich unangenehm berührt druckste Corinna Kaiser herum.

Dieter spürte, wie sich eine Schweißperle zwischen seinen Schulterblättern löste und sich einen Weg entlang seiner Wirbelsäule suchte. »Ist Herr Taube körperlich unversehrt?«, fragte er ungeduldig.

»Nein.« Die Beamtin öffnete den schmalen Ordner, der vor ihr auf dem Tisch lag. »Laut Aussage des zuständigen Schließers ist Herr Taube auf der Treppe umgeknickt und hinuntergestürzt. Er wurde vor etwa einer dreiviertel Stunde von einem RTW abgeholt und in das Christophorus-Klinikum gebracht. Ein Kollege von uns begleitet ihn.« Ihr Gesicht wurde von einer feinen Röte überzogen.

Daniel Ahlers und Dieter Schilling wechselten einen Blick, dann räusperte sich Daniel. »Wurde Herr Taube schwer verletzt?«

»Er wird in diesen Minuten notoperiert. Ein Bein ist mehrfach gebrochen und sein verletzter linker Arm vermutlich auch.«

»Ich möchte den Bericht einsehen, Frau Kaiser.«

»Natürlich, Herr Schilling. Ich habe eine Kopie für Sie gemacht. Sie müssen mich jetzt bitte entschuldigen, meine Arbeit ruft. Ein Mitarbeiter wartet auf dem Flur. Er begleitet Sie zum Ausgang, wenn Sie fertig sind.« Sie verabschiedete sich und verließ das Besuchszimmer.

Dieter vertiefte sich in den Bericht.

»Taube war keine 24 Stunden hier. Was ist das für ein Laden?«, fragte Daniel, als Dieter wütend die Papiere auf den Tisch knallte.

»Ein Junkie war zur selben Zeit auf der Treppe. Er randalierte und schlug um sich. Der Schließer war nicht in der Lage, ihn zu bändigen, und bevor die gerufenen Kollegen helfen konnten, lag Taube bewusstlos auf dem nächsten Treppenabsatz. So eine Scheiße.«

»Umgeknickt und gestürzt. So klingt es nur halb so dramatisch«, resümierte Daniel. »Lass uns zur Klinik fahren.« Daniel stand auf. »Dieter, niemand wusste, dass Taube genau in diesem Moment zur Zelle gebracht werden würde. Es war ein bescheuerter Zufall.«

Innerlich gab Dieter seinem Kollegen Recht, aber der Druck in seinem Magen verstärkte sich schmerzhaft.

III – Christophorus-Klinik

St. Vincenz Hospital, Coesfeld

In der Klinik kamen Dieter Schilling und Daniel Ahlers nicht an der Stationsschwester vorbei. Irgendwie erinnerte die kleine, dralle Blondine Dieter an Oberschwester Hildegard aus der Schwarzwaldklinik. Er schluckte einen flapsigen Kommentar runter.

Die Schwester informierte die Kommissare darüber, dass Taube noch im OP sei und sicher nicht vor

Samstagabend oder Sonntag vernommen werden konnte. Sie notierte sich die Kontaktdaten und versprach, sich sofort zu melden, wenn sich Valentin Taubes Zustand änderte.

Auf dem Rückweg zum Auto stießen sie im Parkhaus auf Johanna Taube.

Sie wirkte völlig aufgelöst. »Sie haben das zu verantworten«, schnaubte sie ohne Vorwarnung. »Mein Mann hat sich nichts zuschulden kommen lassen! Sie verurteilen ihn, betrachten ihn als Mörder! Das wird Konsequenzen für Sie haben, darauf können Sie sich verlassen.« Ohne den Beamten eine Chance zu geben, lief sie zur Ausgangstür.

Wenige Sekunden später knallte diese metallisch scheppernd ins Schloss und das Klackern ihrer Absätze verstummte.

»Ich kann sie verstehen«, gab Daniel zu. »Sie weiß ja nicht, dass du an seiner Schuld zweifelst und ihn zu seinem Schutz nach Coesfeld hast bringen lassen.«

Dieter zuckte mit den Schultern und öffnete den Dienstwagen.

IV – Bestattungsunternehmen Klar Münster-Roxel

»Nein, Marina. Dagegen können wir nichts tun«, hörte ich Jörg sagen, als ich unser Büro betrat. Er hob den Kopf, grüßte mich nickend und konzentrierte sich wieder auf sein Telefongespräch. »Das hängt von der Rechtsmedizin ab. Wir werden dich umgehend informieren.« Er schüttelte den Kopf. »Nein. So schnell wird die Beisetzung auf keinen Fall stattfinden können. Wir sind ebenso überrascht wie du«, fuhr er fort.

Ich wartete, bis er sich verabschiedet und aufgelegt hatte. »Hallo Jörg. Was hat uns überrascht?«

»Guten Morgen, Nicola. Das war deine Cousine. Ich habe gerade einen Anruf erhalten. Wir werden

Harald Schumann in die Rechtsmedizin überführen müssen. Es besteht der Anfangsverdacht eines Kapitaldeliktes.« Er stockte und sah mich besorgt an. »Alles in Ordnung mit dir? Du bist ziemlich blass um die Nase.«

Ich ließ mich auf den Stuhl sinken. »Gestern Abend hatte ich Besuch«, erklärte ich Jörg völlig zusammenhanglos. »Du kennst Hauptkommissar Dieter Schilling?«

Jörg nickte zustimmend. »Wir haben uns kennengelernt, ja. Was hast du mit ihm zu tun?«

»Wir haben seit mehreren Monaten Kontakt und sind einmal zusammen ausgegangen. Gestern haben wir den Abend in meiner Wohnung verbracht.«

Ich sah, wie ein Lächeln Jörgs Lippen umspielte. »Es ist ein freundschaftlicher Kontakt«, erklärte ich ihm.

Jörg sah mich aufmerksam an. »Das ist dein Privatleben, Nicola.«

»Schilling hat gestern erwähnt, dass in Harald Schumanns Wohnung eingebrochen worden ist. Die

Kripo glaubt nicht an einen Zufall.« Ich spürte eine Hitzewelle von meiner Brust aufsteigen und wusste, dass mein Gesicht einer Tomate glich. »Ich habe Schilling von meiner Beziehung zu Marina erzählt«, fuhr ich fort.

Jörg stand auf und legte seine Hand auf meine rechte Schulter. »Wie gesagt, dein Privatleben. Du hast nicht gegen unsere Schweigepflicht verstoßen, oder?«

Ich verneinte.

»Ich freue mich für dich, Nicola. Der Kommissar bringt dir viel Vertrauen entgegen.« Er ließ mich los und ging zur Tür. »Druckst du mir das Überführungsformular aus, bitte? Ich fahre gleich nach Münster.«

Eine knappe halbe Stunde später saß ich alleine vor dem PC. Ich hatte die Webseite der Kanzlei Schumann geöffnet. Sie war einfach und wenig aussagekräftig aufgebaut. Augenscheinlich hatte der Verstorbene es nicht nötig gehabt, über seinen Internetauftritt an Mandanten zu gelangen. Ich tippte seinen Namen bei Google ein und stieß auf diverse Zeitungsartikel. Obwohl ich von Jörg wusste, dass der Anwalt seine Klientel im Milieu hatte, war ich von der Zahl der Einträge überrascht. Ich las einen nach dem anderen und schluckte schwer, als ich begriff, dass Schumann die Köpfe der Reeperbahn und des Frankfurter Rotlichtviertels genauso verteidigt hatte wie die Betreiber von Großbordellen in München und Düsseldorf.

Er war ein bekannter Strafverteidiger gewesen, der es gewohnt war, die Prozesse zugunsten seiner Mandanten zu entscheiden. In den meisten Fällen ging es um Steuerhinterziehung und Geldwäsche.

Ein Prozess, der vier Monate zurücklag, hatte die Hamburger Presse zu etlichen Berichterstattungen veranlasst. Ein in der Hansestadt lebender Camorra-Sprössling wurde angeklagt, im Streit einen Dänen mit einem Messer schwer verletzt zu haben. Bei seiner Festnahme wurde eine größere Menge GHB sichergestellt. Schon während meiner Zeit in Bremen war dieser Stoff als Liquid Ecstasy im Gespräch. Als Partydroge in kleinen Dosen eingenommen, konnte es sowohl beruhigend als auch euphorisierend wirken. Die Konsumenten tanzten die ganze Nacht zu lauter Musik und verspürten vermehrt Lust auf Sex. Bei Überdosierungen endeten die Konsumenten jedoch nicht selten auf dem kalten Stahltisch einer Pathologie.

Gespannt suchte ich nach einer Schnittstelle zu Harald Schumann. Erst in einem weiteren Artikel stolperte ich über den Namen des Verteidigers, Rechtsanwalt Thore Andresen. Auch seinen Namen gab ich in die Suchmaschine ein. Er stammte aus München und lebte heute in der Hansestadt Hamburg. Dort war er, wie sein Vater, als Rechtsanwalt tätig. Der Senior betrieb eine große Kanzlei in München. Kannten Andresen und Harald Schumann sich aus ihrer Zeit in Bayern? Beide waren 1978 geboren.

Ich klickte noch einmal auf das Profil von Schumanns Website und betrachtete sein Foto. Warum hatte er diesen Datenstick in seinem Gürtel versteckt? War deshalb in seiner Wohnung eingebrochen worden? Kurz kam mir der Gedanke, Dieter über meinen Fund zu informieren. Sofort verwarf ich ihn wieder. Wie hätte ich erklären sollen, dass ich den Datenträger gestern nicht erwähnt hatte? Niemand wusste, dass ich ihn an mich genommen hatte. Und so sollte es bleiben, bis … bis ich verstanden hätte, was es damit auf sich hatte.

Ohne weiter nachzudenken, wählte ich die Nummer von Schumanns Büro. Nach dem zweiten Klingeln ertönte eine Ansage. Die Kanzlei sei im Augenblick nicht besetzt. Für dringende Fälle wurde eine mobile Rufnummer angesagt. Ich notierte sie.

V – Institut für Rechtsmedizin, Münster

»Stephanie, der Neuzugang soll schnellstmöglich auf den Tisch«, sagte Albert List zu seiner Kollegin. Der Oberarzt arbeitete gerne mit Stephanie Schaft zusammen. Sie war seit knapp zwei Jahren im Institut beschäftigt. List kannte niemanden in seinem Team, der so gründlich, gewissenhaft und mit Biss arbeitete wie sie.

Die junge Ärztin schaute auf die Wanduhr, die direkt über der Tür hing. »Ich habe heute Zeit. Sollen wir uns …«, sie griff nach den Begleitunterlagen und las. »Wir können uns Herrn Schumann sofort ansehen, wenn du einverstanden bist.«

»Das wollte ich hören. Lass uns in die Kantine gehen. Ich könnte vorher einen Kaffee vertragen.«

Die Kaffeebecher standen dampfend vor ihnen. Stephanie Schaft vertiefte sich in Schumanns Akte. Sie blätterte, las und schaute dann auf. »Der Leichnam war am Dienstag bereits im Haus. Suizid durch Verbluten. Es wurde kein Fremdeinwirken festgestellt und keine Obduktion angeordnet. Weißt du, warum er erneut hier ist?«

»Allerdings.« Er trank einen Schluck und lehnte sich zurück. »Du kennst Dieter Schilling?«

Seine Kollegin nickte.

»Schilling ist über einen Einbruch gestolpert. Die Wohnung des Verstorbenen war versiegelt. Der oder die Täter haben alles auf links gedreht.«

»Hat der Herr Hauptkommissar sonst nichts zu tun?« Stephanie leerte ihren Becher und zog eine Zigarettenschachtel aus ihrer Kitteltasche.

Albert List wiegte seinen Kopf, er kaute auf seiner Unterlippe. »Ich kenne Schilling schon einige Jahre. Er hat das richtige Gespür für Dinge, die falsch laufen. Außerdem hat er es geschafft, den Richter zu überzeugen, also … Du lädst mich auf eine Zigarette ein und danach schauen wir, ob an seinem Verdacht etwas dran ist.«

Eine Stunde später war die äußere Leichenschau abgeschlossen und der Arzt bereitete alles vor, um den Brustkorb zu öffnen.

»Warte mal, Albert», bat ihn Stephanie und griff nach der linken Hand. »Schau, hier am Mittelfinger ist eine verhornte Stelle.«

»Offensichtlich hat der Anwalt viel geschrieben. Nichts Ungewöhnliches«, stellte Albert fest.

»Ich denke doch.« Sie griff nach der Akte und zog ein Foto heraus. »Er hat sich in der Badewanne die Pulsader aufgeschnitten. Die Schnittführung verläuft an der linken Hand vom Handgelenk knapp 10 Zentimeter in Richtung Ellenbogen. Die Rasierklinge lag neben seiner rechten Hand.« Sie hielt ihrem Kollegen ein Foto hin und er sah die vollständig bekleidete Leiche in der Wanne. Es war kein Wasser eingelassen worden. Die blutverschmierte Klinge lag ungefähr zwei Zentimeter vor der erschlafften rechten Hand.

»Als Linkshänder ist diese Schnittführung sehr ungewöhnlich. Du hast gerade das Bauchgefühl von Schilling fundiert. Lass uns weitermachen.«

VI – Münster, Kreuzviertel, Nicolas Wohnung

Endlich Freitagnachmittag. Ich parkte meinen Wagen gegen 15.45 Uhr am Straßenrand und lief die 350 Meter zurück zu meiner Wohnung. Die Parksituation im Viertel wurde immer dramatischer. Gerade am Wochenende. Zusätzlich zu den Anwohnern verstopften Kauflustige und Besucher des Kreuzviertels die raren Parkplätze.

Auf dem Bürgersteig, direkt vor dem Nachbarhaus, spielten Kinder *Himmel und Hölle*. Ich grüßte und lächelte sie im Vorbeigehen an. Ein bisschen Platz, ein Stein und Kreide. Es gab sie noch, die einfachen Dinge, mit denen wir uns früher die Zeit nach der Schule vertrieben hatten.

Das war ewig her, doch plötzlich war die Erinnerung präsent. Und mitten auf den viel genutzten Treppenstufen zwischen dem zweiten und dritten Stockwerk fiel mir etwas ein: Als Kinder hatten wir Geheimsprachen verwendet, um unsere Pläne und Ideen vor den Erwachsenen zu verbergen. In der

Grundschulzeit war ich Teil einer Mädchenbande. Wir orientieren uns an den 5 Freunden. Jede von uns besaß die Bücher von Enid Blyton und wir alle wollten so sein wie unsere Vorbilder. Ich hatte alle Geschichten auch auf Kassetten.

Eine Klassenkameradin mit jüdischen Wurzeln hatte uns in eine einfache Verschlüsselungstechnik eingeweiht, nachdem wir ihr versprochen hatten, sie in unsere Clique aufzunehmen. Von diesem Tag an schrieben wir unsere Nachrichten in einem geheimnisvollen Buchstabenmix ohne Sinn, die niemand von den Nichteingeweihten verstand. Während ich die Stufen hochstieg, überlegte ich fieberhaft, wie die Geheimsprache hieß.

Ich schloss die Tür auf und sagte laut: »Atbash!« Dann begrüßte ich Lidl, der mich maunzend im Flur empfing.

Aufgeregt wartete ich, bis der Laptop hochgefahren war, dann tippte ich den Begriff ein. Ich las die

Erklärung und erinnerte mich sofort. Bei der Atbash-Verschlüsselungstechnik wird das Alphabet rückwärts verwendet statt vorwärts. Aus dem A wird ein Z, aus dem B wird ein Y und so weiter.

Ich schob den Datenstick in die Anschlussstelle und klickte die Exceltabelle an. Während sie sich öffnete, holte ich mir ein Blatt Papier und einen Bleistift.

Ich schrieb das Alphabet von A bis Z untereinander und notierte es daneben in umgekehrter Reihenfolge. Der erste Buchstabenblock der Tabelle lautete: KXOWX. Mit angehaltenem Atem entschlüsselte ich: PCLDC. Ich versuchte es mit dem nächsten Buchstabenblock. NXYZX und mit weiteren. Nichts ergab Sinn. Meine einzige Erkenntnis war, dass der Buchstabe X wiederholt verwendet worden war.

Frierend goss ich den Rest aus der Weinflasche in mein Glas und schaute auf die Uhr. 1.30 Uhr. Mit kleinen Unterbrechungen hatte ich fast neun Stunden herumgerätselt und nichts erreicht. Mir rauchte der Kopf und aus meinem Bauch ertönte ein dumpfes

Knurren. Lidl, der eingerollt auf meinem Schoß lag, hob irritiert den Kopf und blinzelte mich an.

»Recht hast du, lass uns schlafen gehen.«

Ich schreckte hoch. In meinem Schlafzimmer war es dunkel. Für einen Moment tanzten Buchstaben ohne Sinn vor meinen Augen, dann hörte ich Lidl maunzen. Seine Pfoten zuckten unkontrolliert. Er träumte.

Ich hatte auch geträumt. Gemeinsam mit meiner Kollegin Britta hatte ich die SOKO Schulhof in Bremen unterstützt. Anfang der 2000er wurden in den Pausen vermehrt Jugendliche angesprochen. Angeblich von Modelscouts, Talentsuchern und Filmproduzenten. Einige Jungen und Mädchen erzählten zwar davon, aber niemand nahm das ernst. Erst als eine 17-jährige Gymnasialschülerin vollgepumpt mit LSD im Bahnhofsbereich aufgegriffen wurde und sie zwei Tage später im Klinikum Bremen-Mitte verstarb, wurde die Spitze des Eisbergs sichtbar. Die Tote, Carla Kuhl, Tochter aus gutem Hause, hatte seit knapp einem Monat als vermisst gegolten. Ihren Eltern hatte sie erzählt, dass sie zu einem DSDS- Casting im Atlantic Hotel Airport eingeladen sei. Es stellte sich heraus, dass nichts davon stimmte. Aber hatte Carla Kuhl das gewusst?

Jetzt war ich hellwach. Die Erinnerung an unsere gemeinsame Zeit in Bremen war schön und schmerzlich. Britta Weber war damals meine Lieblingskollegin und nachdem ich alle Kontakte in Bremen abgebrochen hatte, sahen wir uns viel zu selten. Ich überlegte, wann wir uns zuletzt getroffen hatten, und schmunzelte in die Dunkelheit hinein. Im Oktober 2020 hatte ich sie in ihrem neuen Zuhause in Hagen besucht. Sie war zu ihrem Freund gezogen und ich … ich war an diesem Abend über Lidl gestolpert, der in meinem Kofferraum hockte.

Mit dem Vorsatz, Britta morgen anzurufen, kuschelte ich mich wieder ein.

Samstag, 16.10.2021

Kreuzviertel, Nicolas Wohnung

Mein Rücken knackte, als ich mich quer über den Esstisch hangelte, um nach meinem Handy zu greifen. *Britta Weber* las ich auf dem Display.

»Britta! Wie schön«, begrüßte ich meine Freundin und traute meinen Augen nicht. *13:15 Sa., 16. Oktober* zeigte das Display an. Wo war die Zeit geblieben?

»Ich habe deinen Anruf nicht mitbekommen, ich war beim praktischen Schießtraining.«

»Das nenne ich Einsatz, Süße. Am Samstag. Wie sieht es bei euch aus? Seid ihr noch glücklich?« Ich vergewisserte mich mit einem Blick auf die Uhr am Herd, dass es tatsächlich nach 13 Uhr war. Mir wurde bewusst, dass ich seit kurz vor 6 Uhr am Esstisch saß und versuchte, eine eventuell vorhandene Verschlüsselung zu enträtseln.

Britta und ich plauderten über den Job, über Lidl und über vergangene Zeiten. Unvermittelt fragte sie mich nach meinem Liebesleben.

»Ich date ab und an einen Kriminalkommissar aus Münster. Dieter heißt er. Dieter Schilling. Anfang fünfzig und geschieden. Keine Kinder. Es ist noch nichts Ernstes, aber ich könnte es mir vorstellen, wenn …« Ich sprach den Satz nicht zu Ende. Meine Kehle wurde enger. Würde Dieter überhaupt noch etwas mit mir zu tun haben wollen, wenn er von dem Datenstick erfuhr?

»Wenn? Nicola?« Brittas Stimme vibrierte.

»Du weißt, ich habe ein Problem. Vertrauen fällt mir schwer.« Ich schluckte. »Ich weiß nicht, ob mir das jemals wieder gelingt«, räumte ich ein.

»Nach der Aktion von Hannes ist das doch kein Wunder. Nur … nicht alle Männer sind Schweine. Vielleicht ist …«

Ich hörte, wie ihr Partner Rüdiger nach ihr rief und sie ihm antwortete.

»Vielleicht ist er Mr. Right«, vervollständigte sie ihren Satz. »Rüdiger ist zurück. Er hat uns eine Pizza geholt.«

»Dann wünsche ich euch einen guten Appetit. War schön, mal wieder mit dir zu sprechen. Ach, sag mal, hast du noch die Unterlagen aus dem Seminar zur Verschlüsselungstechnik?«

Ich hörte sie lachen. »Habe ich bestimmt aufgehoben. Ich esse und dann schaue ich danach. Und ich frage mal nicht, was du damit vorhast. Ciao, bis ganz bald.«

Gegen 15 Uhr saß ich vor dem Laptop und aß eine Scheibe Brot. Ich kaute und starrte auf das Bild von Harald Schumann. Eine Benachrichtigung über eine eingegangene E-Mail blinkte auf.

Britta hatte mir das Handout des gemeinsam besuchten Seminars gesendet.

Mir war kühl. Ich füllte den Wasserkocher und stellte ihn an.

Lidl setzte sich auf, streckte sich, dann drehte er mir den Rücken zu und rollte sich wieder auf dem Sofa ein.

»Ich beneide dich. Schlafen, Fressen und Streicheleinheiten. Können wir tauschen, Lidl?«

Er antwortete mir maunzend, was ich als Nein interpretierte.

Der Wasserkocher zischte und schaltete sich ab.

Ich nahm mir einen Teebeutel aus der Packung, gab ihn in die Tasse und übergoss ihn mit heißem Wasser.

Fünf Minuten später stand der Tee dampfend vor mir. Ich öffnete das Handout und begann zu lesen.

Es wurden viele Wege zur Verschlüsselung erklärt, die Russen waren führend in ihren Ideen. Die genannten Beispiele aus der DDR-Spionage klangen so unglaublich, dass sie schon als genial bezeichnet werden konnten. Zumindest für die damalige Zeit.

Mir brummte der Kopf. Die Exceltabelle könnte alles Mögliche verbergen. Ich öffnete noch mal die Bilddateien.

Es waren 28 Stück. Ich klickte die erste an. Die junge Blondine trug ein dunkelblaues Kostüm. Der Rock war für meinen Geschmack eher ein breiter Gürtel.

Ihre langen, wohlgeformten Beine steckten in gleichfarbigen Stöckelschuhen aus Lackleder. Ich schätzte die Absätze auf mindestens 8 Zentimeter. Die Frau war für ihre Jugend viel zu damenhaft gekleidet und gleichzeitig unglaublich sexy. Ihr Po lehnte lasziv an einem Kotflügel. Ihr Gesicht wurde zum großen Teil von einer Sonnenbrille verdeckt.

Der Wagen schien mir aus einer anderen Welt zu sein. Unglaublich flach und breit. Die Frontschürze erinnerte mich an ein Haifischmaul. Das Fahrzeug stand vor einem Gebäude, das wie ein Märchenschloss aussah. Das Nummernschild war verpixelt. Silbrig glitzerte das Sonnenlicht auf dem Lack, der perfekt mit der Kleidung der jungen Frau harmonierte.

Ich wollte gerade das nächste Bild öffnen, da sah ich, dass sich der Fotograf in der Scheibe des Sportwagens spiegelte. Ich konnte erkennen, dass es ein Mann war, der ebenfalls eine Sonnenbrille trug.

Nach weiteren 9 Bildern stieß ich erneut auf die chic gekleidete Blondine. Dieses Mal war sie in einem Whirlpool abgelichtet worden. Ihre langen, glatten Haare trug sie hochgesteckt. Mit Perlen besetzte Nadeln verzierten den Dutt. Das erinnerte mich sofort an eine Brautfrisur. Ihr Oberkörper ragte kurz über dem Bauchnabel aus dem Wasser. Das Bikinioberteil war ein Hauch von einem Nichts und verhüllte dennoch den Busen des Mädchens. Es war mir nicht möglich, ihr Alter zu schätzen. Auf ihren Lippen schimmerte roter Lipgloss. Sie hielt die Augen geschlossen. Neben ihr auf dem Beckenrand perlte Champagner oder Sekt in einem Glas.

Auf dem nächsten Bild saß sie, in Gedanken nannte ich sie Lilly, mit einem Mann im selben Pool. Er war seitlich von hinten fotografiert. Sein schwarzes Haar war tadellos geschnitten. Seine Wange war von Federn bedeckt. Das Stück, das ich von seinem Rücken erkennen konnte, erlaubte mir eine Vorstellung seines muskelbepackten Oberkörpers.

Ich öffnete eine Videodatei und meine Vermutung wurde bestätigt. Die Federn waren identisch mit denen, die ich gestern zum ersten Mal gesehen hatte.

Ich trank einen Schluck von meinem inzwischen kalten Tee. Der bittere Geschmack in meinem Mund verstärkte sich. Warum versteckte Harald Schumann einen derart brisanten Datenstick in seinem Gürtel? Zum wiederholten Male stellte ich mir diese Frage. Was hatte Marinas Mann damit zu tun?

Ohne zu wissen, ob es mir nützen würde, erstellte ich eine Beschreibung der einzelnen Bilder. Ich vergab Nummern und Namen für die Mädchen und beschrieb die Details, so gut ich konnte.

Müde rieb ich mir über die Augen. Im Raum um mich herum wurde es grau, als hätte jemand das Licht gedimmt. Die Erkenntnis blitzte in mir auf. Auf den 28 Bildern hatte ich elf verschiedene Mädchen ausgemacht. Ich vermutete, dass alle Aufnahmen in dem Märchenschloss oder auf dem Gelände entstanden waren. Die Inneneinrichtung hatte auf allen Fotos denselben Stil und ein Bild war auf der Terrasse aufgenommen worden. Ich konnte seitlich den Weg erkennen, auf dem der exklusive Sportwagen gestanden hatte. Die Buchstaben- und Zahlenkolonnen untereinander ergaben 11 Reihen. Adrenalin verscheuchte die Müdigkeit aus meinem Körper. Das konnte kein Zufall sein.

Meine Fantasie war nicht mehr zu bremsen. Bis in die frühen Morgenstunden konstruierte ich diverse Szenarien. Menschenhandel, Prostitution und Drogenmissbrauch. Alles sprach dafür, aber nichts konnte ich mit den Daten belegen. Die Mädchen waren unangetastet – zumindest auf den Fotos. Ihre Gesichter wirkten teilweise abwesend und ihre Augen waren glanzlos, aber sie wurden auf keinem Bildnachweis misshandelt.

Ich googelte nach vermissten weiblichen Personen und erfuhr von vielen Schicksalen. Aber keine Beschreibung passte zu einem der abgebildeten Mädchen.

Meine Augen brannten. Ich zog mich im Schlafzimmer aus.

Mondlicht erhellte den Raum. Lidl hatte es sich auf dem Bett gemütlich gemacht.

Sonntag, 17.10.2021

Kreuzviertel, Nicolas Wohnung

Etwas klingelte. Ich brauchte einen Moment, bis ich den Ton richtig einordnen konnte. Mein Festnetztelefon. Langsam rappelte ich mich auf und nahm das Gespräch an.

»Mahlzeit, Nicola.«

Ich hörte Dieter Schilling lachen.

»Habe ich dich tatsächlich um 12.20 Uhr aus den Federn geholt?«

Natürlich konnte er keine Ahnung haben, was seine Worte bei mir bewirkten, dennoch versuchte ich, meinen Blick von dem aufgeklappten Laptop zu lösen, der noch mit dem Datenstick verbunden auf meinem Esstisch stand.

Scheiße, was trieb mich an, alleine hinter das Geheimnis der Daten zu kommen?

»Ist alles in Ordnung bei dir?«, hörte ich Dieter besorgt fragen.

Ich schüttelte den Kopf und antwortete ihm heiser. »Ich konnte partout nicht poofen und jetzt hast du mich tatsächlich geweckt. Gib mir einen Moment, ich bin noch nicht richtig wach.« Barfuß ging ich in die Küche und ließ mich auf einen der beiden Barhocker sinken. Ich aktivierte die Lautsprecherfunktion des Telefons, damit Dieter den Herzschlag, der in meinem Ohr pochte, nicht wahrnehmen konnte.

Ich zwang mich, nicht daran zu denken, dass ich ein Beweismittel unterschlug und mich strafbar machte.

Dreißig Minuten später haderte ich, eingewickelt in ein Badetuch, mit meiner Zusage, Dieter am Nachmittag zu treffen.

Er hatte zugegeben, dass es ihn verunsicherte, dass ich gestern nicht auf seine Nachrichten reagiert hatte.

War es richtig, mit ihm den Nachmittag zu verbringen und unsere Beziehung zu vertiefen, ihn aber gleichzeitig zu hintergehen?

Trotz meiner ersten Zerrissenheit war ich enttäuscht, als Dieter seinerseits die Verabredung unerwartet absagte. Er hatte die Erlaubnis bekommen, mit Valentin Taube zu sprechen, und wollte sich sofort auf den Weg nach Coesfeld machen.

Montag, 18.10.2021

Polizeipräsidium Münster

»Dieter Schilling war heute nicht der Erste im Büro, dass ich das noch erlebe. Deine neue Flamme scheint dir gutzutun.« Daniel Ahlers stand grinsend im Türrahmen.

Dieter tippte mit seinem Zeigefinger auf etwas, das auf seinem Schreibtisch lag, aber für Daniels Blick durch den Bildschirm verdeckt wurde.

»Quatsch nicht so einen Unsinn, Daniel. Sonst lernst du sie nie kennen, versprochen.«

Daniel hob lachend die Hände. »Nicht dein Ernst. Ich bessere mich.« Er setzte sich an den gegenüberliegenden Schreibtisch. »Also, was hat dich heute schon beschäftigt?«

»Ich war in der Rechtsmedizin und habe mir bei List den Obduktionsbericht abgeholt. Und vorweg, du hattest recht. Es war kein Suizid. Sagen dir Papillarleisten etwas?«

Daniel nickte. »Das sind die Linien in der Handinnenseite. Der Fingerabdruck zählt dazu.«

Dieter Schilling streckte ihm den aufgestellten Daumen entgegen. »Genau. Und die in der Fußsohle werden auch so genannt. Und genau dort, unten an Schumanns rechtem Fuß wurde eine Einstichstelle gefunden.«

»Konnte etwas im Blut nachgewiesen werden?«, fragte Daniel und setzte sich aufrecht hin.

»Das nicht. Aber … Schumann war Linkshänder. Seine Pulsader war links durchtrennt. Sehr ungewöhnlich. Das hat List dazu veranlasst, genauer zu suchen. Sie vermuten, Schumann wurde oral ein Betäubungsmittel verabreicht, das ihn für wenige Minuten handlungsunfähig machte. In dieser Zeit wurde ihm am rechten Fuß eine Injektion gesetzt. Es konnte kein Mittel nachgewiesen werden. Laut den Docs kommen verschiedene Sachen infrage, die sich nach 24 Stunden abbauen. Die Pulsader wurde vermutlich aufgeschnitten, um einen Suizid vorzutäuschen. Falls Schumann sein Bewusstsein wiedererlangt hätte, wäre er aufgrund des großen Blutverlustes nicht in der Lage gewesen, sich selbst zu helfen. List hat mir die Schnittführung erklärt, sie wäre unmöglich von einem Linkshänder auszuführen gewesen. Es liegt ein Kapitalverbrechen vor.« Er räusperte sich. »Fahr bitte in Schumanns Wohnung und sieh dich noch mal um. Vielleicht haben die Kollegen von der Spusi etwas übersehen.«

»Er hat doch in der Nacht versucht, seine Frau zu erreichen. War er das wirklich selbst? Beziehungsweise war der Anruf freiwillig? Sie lebten doch getrennt.« Daniel dachte laut nach. »Was wollte er von ihr?«

»Du meinst, seine Ehefrau könnte in Gefahr sein?« Dieter schaute seitlich am PC vorbei und fixierte seinen Kollegen. »Falls das Gesuchte noch nicht gefunden worden ist, könntest du richtig liegen. Dann müssen wir auch ihre beiden Jungs im Auge behalten.«

Für eine Sekunde runzelte Daniel die Stirn. Als Vater von zwei Kindern stand bei ihm das Kindeswohl an erster Stelle. »Ich schau mich in seiner Wohnung um und im Anschluss in seiner Kanzlei.«

»Ruf seine Assistentin an. Sie soll dir den Zugang zu seinen aktuellen Fällen ermöglichen.« Dieter zog eine Visitenkarte aus der vor ihm liegenden Akte. »Das ist ihre Telefonnummer. Sie heißt Beatrix Brunner. Und Daniel, dass Schumann ermordet wurde, bleibt vorerst hier im Raum.«

»Das sehe ich auch so«, antwortete Daniel und nahm die Karte. Er entsperrte sein Handy und begann, die Nummer in sein Diensthandy zu tippen. »Ungewöhnlich«, murmelte er.

»Was?«

»Sie wohnt im selben Haus wie Schumann. Lief da was zwischen denen?«

»Woher soll ich das wissen! Frag sie, Sherlock.«

Nachdem Daniel aufgebrochen war, vertiefte sich Dieter erneut in den Obduktionsbericht. Der geschätzte Todeszeitpunkt lag zwischen 23 und 1 Uhr.

Wann hatte Schumann versucht, seine Frau anzurufen?

Er las das Protokoll und notierte, dass Schumann um 23.17 Uhr versucht hatte, seine Ehefrau anzurufen. Laut ihrer Aussage hatte sie gegen 6 Uhr in der Früh davon Kenntnis genommen. Ihr Rückruf blieb unbeantwortet und sie begann, sich Sorgen zu machen. Deshalb war sie, nachdem sie die Kinder versorgt hatte, zur Wohnung ihres Mannes gefahren. Dort hatte sie ihn gemeinsam mit der Polizei tot aufgefunden.

Da Schumanns Handy nicht bei der Leiche lag, konnte es sein, dass der oder die Täter den Anruf getätigt hatten.

Dieter Schilling raufte sich die Haare und öffnete die elektronische Akte von Valentin Taube. Er ergänzte seine Notizen über das gestrige Verhör. Obwohl … so wollte und konnte er es nicht nennen. Es war eher ein Gespräch gewesen. Für ihn war Valentin Taube nicht der Mörder von Nele Jordi. Er konnte es nicht begründen. Es blieb ein Bauchgefühl.

Taube hatte bei dem Treppensturz einiges abbekommen. Frau Kaiser aus der JVA hatte nicht übertrieben. Taubes linkes Bein war gebrochen. Sein Becken ebenfalls. Ein Fixateur würde ihn für die nächsten Wochen erheblich in der Beweglichkeit einschränken.

Schlimmer erschien Dieter Schilling jedoch Taubes psychische Verletzung. Er litt unter großen Ängsten, sein Instrument nicht mehr spielen zu können. Er bekundete mehrmals, dass er Musiker sei und sich ein Leben ohne diese Leidenschaft nicht vorstellen könne.

Dieter Schilling beschlich ein tiefes Mitgefühl für Taube. Erst die Tatvorwürfe, dann die Begegnung mit dem Junkie auf der Treppe und jetzt die Vorstellung, in Zukunft vielleicht ein Leben zu führen, das für Taube nicht lebenswert erschien - ein Leben, dem eine mehrjährige Haftstrafe für Mord vorausging.

II – Münster, Kreuzviertel, Nicolas Wohnung

Am Vormittag rief ich im Bestattungsinstitut an. Jörg war sofort am Telefon.

»Nicola, guten Morgen. Sag, bist du noch zu Hause?«

»Guten Morgen, Jörg. Deine Glaskugel funktioniert.«

Er lachte. »Ganz so spannend ist es nicht. Du rufst vom Festnetz an.«

In Gedanken tippte ich mir an die Stirn.

»Bist du wieder mit Frau Schwarz zusammengerasselt?«

Ich stand einen Moment auf der Leitung, dann fiel der Groschen. Ich sollte jetzt gerade gemeinsam mit meinen Kollegen in der Messiewohnung in Münster-Gievenbeck sein und dort auf jemanden von der Hausverwaltung treffen. Dass es sich hierbei erneut um Maren Schwarz handelte, war mir nicht bekannt. Ich hatte bereits mit Chris telefoniert und ihm von einem verdorbenen Magen erzählt. Er hatte mir gute

Besserung gewünscht, mir versichert, dass er und Tim alles im Griff hätten und wir uns zu dritt nur im Weg ständen.

»Ich habe etwas Schlechtes gegessen und mir den Magen verdorben. Ich würde mich gerne ein, zwei Tage auskurieren. Die Jungs kommen klar.« Meine innere Stimme protestierte.

»Der Magen, Nicola? Geh bitte zum Arzt, wenn es dir bis morgen nicht besser geht. Sonst sehen wir uns am Mittwoch. Einverstanden?«

»Natürlich, danke Jörg. Und … vielleicht gar nicht schlecht, wenn Frau Schwarz … ach, egal.«

Wir verabschiedeten uns und schlagartig krampfte mein Bauch schmerzhaft. Mir war bewusst, dass Jörg an meiner Aussage zweifelte und sich sorgte. Ich verscheuchte mein schlechtes Gewissen und schrieb Dieter eine Nachricht. Schriftlich fiel mir das Lügen leichter.

Vier Stunden später dekorierten etliche Blätter meinen Esstisch. Ich versuchte immer wieder, das

Buchstabengeheimnis zu lüften, aber nichts ergab einen Sinn beziehungsweise einen weiblichen Vornamen. Ich steckte fest. Wenn ich einen Zugriff auf die Vermisstendatei des BKAs hätte? Sofort verwarf ich den Einfall.

Harald Schumann war involviert, ich musste mich in seiner Kanzlei umsehen.

Ich wählte die Notfallnummer von Schumanns Büro und stellte mich als Polizeibeamtin vor.

III – Polizeipräsidium Münster

Dieter Schilling schaute auf, als Daniel Ahlers am Nachmittag das Büro betrat.

»Hast du was gefunden, Daniel?«

Sein Kollege schüttelte den Kopf und legte zwei Aktenordner auf den Schreibtisch.

»In der Wohnung ist mir nichts aufgefallen.« Er öffnete eine Wasserflasche und füllte sein Glas. »Diese Beatrix Brunner passt nicht in eine Rechtsanwaltskanzlei. Sieht aber toll aus.« Daniel grinste. »Ich bin glücklich verheiratet«, ergänzte er sofort, als Dieter die Stirn runzelte. »Raphaela würde mir den Kopf abreißen.«

»Wie meinst du das?«

»Bitte? Du verstehst nicht, dass Raphaela …«

»Beatrix Brunner«, fiel Dieter ihm ins Wort. »Ist sie schlicht oder hat sie sich vielleicht nur dumm gestellt?«

Erneut verneinte Daniel kopfschüttelnd. »Ich habe ihr meinen Ausweis gezeigt, aber sie hat ihn sich gar nicht richtig angesehen. Auf meine Frage nach den aktuellen Fällen gab sie mir kommentarlos diese beiden Ordner.«

»Ihr Chef ist tot. Sie wird unter Schock stehen.«

»Dieter, ich glaube, mit ihr stimmt etwas nicht. Sie hat mir erzählt, dass sie seit mehr als drei Jahren dort arbeitet.«

Dieter ignorierte seinen Einwand und deutete stattdessen auf die Ordner. »Hattest du schon Gelegenheit reinzuschauen?«

»Nein. Eins noch. Beatrix Brunner hat mir erzählt, dass eine Kollegin von uns angerufen hat. Name und Abteilung unbekannt«, ergänzte Daniel.

»Merkwürdig. Lass uns einen Blick in die Ordner werfen. Vielleicht finden wir einen Hinweis.«

IV – Kanzlei Schumann, Münster

Dankend nahm ich Beatrix Brunner den Kaffeebecher aus der Hand und setzte mich.

Sie hatte mich, während sie den Automaten bediente, intensiv gemustert.

»Frau Brunner, können Sie mir sagen, womit Ihr Chef zuletzt beschäftigt war?«

»Bitte sagen Sie Beatrix zu mir.« Sie hielt den Kaffeebecher in beiden Händen und pustete hinein. »Die gleiche Frage hat mir Ihr Kollege vorhin gestellt. Sprecht ihr euch nicht ab?« Sie stand auf und ging zum Tisch, auf dem eine Schachtel Zigaretten lag. Sie entnahm eine und steckte sie zwischen ihre Lippen. Das Feuerzeug klackte.

Ich war froh, dass sie mein Erschrecken nicht bemerkt hatte. »Unsere Abteilungen arbeiten in verschiedene Richtungen. Ich bin bei der Sitte tätig«, behauptete ich selbstbewusst und hoffte, dass sie nicht weiter fragen würde.

Beatrix verschluckte sich am Kaffee und hustete. Ihr Gesicht rötete sich sekundenschnell.

Mein Instinkt empfahl mir abzuwarten, obwohl mir etliche Fragen durch den Kopf schossen. Er sollte recht behalten.

Beatrix drückte die Zigarette im Aschenbecher aus und zog ein benutztes Taschentuch aus ihrer Hosentasche. Sie schnäuzte sich. Dann knüllte sie das Tuch zusammen und hielt es in ihrer Faust. Ihre Lider flatterten. Nervös sprang sie auf und begann, im Zimmer hin und her zu laufen. »Wissen Ihre Kollegen auch, wer ich bin? Oder sollte ich fragen, wer ich einmal war?« Ihre Stimme klang beunruhigt.

Überrascht verneinte ich und sie setzte sich wieder hin. Mir kam ein Verdacht.

Ein paar Minuten hielt ich die Stille aus. »Beatrix, wie lange arbeiten Sie für Herrn Schumann?«

»Fast dreieinhalb Jahre«, antwortete sie mit gesenktem Kopf.

»Warum arbeiten Sie hier?« Ich überlegte kurz und setzte alles auf eine Karte. »Hat er Ihnen geholfen, Ihre Vergangenheit hinter sich zu lassen?«

Sie zögerte.

»Beatrix, es geht hier nicht um Sie! Wir klären einen Mordfall auf. Vielleicht sind Sie in Gefahr. Bitte erzählen Sie mir alles, was Sie wissen. Nur so können wir Ihnen helfen.« In meinem Bauch baute sich ein Druck auf, der mich an einen Schnellkochtopf erinnerte. Das Bild des zischenden Ventils erschien vor meinem Auge. Ich konnte sehen, wie sie mit sich rang, und ahnte, dass ich ins Schwarze getroffen hatte.

Ich wartete weitere fünf Minuten, trank den Kaffee aus und erhob mich.

Erschrocken sah sie auf. »Haben Sie schon mal vom *Venice Klub* gehört?« Sie stockte.

»Sie haben dort als … Bedienung gearbeitet. Wo war das Lokal?« Mein Rücken kribbelte.

»Bedienung«, wiederholte sie sarkastisch. »Ich war für nichts mehr zu gebrauchen.« Plötzlich besann sich Beatrix. »Es war in Hamburg. In Altona. Das Lokal ist ein Klub. Zugang nur für Mitglieder. Oh Gott, warum erzähl ich Ihnen das alles?« Sie entzündete eine neue Zigarette.

»Weil Sie Ihre Freiheit nicht wieder verlieren wollen.«

»Wenn Sie mir sagen, wer Sie wirklich sind und was Sie hier wollen … Vielleicht erzähle ich Ihnen dann etwas vom *Venice Klub*.«

V – Münster, Kreuzviertel, Nicolas Wohnung

Zwei Stunden später, gegen 18.30 Uhr, klingelte es und ich ließ Beatrix Brunner in meine Wohnung.

Entweder hatte ich sie davon überzeugt, dass es mir nur um Marinas Familie ging, oder sie war neugierig darauf, ob es eine gemeinsame Geschichte für uns geben würde. Sonst wäre sie nicht gekommen.

Stockend erzählte sie mir aus ihrer Zeit vor dem *Venice Klub*.

Sie war am Tag ihrer Volljährigkeit von zu Hause abgehauen. Der Freund ihrer Mutter hatte sie am 11. Juni 2015 im Bad überrascht und belästigt. Es kam zu einem Handgemenge und Beatrix schubste ihn. Er stolperte rückwärts, rutschte auf dem Läufer aus, fiel und knallte mit dem Kopf auf den Badewannenrand. Innerhalb weniger Sekunden entstand eine Blutlache. Beatrix rief den Rettungsdienst. Bevor dieser eintraf, kam ihre Mutter nach Hause. Sie kümmerte sich um ihren Freund und ging dann unvermittelt auf ihre Tochter los.

»Der Arsch hat behauptet, dass ich ihn seit Monaten angemacht hätte und seine erneute Zurückweisung nicht akzeptieren wollte … und das trotz seiner

Kopfverletzung. Ich habe am selben Tag meine Sachen gepackt und bin bei einer Freundin untergekommen. Ich wusste nicht, dass ihr Bruder ganz scharf darauf war, Mädchen wie mir unter die Arme zu greifen.«

Ich bat nicht um eine Erklärung, trotz der tausend Fragen, die mir auf der Zunge brannten. Ich bot ihr ein Glas Wein an.

Sie lehnte ab. »Ich habe drei Anläufe gebraucht, um von den Drogen wegzukommen. Alkohol ist keine Lösung.«

Dann begann sie zu erzählen. Gegen Mitternacht brach sie auf. Sie schien mir wie eine Seelenverwandte.

Dienstag, 19.10.2021

Kreuzviertel, Nicolas Wohnung

Um fünf in der Früh saß ich bereits wieder vor dem Laptop. Ich hatte keinen richtigen Schlaf gefunden. Die Geschichte von Beatrix hatte mich aufgewühlt zurückgelassen. Ich konnte ihre Schuldgefühle nachvollziehen und sah die Parallelen zu meinem Leben.

Ich erschrak, als kurz nach 6 Uhr die Türklingel die Stille zerriss.

Ich drückte den Türöffner und wartete, bis ich Beatrix durch den Türspion erkannte. Erleichtert und erwartungsvoll ließ ich sie in meine Wohnung.

»Dachte ich mir, dass du auch nicht gut geschlafen hast«, sagte sie zur Begrüßung und wies auf mein Gesicht.

Ich schaute in den Spiegel an der Garderobe und sah, dass sich dunkle Schatten unter meinen Augen gebildet hatten.

»Ich würde lügen, wenn ich behaupten würde, dass ich mir darüber keine Gedanken gemacht hätte, was mit dir passiert ist … aber da ist noch etwas, was mich total beschäftigt.« Es gefiel mir, dass wir uns duzten.

Wir gingen ins Wohnzimmer und setzten uns an den Esstisch. »Hast du schon mal darüber nachgedacht, dass der Bruder deiner Freundin dich bewusst in dem Glauben gelassen hat, dass du jemanden umgebracht hast? Hat er auch einen Namen?«

»Wer? Saskias Bruder? Er heißt Markus. Markus Stein … Tatsächlich habe ich nie an meiner Schuld gezweifelt. Aber Harald.«

»Und?«

»Er ist der Sache auf den Grund gegangen. Harald griff einfach zum Hörer und fragte nach dem Arsch.«

»Harald Schumann hat bei deiner Mutter angerufen?« Ich konnte mein Erstaunen nicht unterdrücken.

Langsam schüttelte Beatrix den Kopf. »Sorry, wie sollst du mein Gestammel verstehen. Andreas Baum, der Freund meiner Mutter, hat, solange ich ihn kannte, bei der Provinzial Versicherung in Münster gearbeitet. Als Hausmeister, so eine Art Mädchen für alles. Harald rief bei der Hauptstelle an und stellte sich als Rechtsanwalt vor. Er fragte nach Baums Nachfolger und erfuhr, dass sich dieser augenblicklich im Urlaub befände. Harald verwickelte die redselige Empfangsdame in ein Gespräch. Im Laufe des Telefonats fragte sie neugierig, ob sein Anruf etwas mit dem plötzlichen Tod von Baum zu tun hätte.«

Ich dachte kurz nach und ließ Beatrix an meinen Gedanken teilhaben. »Das heißt nicht, dass Baum durch den Aufprall auf den Badewannenrand tödlich verletzt worden ist.«

»Das hat Harald auch gesagt. Aber was soll es sonst heißen?« Sie zog eine Schachtel Zigaretten aus ihrer Handtasche.

»Ich habe keinen Balkon«, wandte ich ein, meinen Blick starr auf die Schachtel gerichtet.

Wortlos ging sie zur Haustür.

Ich goss Wasser in die Maschine und füllte den Filter mit Pulver.

Als Beatrix zurückkehrte, waberte Kaffeeduft durch meine Wohnung.

Sie umarmte mich spontan und ich nahm den Tabakrauch wahr, der sie umhüllte.

»Der Geruch von frischem Kaffee erinnert mich an meine Kindheit. Meine Eltern konnten stundenlang am Küchentisch sitzen und über Gott und die Welt lamentieren. Wir hatten es richtig gut, bis mein Vater eines Tages nicht nach Hause kam. Er war bei der Arbeit zusammengebrochen. Später wurde ein geplatztes Aneurysma als Todesursache genannt. Von einem Tag auf den anderen hatte ich keinen Vater und dadurch auch keine Kindheit mehr. Meine Mutter hat seinen Tod nie überwunden.«

»Wie alt warst du da?«

»Zehn Jahre, vier Monate und siebzehn Tage. Meine Mutter war bis dahin Hausfrau gewesen, mein Vater hatte als Architekt für unseren Lebensunterhalt gesorgt. Es fehlte uns an nichts. Sie haben sich keine

Gedanken über die Zukunft gemacht. Und plötzlich musste meine Mutter arbeiten. Aus mir wurde ein Schlüsselkind.« Beatrix bedeckte ihr Gesicht mit den Händen. »Wie oft habe ich mir damals gewünscht, dass alles wieder so wird wie vor Papas Tod. Dabei war die Zeit rückblickend gar nicht so übel. Ich wurde ein hübscher Teenie und konnte mehr oder weniger tun und lassen, was ich wollte. Meine Mutter ließ mir verdammt viele Freiheiten. Wir arrangierten uns … und dann trat Andreas Baum in unser Leben.« Sie stockte und mir kam Mark in den Sinn. Als er in mein Leben trat, blühte ich auf, und nach seinem Tod war nichts mehr wie zuvor. Ich fühlte weitere Parallelen zwischen Beatrix und mir.

Schweigend tranken wir unseren Kaffee. In meinem Kopf tobten Gedankenfetzen. Ich wollte, dass Beatrix mir vertraute. Aber konnte ich ihr vertrauen? Sollte ich ihr von dem Geheimnis ihres Chefs erzählen? Oder wusste sie, in was Harald Schumann hineingeraten war?

Ich zögerte und fragte sie stattdessen, ob wir klären sollten, ob Andreas Baum an den Folgen eines häuslichen Unfalls gestorben sei. Beatrix schaute mich fragend an.

»Es wäre nach dir gefahndet worden. Zumindest wegen Notwehr mit Todesfolge. Deine Mutter hat deine Beteiligung an dem Sturz offensichtlich nicht preisgegeben.«

Beatrix schluckte. Sie rang mit sich, das war sichtbar. »Harald hat nicht lockergelassen, er wollte Kontakt zu meiner Mutter aufnehmen. Irgendwann habe ich zugestimmt.« Zitternd griff sie nach der Zigarettenschachtel.

»Geh bitte ins Bad und öffne das Fenster«, sagte ich und zeigte auf die Badezimmertür.

Ich nahm gerade Käse und ein Glas Marmelade aus dem Kühlschrank, als Beatrix im Türrahmen erschien. Sie biss sich auf die Unterlippe. Ihre Augen waren geweitet. Ich konnte Verzweiflung in ihrem Gesicht erkennen. Sie griff nach dem Geschirr. Das Zittern ihrer Hände breitete sich auf ihren Körper aus. Sie ließ die Arme sinken und starrte mich an. Ich konnte in ihrem Gesichtsausdruck ein riesiges Fragezeichen lesen.

»Meine Mutter hat Harald von einem Sturz im Badezimmer erzählt und dass Andreas Baum an den Folgen verstorben sei«, knüpfte Beatrix an unser Gespräch an. Geräuschvoll zog sie die Nase hoch. »Denkst du wirklich, Markus Stein hat mich nicht versteckt, weil die Polizei mich suchte, sondern weil er andere Pläne mit mir hatte?«

Ich hob beschwichtigend die Hände. »Wir sollten noch mal mit deiner Mutter reden», schlug ich vor.

Beatrix schwieg.

Ich stellte die Lebensmittel und das Geschirr auf ein Tablett und trug es zum Esstisch. Sie folgte mir wie in Trance und wäre fast über Lidl gestolpert.

Maunzend verzog er sich unter den Couchtisch.

Nachdem ich den Tisch gedeckt und Kaffee eingeschenkt hatte, holte ich Brot aus der Küche. Dann setzte ich mich Beatrix gegenüber und begann, langsam Butter auf eine Scheibe Brot zu streichen. Ich grübelte über Beatrix‘ Einwand.

Plötzlich sprang Lidl auf den Stuhl neben mir. Er begann, mit den Blättern zu spielen, die meine Versuche dokumentierten, den Code zu knacken. Das Papier begann unter seinem Gewicht zu knistern, dann riss es und flatterte zu Boden.

Beatrix verfolgte die Szene regungslos. Mir kam Britta Weber in den Sinn. Ob ich sie nach dem Todesfall Andreas Baum fragen konnte?

»Möchtest du nichts essen?«, fragte ich Beatrix und schaute auf die Uhr. »Es ist schon fast 8 Uhr.«

Sie löste ihren Blick von Lidl und schaute mich traurig an. »Ich friere. Am liebsten würde ich mir die Decke über den Kopf ziehen und alles vergessen.«

Ich deutete auf die Couch. »Leg dich hin und ruh dich etwas aus.«

Beatrix folgte meinem Angebot und ich reichte ihr eine Decke.

Zwanzig Minuten später hörte ich ihr gleichmäßiges Atemgeräusch.

Ich nahm mein Handy und bat Britta per E-Mail um ihre Hilfe.

Ich schrieb ihr von einer Bekannten, die in der Klemme steckte, und fragte ganz direkt, ob nach ihr gefahndet wurde. In dem Moment wurde mir bewusst, dass ich nicht einmal Beatrix Brunners wahre Identität kannte. Ich löschte die Worte und fragte Britta, ob sie mir etwas zum *Venice Klub* sagen könne. Ich erklärte meine Frage mit einer Bekanntschaft aus Hamburg-Altona.

II – Polizeipräsidium Münster

»Ich habe jetzt einen guten Überblick, Daniel.« Dieter Schilling durchquerte den Raum und legte die beiden Ordner aus der Kanzlei Schumann auf den Schreibtisch. Dann setzte er sich auf den Bürostuhl. Er deutete auf einen der Ordner. »Der letzte aktuelle Fall handelt von einem Prozess, an dem Schumann überhaupt nicht beteiligt war. Ich habe einige Zeit gebraucht, um das zu verstehen.«

»Hast du wieder eine Nachtschicht eingelegt?«, erkundigte sich Daniel.

Dieter ignorierte die Frage. Er hatte am Abend kurz überlegt, Nicola zu besuchen, den Gedanken dann schnell verworfen. Sie würde ihn anrufen, wenn sie seinen Besuch wollte. Er war auch nicht scharf darauf, sich bei ihr anzustecken. Deshalb hatte er bis nach Mitternacht in den Akten gelesen und im Internet recherchiert.

»Die Fälle, an denen Schumann gearbeitet hat, liefern, soweit ich das beurteilen kann, kein Mordmotiv. Allerdings waren seine Mandanten, wie wir wissen, überwiegend im Milieu zu Hause. Wer weiß, was nicht in den Akten zu lesen ist. Ich vermute einen Zusammenhang zwischen seinem Auszug und einem Aufenthalt in Hamburg.«

Jetzt hatte er die volle Aufmerksamkeit seines Kollegen. »Warum?«

»Von Mittwoch bis Freitag, also vom 14. bis 16. Juli 2021, übernachtete er im Hotel Hamburg Hafen. Die Abrechnung seiner Kreditkarte sowie die Rechnung des Hotels waren bei einem Vorgang Andresen eingeheftet. Peter Andresen ist der älteste der drei Brüder. Er wird von allen nur Piet genannt. Er ist der Betreiber eines Travestie Cabarets. Der jüngste Bruder Frank, sein Halbbruder, ist vor zwei Jahrzehnten nach Dänemark ausgewandert und hat mittlerweile die dänische Staatsbürgerschaft angenommen. In der Weihnachtszeit 2019 besuchte Frank seinen Bruder Piet in Hamburg. Während seines Aufenthaltes ist er mit einem Mitglied der Camorra in Streit geraten. Es war wohl eine zufällige Begegnung in St. Pauli, die damit endete, dass Frank Andresen durch einen Messerstich schwer verletzt wurde und in einer Klinik landete.«

Daniel Ahlers begann, mit den Fingerspitzen auf den Tisch zu trommeln. Sein Blick wanderte zu seiner Armbanduhr.

Dieter Schilling bemerkte die Ungeduld seines Kollegen. »Sorry, dass ich weit aushole. Es ist etwas komplizierter«, erklärte er und fuhr fort. »Vor vier Monaten wurde die Messerstecherei im Amtsgericht Hamburg verhandelt. Vertreten wurde Frank Andresen von seinem Halbbruder Thore Andresen. Und hier vermute ich eine Schnittstelle, die zu Schumanns Trennung von der Familie geführt haben könnte. Harald Schumann war im Prozesssaal. Er und Thore Andresen kannten sich gut. Das geht eindeutig aus dem E-Mail-Verkehr hervor, der hier im Ordner abgelegt worden ist. Jetzt gilt es zu klären, warum Harald Schumann anwesend war. Der Vater der Halbbrüder, Mario Andresen, lebt in München. Ich werde ihn anrufen.«

Daniel Ahlers wartete, dass sein Kollege fortfuhr. Seine Hand lag jetzt an seinem Kinn und stützte seinen Kopf. Seine Ungeduld war verflogen.

Dieter teilte weitere Erkenntnisse mit seinem Kollegen. »Andresen senior hat seine Frau verloren, als die Kinder noch im Kindergartenalter waren. Er war knapp zwei Jahre Witwer, dann hat er erneut geheiratet. Sohn Frank war unterwegs.«

»Und das hast du alles aus den zwei Ordnern?«, fragte Daniel erstaunt.

»Alles, was mit dem Prozess zu tun hat, ja. Die Informationen zu Mario Andresen kann jeder auf dessen Webseite nachlesen. Sein Lebenslauf ist lückenlos beschrieben. Seine verstorbene Frau hat gemeinsam mit ihm die Kanzlei aufgebaut. Sie ist während der Elternzeit unglücklich mit dem Rad gestürzt und an den Folgen gestorben.«

»Webseite? Als was ist … war er tätig?«

»Er arbeitet immer noch als Rechtsanwalt. Gemeinsam mit zwei Partnern.«

»Arbeitet sein Sohn Thore auch dort?«

»So wie es scheint nicht.«

»Also was haben wir, was deine Vermutung begründet?«, fragte Daniel.

»Harald Schumann hat am Freitag, den 16. Juli 2021, das Hotel verlassen. Laut Aussage seiner Frau packte er am Montag, den 19. Juli, die nötigsten Dinge und zog in eine freie Wohnung seines Mietshauses in Mecklenbeck, obwohl diese am Samstag zuvor zwecks Vermietung inseriert worden war.«

Dieter öffnete einen der Ordner, die ihnen Beatrix Brunner überlassen hatte, und tippte auf den obersten Zettel. »Die Eingangsrechnung der Westfälischen Nachrichten über die Annonce wurde eingeheftet.« Er lehnte sich in seinem Bürostuhl zurück und drehte einen Kugelschreiber zwischen den Fingern. »Sein Auszug war zweifellos sehr spontan. Wir müssen noch einmal das Gespräch mit der Witwe suchen und ihr schonend beibringen, dass ihr Mann ermordet wurde. Eventuell ist sie in der Lage, unsere offenen Fragen zu beantworten. War Schumann von Freitag bis Sonntag bei seiner Familie? Bittest du sie zu uns? So schnell wie möglich.«

»Mach ich«, sagte Daniel mit zusammengezogenen Augenbrauen. »Sind sie und ihre Kinder in Gefahr, Dieter? Was meinst du?«

»Schwierig. Ich glaube es nicht. Schumanns Tod ist eine Woche her. Worauf sollten seine Mörder warten? Entweder haben die Täter gefunden, was sie suchten, oder es ist nicht mehr von Interesse für sie.«

Daniel Ahlers nickte zustimmend. »Dann kümmere ich mich jetzt um Frau Schumann. Was steht neben Mario Andresen noch auf deiner To-do-Liste?«

»Ich habe versucht, Beatrix Brunner zu erreichen. Bisher ohne Erfolg. Der Gedanke an eine Kollegin von uns hat mich heute Nacht ziemlich beschäftigt. Irgendjemand bekundet Interesse an Harald Schumann. Ich wüsste gerne, wer. Heute Nachmittag fahr ich zur Uniklinik. Bei Valentin Taube hat es Komplikationen gegeben. Er wurde in der Nacht nach Münster gebracht und auf eine Isolierstation verlegt.«

III – Münster, Kreuzviertel, Nicolas Wohnung

Um 11.05 Uhr, Beatrix schnarchte laut, zeigte mein Handy eine eingegangene E-Mail von Britta Weber an.

Sie schrieb, dass der Venice Klub in Altona nicht mehr in Betrieb war. Obwohl es verschiedene Anzeigen gab, konnten diese bei Überprüfungen nicht bestätigt werden. Anwohner in diesem exklusiven Wohnviertel hatten sich über einen starken Zustrom von Besuchern beschwert, die von der Präsenz teurer Fahrzeuge und sehr junger Frauen begleitet wurden. Der Eigentümer der Immobilie, der pensionierte Richter Karl-Heinz Schmidt, hatte das Anwesen im Juni 2018 verkauft und seinen Lebensmittelpunkt nach Mallorca verlegt. Im Oktober 2018 bezog die Familie Leutenberg das Gebäude. Die kinderlosen Eheleute arbeiteten beide aktuell in politischen Bereichen. Sekunden später schrieb Britta: *Beim nächsten Mal musst du mir erzählen, was dich gerade umtreibt.* Sie hatte ein Foto der Villa geschickt und vermerkte neben ihrem Abschiedsgruß und einem Smiley: *Wer würde da nicht gerne wohnen.*

Ich starrte das Bild an und langsam fiel der Groschen. Bei dem Gebäude handelte es sich um das

Märchenschloss, in dem die jungen Frauen fotografiert worden waren. Meine Kehle wurde enger und ich schnappte nach Luft.
»Was hast du, Nicola? Ist etwas passiert?« Beatrix stand hinter mir und legte eine Hand auf meine Schulter.

»Scheiße!«, hörte ich sie ausstoßen, bevor sie auf dem Parkett zusammensackte.

IV – Polizeipräsidium Münster

Enttäuscht legte Dieter Schilling den Hörer zurück.

Mario Andresen hatte ihm die Auskunft zu seinen drei Söhnen verweigert. Dieter nahm bei dem kurzen Telefonat wahr, dass der Rechtsanwalt mit der Lebensführung seiner Sprösslinge nicht einverstanden war. Die sparsamen Antworten von Andresen senior waren gespickt mit Ironie und Ablehnung. Nur eine Frage bestätigte der Rechtsanwalt. Seine Söhne und Harald Schumann waren zusammen aufgewachsen.

Sein Sohn Thore und Harald Schumann hatten dieselbe Schulklasse besucht. Andresen senior behauptete, nichts darüber zu wissen, ob die beiden heute noch in Kontakt standen. Er hätte kein Interesse an seinem Nachwuchs.

Dieter Schilling glaubte ihm dieses Desinteresse nicht. Vielmehr schien er genau zu wissen, was seine Kinder machten und wo sie sich derzeit aufhielten. Offensichtlich war er nicht stolz auf ihren Werdegang.

Wahrscheinlich bedauerte er auch, dass Thore nicht in seiner Kanzlei tätig war.

Dieter schüttelte über sich selbst den Kopf. Nichts davon hatte der Senior gesagt, er spekulierte.

Er griff nach der Visitenkarte der Kanzlei Schumann und wählte erneut die Nummer. Wieder meldete sich der Anrufbeantworter. Er hinterließ eine weitere Nachricht. Frustriert ließ er seine Faust auf den Schreibtisch knallen. Er kam nicht weiter.

V – Münster, Kreuzviertel, Nicolas Wohnung

Immer noch nach Luft ringend, beobachtete ich, wie Beatrix die Augen öffnete. Sie schaute an die Decke.

Ich verlor jegliches Zeitgefühl.

Wie erstarrt lag sie auf dem Boden und ich klebte am Stuhl fest.

Lidl behielt uns von seinem Lieblingsplatz auf der Couch aus im Auge.

»Woher hast du das Bild?«, fragte Beatrix leise und emotionslos. Zu emotionslos dafür, dass das Foto eine Ohnmacht bei ihr ausgelöst hatte.

Ich stand auf und setzte mich neben ihr auf den Boden. Mein Rücken lehnte am Tischbein. »Bist du verletzt?«

»Nein. Sag, woher?«

»Von meiner Freundin und Ex-Kollegin«, beantwortete ich ihre Frage wahrheitsgemäß.

Sie hob ihren Oberkörper an und setzte sich auf. »Warum schickt sie dir ein Foto vom Klub?«

»Ich habe sie darum gebeten.« Ich griff nach ihrer Hand. »Beatrix, diesen Klub gibt es nicht mehr. Das Anwesen wurde an ein Ehepaar verkauft«, erklärte ich ihr und wartete auf eine Reaktion.

Minuten verstrichen und ich war mir nicht sicher, ob sie mich verstanden hatte. Plötzlich erhob sie sich und griff nach ihrer Zigarettenschachtel. »Ich muss eine rauchen«, erwiderte sie und verschwand im Bad.

Während ich dabei war, die Lebensmittel in den Kühlschrank zu räumen, hörte ich, wie die Tür im Flur ins Schloss fiel. Beatrix war weg.

VI – Polizeipräsidium Münster

Kurz vor der Mittagspause informierte der Pförtner Dieter Schilling darüber, dass Frau Schumann eingetroffen war.

Gemeinsam mit Daniel Ahlers empfing er die Witwe in seinem Büro.

Sie wirkte beherrscht. Dieter hatte vorgehabt, sich behutsam zu äußern. Doch als er Frau Schumann so sah, beschloss er spontan, seine Nachricht klar und deutlich zu überbringen.

»Wie Sie bereits wissen, wurde der Leichnam Ihres Mannes erneut untersucht. Wir ermitteln nun im Fall eines schweren Verbrechens. Ihr Mann wurde ermordet.«

Marina Schumanns Augen wurden glasig. »Irgendwann musste so etwas passieren«, resümierte sie traurig. »Suizid. Ich habe es mir nicht vorstellen können, aber was wusste ich schon von Harald?«

»Darf ich fragen, was Sie damit sagen wollen? Gibt es einen Grund, warum jemand Ihren Mann lieber tot sehen wollte?« Daniel hatte ihr ein Wasser eingegossen und stellte das Glas vor ihr auf den Tisch.

»Was meinen Sie mit *irgendwann*, Frau Schumann?«, hakte Dieter nach.

Marina trank einen Schluck und wischte sich mit einem Stofftaschentuch über die Wangen. »Mein

Mann war als Rechtsanwalt tätig. Er war gut in dem, was er getan hat. So gut, dass er in der Branche als Koryphäe galt. Mir war lange nicht klar, dass es sich bei seinen Fachgebieten um Steuerhinterziehungen und Geldwäsche-Delikte handelte. Noch länger brauchte ich, um zu begreifen, dass seine Klienten überwiegend im Milieu ihr Geld verdienten.«

»Jeder Mensch hat den Anspruch auf einen Anwalt«, intervenierte Daniel.

»Da haben Sie natürlich recht, nur ... ich habe mich immer vor dem Moment gefürchtet, in dem ich es unseren Kindern erklären müsste.« Sie trank erneut etwas Wasser und fuhr fort. »Was glauben Sie, was sich die beiden jetzt in der Schule anhören dürfen? Ein Vater, der sich das Leben nimmt, ist tragisch. Aber ein ermordeter Vater, der Bordellbesitzer und Kiezgrößen vor der Bestrafung schützte, das ist schlimm. Das passt für die meisten Menschen nicht, obwohl es oft diese Zeitgenossen sind, die die Existenz solcher Etablissements möglich machen.«

Ihre Tränen waren versiegt. Wut funkelte nun in ihren Augen. »Natürlich darf ich Sie nicht um Diskretion bitten?«, fragte sie fordernd und ergänzte dann: »Wissen Sie, wer meinem Mann die Pulsader durchtrennt hat?«

Dieter suchte ihren Blick. »Wir sind so diskret wie möglich. Ein Tötungsdelikt weckt immer mediales Interesse. Noch mehr, wenn es sich um einen bekannten Rechtsanwalt handelt. Damit werden Sie einen Umgang finden müssen. Zum jetzigen Zeitpunkt wissen wir noch nicht, wer Ihren Mann getötet hat und warum. Es wäre hilfreich, wenn Sie uns einige Fragen beantworten könnten.« Dieter hielt den Augenkontakt, bis Marina Schumann den Kopf wegdrehte.

»Was müssen Sie wissen?«, fragte sie schließlich und signalisierte so ihre Kooperation.

»Ihr Mann war vom 14. bis zum 16. Juli 2021 in Hamburg. Am darauffolgenden Montag hat er ihr gemeinsames Zuhause verlassen. Wo war er vom 16. bis zum 18. Juli? Können Sie sich daran erinnern?«

Dieter formulierte seine Fragen präzise und gelassen, um sicherzustellen, dass die Zeugin sich nicht bedrängt fühlte und ihre Aussage verweigerte. »Haben Sie irgendwelche besonderen Beobachtungen gemacht?«

Marina Schumann schien nicht überrascht zu sein. »Selbstverständlich kann ich mich an dieses Wochenende erinnern. An jedes einzelne verdammte Detail.« Sie verschränkte die Arme unterhalb der Brust und seufzte frustriert. »Vor seiner Abreise hatten Harald und ich gestritten. Heftig gestritten. Ich war eifersüchtig auf seine Auszeiten. Durch die Jungen war ich ans Haus gefesselt. Harald reiste durch die Republik, logierte in schicken Hotels und aß in den besten Restaurants. Und das alles offensichtlich in Damengesellschaft. Mir sind die Nerven durchgegangen und ich habe ihm meinen Frust an den Kopf geworfen.« Marina stockte. Augenscheinlich holten sie die Erinnerungen ein. »Harald hatte seinen Koffer neben die Haustür gestellt und nach der Klinke gegriffen. Als er sich noch einmal zu mir umdrehte, war sein Blick voller Ablehnung auf mich gerichtet. Er sagte: *Du kannst gehen, wohin immer du willst, aber meine Söhne bleiben hier. Bevor ich auf sie verzichte, fällt mir etwas ein, darauf kannst du Gift nehmen.*

Eine Sekunde später war er draußen und mir war bewusst, dass das Gesagte keine leere Drohung war.« Marina schien Beschwerden beim Schlucken zu haben. »So sehr ich meine Freiheiten vermisse, auf meine Kinder würde ich niemals verzichten. Der Preis ist zu hoch.« Sie wandte sich an Daniel. »Kann ich noch ein Glas Wasser haben, bitte?«

Daniel erfüllte ihre Bitte und Marina schloss die Augen. Nach einigen Minuten begann sie zu erzählen. »Wir, also Harald und ich, hatten keinen Kontakt, bis er am Freitagabend aus Hamburg zurückkehrte. Ich hörte seinen Wagen in der Auffahrt und hielt den Atem an, als sich der Schlüssel im Schloss drehte. Die Jungen waren schon im Bett und ich stellte mich auf Stress ein.« Sie verzog gekünstelt ihre Mundwinkel. »Harald war verändert. Fast freundlich.

Er erwähnte unsere Auseinandersetzung mit keinem Wort. Als ich am Samstag erwachte, war er nicht mehr im Haus. Gegen Nachmittag kehrte er zurück. Er spielte Fußball mit unseren Söhnen und begleitete mich später bei der Gassi-Runde mit Bailey. Ich habe keine Ahnung, wo er die Stunden verbracht hat. Der Sonntag verlief ruhig, richtig familiär. Ich war enttäuscht, weil er am frühen Abend nach einem Anruf sofort aufbrach, ohne mir zu sagen, wohin er wollte. Um es kurz zu machen: Ich erwachte am Montag von ungewohnten Geräuschen. Harald verstaute einen Großteil seiner Kleidung in Koffern. Wortkarg saß er anschließend mit mir und unseren Söhnen am Frühstückstisch. Er brachte die Kinder in das Ferienprogramm und kam zurück, um einige Dinge aus seinem Büro zusammenzupacken. Meine zigmal gestellten Fragen nach dem Grund und dem Sinn beantwortete Harald, als er mit dem Packen fertig war.«

Marina zögerte, dann schien sie zu resignieren. »Jetzt ist es egal. Harald ist tot. Er teilte mir mit, dass er mich und die Kinder verlassen würde. Zu unserem

Schutz. Er versicherte mir, dass wir bestens versorgt sein würden. Dass er sich, so oft es ging, bei uns blicken ließe. Sie können mir glauben, ich war so perplex.«

Dieter Schilling schaute von Daniel zu Marina und zurück zu seinem Kollegen. Daniel Ahlers nickte unmerklich.

»Frau Schumann, hat Ihr Mann Ihnen gesagt, was während seines Aufenthaltes in Hamburg passiert ist?«, fragte Dieter.

Marina Schumann schüttelte den Kopf. »Ich habe mir diese Frage schon tausendmal gestellt. Wenn wir uns nach seinem Auszug sahen, war er freundlich, nein, er war richtig liebevoll zu den Kindern und sehr achtsam im Umgang mit mir.«

Dieter wagte einen erneuten Vorstoß. »Sie sprachen von Damen. Befürchteten Sie Affären oder kurzweilige Bettgeschichten?«

Er sah, dass sein Kollege die Augen rollte und ergänzte: »Wir werden in alle Richtungen ermitteln.«

Marina zuckte mit den Schultern. »Einige Tage nach seinem Auszug erfuhr ich, dass er in unser Mietshaus gezogen war. Dort lebt Beatrix Brunner, seine … Bürogehilfin.« Marina presste ihre Lippen zusammen, bis sie eine schmale Linie bildeten. Ihre Mundwinkel waren nach unten gezogen. Sie verknotete krampfhaft ihre Finger. »Beatrix Brunner scheint vom Himmel gefallen zu sein. Ich werde diesen Tag nie vergessen. Plötzlich war sie da. Ohne Vergangenheit, ohne Erklärung, was sie mit Harald zu schaffen hatte. Ich habe ihr Verhältnis nie verstanden und, ja, … ich konnte mir eine sexuelle Beziehung vorstellen … Es gab aber keine Anzeichen dafür. Sie war da und irgendwann half sie im Büro. Fragen Sie sie selbst nach ihrer Daseinsberechtigung. Mir gegenüber war Beatrix Brunner zurückhaltend. Sie hat es so hingebogen, dass wir uns fast nie begegneten.«

Daniel Ahlers stand auf. »Frau Schumann, ich habe Frau Brunner kennengelernt und mir schien sie wenig diskret mit den Belangen Ihres Mannes umzugehen. Ich habe mir eine Mitarbeiterin einer Kanzlei anders vorgestellt. Haben Sie Kenntnis von ihrer beruflichen Qualifikation?«

Marina leerte das Wasserglas und schaute auf ihre Armbanduhr. Als sie den Kopf hob, waren ihre Wangen gerötet. »Ich will ehrlich sein. Als ich sie kennenlernte, wirkte sie wie eine junge Frau, die viel zu viel Leben hinter sich hatte. Harald hat sich über sie ausgeschwiegen. Während eines Eifersuchtsanfalls von mir ließ er mal eine Bemerkung fallen, dass er sie beschützen müsse. Meine Frage, was das genau zu bedeuten hatte, ließ er genauso unbeantwortet wie meine Fragen nach seiner Arbeit. Harald umgab immer eine Wolke aus Geheimnissen und Schweigen. Mir wurde erst nach den Geburten der Jungen bewusst, dass ich keine Ahnung von dem Leben hatte, das mein Mann führte. Rückblickend, mit Abstand würde ich sagen … Nein, wahrscheinlich hat Harald Beatrix Brunner nicht flachgelegt.« Marina schaute wieder auf ihre Uhr. »In einer Stunde muss ich meine Kinder abholen. Haben Sie noch Fragen?«

»Kennen Sie Thore Andresen, Frau Schumann?«, erkundigte sich Dieter Schilling abschließend.

»Thore, natürlich. Er ist ein Jugendfreund meines Mannes. Wohl auch der einzige. Die beiden sind … waren sich sehr ähnlich. Auch Thore ist Rechtsanwalt geworden, aber das wissen Sie sicherlich? Wurde er schon darüber informiert, was mit Harald passiert ist?« Marina erhob sich und schaute Dieter fragend an.

Er verneinte. »Von unserer Seite aus nicht. Wir werden den Kontakt zu Thore Andresen suchen. Er wird uns vielleicht unsere Fragen zur beruflichen Tätigkeit Ihres Mannes beantworten können.«

Marina schlüpfte in ihre Jacke. »Zumindest eher als ich. Die beiden kennen sich seit ihrer Kindheit. Mein Mann war gerade volljährig, als beide Familien von der Eifel nach Süddeutschland zogen. Nach Bayern. Thore hat den Alpen ein knappes Jahr nach uns den Rücken gekehrt. Er ist nach Hamburg gezogen, sehr zum Leidwesen seines Vaters. Andresen senior betreibt eine große Kanzlei in München.«

»Können Sie uns bis morgen die Stationen Ihres Mannes aufschreiben? Wo er wann gelebt hat?«

Sie nickte und verabschiedete sich von den Kommissaren. An der Tür drehte sie sich um. »Mein Mann rauchte seit dem Hamburg-Aufenthalt wieder. Er hatte es aufgegeben, als ich mit Ben schwanger war.« Sie zuckte mit den Achseln. »Na ja, das Nikotin hat ihn nicht getötet.«

»Ich bringe Sie nach unten«, bot Daniel sich an.

»Danke. Eine Frage hätte ich …«, sagte sie und hob ihre Handtasche vom Boden auf. »Wann wird der Leichnam meines Mannes zur Beisetzung freigegeben?«

Dieter antwortete ausweichend. »Vermutlich in den nächsten Tagen. Das Bestattungsunternehmen Klar wird sich sicher sofort mit Ihnen in Verbindung setzen. Ihre Cousine ist doch dort tätig.«

Dieter registrierte, dass Marina mit den Augen rollte, bevor sie gemeinsam mit Daniel das Büro verließ.

VII – Münster, Kreuzviertel, Nicolas Wohnung

Ich telefonierte gerade mit Jörg Klar, um ihm zu sagen, dass er morgen wieder auf mich zählen konnte, als es klingelte.

Ich beendete das Gespräch und drückte auf den Türöffner. Er summte und das Geräusch hallte im Treppenhaus. Ich wartete, bis die Schritte vor meiner Korridortür stoppten und erkannte Beatrix durch den Türspion. Sie war blass und ihre Wimperntusche war verschmiert.

Wortlos ließ ich sie in meine Wohnung. Ich hatte noch nicht verdaut, dass sie abgehauen war. Sie setzte sich auf die Couch und begann ungefragt, sich zu erklären.

Es dauerte, bis ich in ihren Wortfetzen einen Zusammenhang erkennen konnte. Meine Augen brannten. Meine Neugierde hatte mich in eine komplizierte und verstrickte Lage manövriert.

Beatrix hatte sich plötzlich entschlossen, mit ihrer Mutter zu telefonieren, und erfahren, dass Andreas

Baum erst zwei Monate nach ihrer Flucht an den Folgen eines Herzinfarktes verstorben war. Er hatte eine Auszubildene sexuell belästigt und nur ein Zufall hatte eine Vergewaltigung verhindert. Die Zeugin des versuchten Übergriffs wandte sich sofort an einen Vorgesetzten, der Andreas Baum augenblicklich zur Rede stellen wollte. Doch er konnte den Vorwurf nicht klären, da er seinen Mitarbeiter bewusstlos auffand. Der Vorgesetzte setzte einen Notruf ab und Andreas Baum wurde in ein Krankenhaus gebracht.

Beatrix‘ Mutter räumte Fehler ein. Sie hatte sich für ihren Freund geschämt und sich neugierigen Fragen damit entzogen, dass sie als Todesursache die Folgen des Sturzes im Badezimmer angab. Wäre es nach ihr gegangen, hätte Beatrix sofort wieder bei ihr einziehen können.

Überfordert setzte ich eine Kanne Tee auf. Das Leben konnte ein richtiges Arschloch sein.

Eineinhalbstunden später kannte ich Beatrix richtigen Namen und konnte mir vage vorstellen, was diese junge Frau seit dem Tag ihrer Volljährigkeit mitgemacht haben musste.

Claudia Reinmann, so ihr Name, war ohne ein Zuhause und finanzielle Mittel ein leichtes Opfer für Markus Stein. Der Bruder ihrer Freundin Saskia hatte nichts unversucht gelassen, um ihr schlechtes Gewissen aufrecht zu erhalten. Entgegen der Wahrheit erzählte Markus ihr, dass Andreas Baum gestorben war. Er malte ihr schillernd aus, wie nach ihr gefahndet wurde, und versicherte ihr, dass ihr eine lange Haftstraße blühte. Eingeschüchtert und voller Schuldgefühle ließ Claudia sich monatelang von Markus in einer Kleingartenanlage in einem Vorort von Düsseldorf verstecken.

Sein perfider Plan ging auf. Als er von Geldsorgen sprach, willigte Claudia ein, für ihn zu dealen. Es dauerte nicht lange, da überwog ihre Scham und irgendwann fanden ihre Gedanken nur Ruhe, wenn sie selbst konsumierte. Markus Stein erkannte, dass

Claudia als Dealerin nicht mehr zu gebrauchen war, und wollte, dass sie anschaffen ging. Sie lief weg und lernte, auf der Straße zu überleben. Durch Taschendiebstähle hielt sie sich über Wasser.

Eines ihrer Opfer war ausgerechnet Harald Schumann. Sie versuchte, ihm in der Kölner Altstadt die Geldbörse zu klauen. Er bemerkte ihren Versuch und hinderte sie am Weglaufen. Sie rechnete mit einer Anzeige, stattdessen brachte er sie nach Hamburg in eine private Entzugsklinik. Ihren vierwöchigen Aufenthalt bezahlte der Rechtsanwalt. Er versprach ihr, sie nach dem Entzug zu unterstützen. Doch sie war aufgrund ihrer Erfahrungen so misstrauisch, dass sie nach ihrer Entlassung erneut das Leben auf der Straße vorzog.

Sie sah es als Glück an, dass ihr ein Job im *Venice Klub* angeboten wurde. Sie nahm ihn an und verschwand somit aus der Öffentlichkeit.

Knapp zehn Monate später sah Claudia, wie die Leiche einer jungen Frau aus dem Klub getragen wurde. Sie begriff sofort, dass sie mit diesem Wissen im *Venice Klub* nicht sicher war. Bei den Kollegen gab sie vor, eine kurze Pause zu brauchen. Nervös versuchte sie, bei einer Zigarette Ordnung in ihr Gedankenchaos zu bringen.

Sie stand rauchend etwas abseits vom Eingang, als sie ihren Ohren nicht traute. Sie erkannte Harald Schumann an seiner Stimme. Er saß auf dem Fahrersitz eines dunklen SUV. Ein Mann öffnete die Beifahrertür und stieg aus Schumanns Wagen. Der Fremde versuchte lautstark, den Rechtsanwalt zu einem Drink zu überreden.

Schumann lehnte ab und fragte stattdessen nach der Toilette. Er stieg aus und ging in den Klub, ohne den Wagen zu verschließen.

Claudia zögerte keine Sekunde. Sie öffnete die hintere Tür und kauerte sich zwischen Beifahrersitz und Rückbank.

Als sie das Einzugsgebiet von Hamburg hinter sich gelassen hatten, forderte er sie auf, aus ihrem Versteck zu kommen. Draußen wurde es langsam hell.

»Du?«, war das Einzige, was er in diesem Moment erstaunt von sich gab.

Schwitzend und zittrig saß Claudia auf meiner Couch. Ihre Stimme brach immer wieder. Die Erinnerungen und die Erkenntnisse spielten ihr Streiche, sodass sie mit ihren Gedanken hin und her sprang. Mal erzählte sie aus Düsseldorf, mal aus ihrer Zeit im Klub.

Dort hatte sie schnell begriffen, worauf die Mitglieder Wert legten: zum einen auf absolute Diskretion, zum anderen auf attraktive junge Frauen. Sie trafen sich im Klub bei exklusiven Abendessen, spielten Schach und Poker. An runden Geburtstagen wurden edle Partys gefeiert. Es gab Rock– und Pop-Konzerte, aber auch Klassik Abende. Die Herren glänzten im Smoking, die Damen in teuren Abendroben. Fast immer wurden die Begleitungen mit Respekt behandelt und verließen den Klub, wie sie gekommen waren. Meistens auf dem Beifahrersitz einer eleganten Karosse. Einmal landete ein Hubschrauber im weitläufigen Garten der Villa. Claudia ahnte, dass die junge Frau, die auf diese Weise einschwebte, sich wie Julia Roberts in Pretty Women gefühlt haben musste.

Dreimal bekam Claudia in ihrer Zeit im Klub mit, dass eine der Frauen unter einem Vorwand in einen Raum im Obergeschoss gebeten wurde. Zwei der Frauen sah sie nie wieder. Die dritte wurde als Leiche hinausgetragen.

Den Tod der jungen Frau hatte Claudia bis heute nicht verarbeitet. Die Tote war an diesem Tag in Begleitung eines Mannes, von dem Claudia nur den Vornamen kannte. Henryk.

Die Furcht vor ihm und seinen Gefährten wirkte wie der entscheidende Stoß, den sie benötigte, um ihr eigenes Leben zu retten. Ihre Tage als Hausdame in der Märchenschloss-Villa gehörten der Vergangenheit an.

»Sie hieß Fiona Scott. Sie war neunzehn Jahre alt und stammte aus Long Island, New York. Das hat mir Harald später erzählt.«

»Hat jemand nach Fiona gesucht?«, fragte ich, während sich mein ganzer Körper mit einer Gänsehaut überzog.

»Das weiß ich nicht. Harald hat mich noch in der Nacht in eine Privatklinik eingewiesen. Es war mein dritter Entzug.«

»Dein dritter?«

»Ich hatte zwei Drogenentzüge hinter mir und musste den Verlust meines Zuhauses verkraften. Du kannst dir nicht vorstellen, wie es ist, von einem Tag auf den anderen dein Leben zu verlieren. Diese körperlichen und seelischen Schmerzen gleichen einem kalten Entzug und du weißt, dass es nie wieder gut werden wird.«

Ich ahnte, wie sich das anfühlen könnte. Nur … im Gegensatz zu ihren Erfahrungen kam mir mein Leben gerade wie ein Spaziergang vor.

»War dieser Henryk für ihren Tod verantwortlich?«, fragte ich überflüssigerweise, einfach, um die Stille zu durchbrechen.

Claudia faltete die Hände. »Ich denke schon. Aber beweisen könnte ich es nicht. Er sprach mit einem niederländischen Akzent. Ich schätze, er war Ende fünfzig, Anfang sechzig. Mehr weiß ich nicht von ihm. Ich begegnete Fiona auf dem Weg zur Toilette. Sie hatte etwas eingeschmissen. Wir grüßten uns mit einem Hallo. Das war alles. Wenige Stunden später war diese junge, wunderschöne Frau tot. Ich war wie gelähmt, als ich es realisierte.« Sie stockte. »Der 19. August 2017 hätte auch mein Todestag sein können. Es war mein Schicksal, Fionas Leiche zu sehen. Als ich Haralds Stimme erkannte, dachte ich nicht nach. Mein Instinkt übernahm die Kontrolle.«

»Gott sei Dank«, sagte ich und tippte den Namen Fiona Scott in die Vermisstenseite. Es gab kein Ergebnis. »Im Netz gibt es keine Suchmeldung von ihr. Sag, Claudia, hast du noch andere Frauen kennengelernt? Kannst du mir Namen nennen?«

Sie nickte. »Natürlich. Allerdings kenne ich nur Vornamen. Und ob die echt waren? An dem Tag, als Fiona starb, wurden Henryks Freunde von vier Frauen begleitet. Chantal, Alda, Luna und Marie. Ich werde ihre Namen niemals vergessen, jede einzelne von ihnen hätte an diesem Tag sterben können. Es war wie beim russischen Roulette.«

Ich sah, dass sie gegen Tränen kämpfte, und wendete meinen Blick ab. Mein Mitleid nützte ihr wenig. Auch diese Namen fügte ich nacheinander in die Liste der Vermissten ein. Es gab einen Treffer. Seit Mai 2017 galt die Französin Marie Bernard als vermisst. Ich strich sie gedanklich durch. Sie war zum Zeitpunkt ihres Verschwindens fünfzehn Jahre alt. Sie konnte keines der Mädchen sein, das Claudia gesehen hatte. Als ich ihr Foto öffnete, hielt ich für einige Sekunden den Atem an. Marie wirkte nicht wie ein Teenager. Ich hätte sie ohne Bedenken auf Anfang zwanzig geschätzt. Langsam, ohne Hoffnung auf Erfolg, drehte ich den Laptop zu Claudia. »Hast du dieses Mädchen schon mal gesehen?«

Mein Herz setzte einen Schlag aus, als ich Claudias Gesichtsausdruck sah. Spontan fällte ich eine Entscheidung. »Claudia, ich muss dir etwas zeigen«, flüsterte ich. Ich öffnete die Excel-Tabelle und die Fotodateien.

Von vier der elf Mädchen kannte sie den Vornamen. Zwei weitere hatte sie je einmal im Klub gesehen.

»Eins ist sicher«, resümierte ich, »wäre Harald Schumann an diesem Tag nicht da gewesen … du wärest auch für immer verschwunden.«

»Dann würdest du über mich auch nichts im Netz finden. Niemand hätte mich vermisst und nach mir gesucht.« Ihr trauriger Blick sprach Bände.

Ich wollte sie trösten. »Immerhin hat Harald Schumann dir zweimal den Ar… das Leben gerettet. Hat er jemals eine Gegenleistung dafür verlangt?«

»Nein. Nichts! Zumindest nicht das, was du denkst. Er ließ mich eine seiner Wohnungen beziehen und besorgte mir eine neue Identität. Irgendwann fragte er mich, ob ich im Büro Akten digitalisieren könnte. Ohne zu zögern, übernahm ich diese Aufgabe. Ich weiß nicht, wie Harald es geschafft hat, aber meine Vergangenheit wurde ausgelöscht. Niemand außer seiner Frau hat mich jemals im Büro gesehen. Claudia Reinmann hat es nie gegeben«, sagte sie und warf einen Blick in den Raum. »Lebst du hier allein mit Lidl?«

»Ja. Wir sind ein gutes Team.«

»Keiner, der dein Herz zum Beben bringt?«, fragte sie zweifelnd.

»Es gibt da jemanden. Einen Kommissar«, beantwortete ich ihre Frage ehrlich. »Du hast ihn kennengelernt. Dieter Schilling.« Claudia reagierte nicht auf seinen Namen.

»Ich hatte mit einem Kommissar Ahlers zu tun«, sagte sie stattdessen. »Er war in der Kanzlei und fragte nach den aktuellen Fällen von Harald. Schilling sagt mir nichts.«

»Dieter Schilling ist der Chef von Daniel Ahlers. Die beiden arbeiten als Team.«

Claudia zögerte und wirkte unsicher.

Sie verwirrte mich mit ihrer Reaktion. Ich fragte sie nach dem Grund.

»Sorry, ich habe Ahlers gegenüber erwähnt, dass mich eine Kollegin von ihm angerufen hat, ohne deinen Namen zu nennen. Warum hast du auch Verstecken gespielt?«

Ich zuckte mit den Achseln. »Ich wollte abchecken, was du weißt. Hätte ich die Wahrheit gesagt, säßen wir dann jetzt hier?«

Sie schaute mich verwundert an.

»Ich wollte, ohne großen Aufwand zu machen, schauen, ob du Einblicke in die Arbeit deines Chefs hast. Du musst mir recht geben, dass dieser Datenstick brisant ist. Warum war er im Besitz von Harald Schumann?«

»Ist das nicht eine prima Frage für deinen Bullen-Freund?«

»Quatsch nicht so. Dieter ist in Ordnung und schließlich war ich auch mal eine von denen.«

»Sorry. Ich habe nicht so gute Erfahrungen mit eurer Berufsgruppe gemacht.«

»Schon gut. Ich verstehe dich ja«, gab ich zu und entschied mich, die Wahrheit zu sagen. »Dieter und auch sonst niemand außer dir weiß von diesem Datenträger. Scheiße, warum das so ist, weiß ich auch nicht. Dir vertraue ich doch auch!«

Immer noch schimmerten Tränen in ihren Augen. Sie straffte ihre Schultern und griff nach den Zetteln, die Lidl teilweise zerrissen hatte. Minutenlang starrte sie auf meine Lösungsversuche.

Mir war klar, dass sie versuchte, sich zu fangen. Ich baute ihr eine Brücke. »Diese Buchstabenkolonne scheint mir verschlüsselt. Ich habe stundenlang versucht, eine Ordnung herzustellen. Ich habe es nicht geschafft.«

Claudia nahm sich ein Blatt Papier und einen Bleistift. Alda, Chantal, Luna und Marie schrieb sie untereinander. Zwischen den Namen ließ sie drei freie Zeilen. Dann fügte sie die Namen der Frauen ein, die sie auf den Bildern erkannt hatte. Alda, Chantal, Christin, Carola, Luna, Maria, Marie und Nadja. Sie unterstrich die Namen und drehte das Blatt zu mir. In jedem Vornamen kommt mindestens ein A vor, außer bei Christin. Das I ist ebenfalls oft vertreten.«

Sie hatte die Vokale A und I unterstrichen.

»Eigentlich simpel, oder?«

Ich hatte keine Ahnung, was sie meinte. In der Hoffnung, dass Claudia mir gleich ihre Erkenntnis mitteilen würde, suchte ich nach dem Blatt Papier, auf dem ich die Buchstaben aus der Excel-Tabelle notiert hatte.

KXOWX

NXYZX

XQOX

RCXKSXQ

RCYZVSZK

RXYHQX

QPKX

NXYZL

RQXPOZX

NXYYD

QHSSL

Claudia konzentrierte sich. Sie stützte ihr Kinn mit der linken Hand ab und fügte neben die Blöcke den Buchstaben A ein und ergänzte Unterstriche.

KXOWX	_ A _ _ A
NXYZX	_ A _ _ A
XQOX	A _ _ A
RCXKSXQ	_ _ A _ _ A _
RCYZVSZK	_ _ _ _ _ _ _ _
RXYHQX	_ A _ _ _ A
QPKX	_ _ _ A
NXYZL	_ A _ _ _
RQXPOZX	_ _ A _ _ _ A
NXYYD	_ A _ _ _
QHSSL	_ _ _ _ _

Sie bat mich um ein weiteres unbeschriebenes Blatt Papier. Ich reichte es ihr und beobachtete fasziniert, wie sie das Alphabet vor- und rückwärts untereinanderschrieb. Dann zog sie Linien und erstellte zwei Tabellen. »Gehen wir mal davon aus, dass das X für das A steht«, sagte sie und fügte in beiden Tabellen das A ein. Nur der Vorname „Christin“ enthält kein A. Er besteht aus acht Buchstaben, zweimal das I. Wenn meine Überlegung stimmt, kommt hier nur ein Buchstabenblock infrage. Sie tippte mit dem Bleistift auf den fünften Block und hob dann den Kopf, um mich anzulächeln. »Passt. Dann ist das Z ein I.

KXOWX	_ A _ _ A
NXYZX	_ A _ I A
XQOX	A _ _ A
RCXKSXQ	_ _ A _ _ A _
RCYZVSZK	_ _ _ I _ _ I _
RXYHQX	_ A _ _ _ A
QPKX	_ _ _ A
NXYZL	_ A _ I _
RQXPOZX	_ _ A _ _ I A
NXYYD	_ A _ _ _
QHSSL	_ _ _ _ _

Schnell ergänzte Claudia die Buchstabenblöcke um den Buchstaben I. Sie kritzelte etwas auf einen anderen Zettel und klopfte sich auf die Schulter. Lächelnd ergänzte sie die Tabelle.

KXOWX	N A _ _ A
NXYZX	_ A R I A
XQOX	A _ _ A
RCXKSXQ	C H A N T A _
RCYZVSZK	C H R I S T I N
RXYHQX	C A R _ _A
QPKX	_ _ N A
NXYZL	_ A R I _
RQXPOZX	C _ A _ _ _ A
NXYYD	_ A R R _
QHSSL	_ _ T T _

»Christin! Das R ist ein C, das C ist ein H, das Y steht für ein R, Z bedeutet I, das V steht für S, dann muss das S für das T stehen und das K bleibt für das N.« Sie schaute sich zufrieden die Tabelle an und wandte sich an mich. »Hast du dich nie mit Rätseln beschäftigt, Nicola? Meine Mutter hatte immer richtig dicke Rätselhefte. Da waren Kreuzwort- und Bilderrätsel, Sudoku, Scrabble und alle möglichen Gehirnjogging-Aufgaben drin. Einmal hat sie sogar eine Weinprobe an der Mosel gewonnen«, sagte sie mit einem Lächeln, das sich jedoch schnell verflüchtigte. »Leider war sie zur selben Zeit dort wie der Stammtisch der Provinzial Versicherung. Bei diesem Ausflug hat sie Andreas Baum kennengelernt.«

Ich schüttelte den Kopf und staunte. Ich rief mir die unzähligen Stunden ins Gedächtnis, die ich damit verbracht hatte, die Codierung zu lösen. Ich hatte viel zu kompliziert angesetzt … Allerdings war Claudia im Vorteil gewesen. Ich hatte keinen einzigen Namen, mit dem ich es hätte zuverlässig ausprobieren können. Jetzt ergaben die Blöcke sogar unvollständig einen Sinn.

KXOWX	N A _ _ A
NXYZX	_ A R I A
XQOX	A L _ A
RCXKSXQ	C H_A _T A L
RCYZVSZK	C H R I S T I N
RXYHQX	C A R _ L A
QPKX	L _ N A
NXYZL	_ A R I _
RQXPOZX	C L A _ _ _A
NXYYD	_ A R R _
QHSSL	L _ T T _

Ich vervollständigte den Namen „Alda". »Das Q steht für das L und das O für das D.«

Innerhalb weniger Minuten setzten wir die Buchstaben in eine sinnvolle Reihenfolge.

KXOWX	N A D J A
NXYZX	M A R I A
XQOX	A L D A
RCXKSXQ	C H A N T A L
RCYZVSZK	C H R I S T I N
RXYHQX	C A R O L A
QPKX	L U N A
NXYZL	M A R I E
RQXPOZX	C L A U D I A
NXYYD	M A R R Y
QHSSL	L O T T E

Unsere Freude wurde durch das Klingeln meines Handys unterbrochen. »Scheiße! Dieter.« Ich drückte das Gespräch weg und entdeckte, dass er zwei Nachrichten per WhatsApp geschrieben hatte. Er erkundigte sich nach mir. Er sorgte sich um mich, weil ich mich nicht zurückgemeldet hatte. In der zweiten Nachricht las ich, dass er unterwegs zu mir war. Ich blickte auf die Uhr und informierte Claudia über seine baldige Ankunft.

Dennoch zuckten wir beide zusammen, als uns das Ding Dong der Türklingel klarmachte, dass er bereits vor dem Haus stand.

VIII – Privathaus in Tötensen
Harburger Hügelland

Plötzlich wurde ihm die Augenbinde abgenommen. Obwohl der Raum abgedunkelt war, blinzelte Martin Jung.

Er schätzte, dass der *Fahrer* ihn mindestens eine Stunde durch Hamburg kutschiert hatte. Kein Ton drang von außen in das Gebäude. Martin wusste nicht, wo er war. Aber bei wem. Das wusste er genau. Vor zehn Tagen hätte er alles dafür gegeben, nicht hier sein zu müssen … Aber die Sorge um Nele überwog seine Angst. Er wollte nicht ohne sie weiterleben. Wo war sie? Wusste dieser Mistkerl, wo sie sich aufhielt? Hatte ER etwas mit ihr gemacht?

In den letzten zehn Tagen war Martin oft der Gedanke gekommen, dass dies seine Strafe war. All die Mädchen, die er IHM zur Verfügung gestellt hatte, rächten sich. Er bedauerte es zutiefst, dass er mit Nele nicht irgendwo ein neues Leben begonnen hatte.

Sie hatte ihn an seinem 33. Geburtstag am 9. Oktober an seinem Arbeitsplatz besucht, obwohl sie gewusst hatte, dass er das nicht mochte. Trotzdem konnte er ihr nicht böse sein. Am Abend waren sie zusammen ausgegangen und hatten in einem Nobelrestaurant gespeist. Anschließend fuhr er mit ihr in einen Tanzklub am Hafen. Alles schien gut zu sein, bis Nele auf die Toilette ging. Aus den Augenwinkeln beobachtete er, wie sie durch den Flur in Richtung Ausgang lief. Er war gerade im Gespräch mit Massimo Garcia, Antonios jüngstem Bruder. Deshalb machte er sich erst Sorgen, als sie nach ein paar Minuten nicht zu ihm zurückkehrte.

Martin wurde aus seinen Gedanken gerissen, als er eine Bewegung hinter sich spürte. Er fuhr herum. Da saß ER. Sein Gesicht war von einer venezianischen Maske verdeckt, die mit einem üppigen Federschmuck verziert war. Martin spürte seinen Blick, ohne dass er die Augen sehen konnte.

»Martin, wie lange ist es her?« Die tiefe Stimme klang emotionslos.

Martin fröstelte.

Bevor er antworten konnte, fuhr ER fort. »Du hast mich tief enttäuscht, *mein Junge*! Ich habe dir die Kleine überlassen. Ich habe dir vertraut. Niemals … niemals hätte sie Einblicke in die Organisation bekommen dürfen. Ich weiß nicht, ob ich dir jemals wieder Vertrauen schenken kann, mein Junge.«

»Spar dir das mein Junge! Was hast du mit Nele gemacht? Wo ist sie?« Martin schleuderte ihm die Worte entgegen. Die Vorahnung, die Angst und die Gewissheit, dass er der Wahrheit ins Angesicht sehen musste, ergaben ein Gemisch, das in ihm explodierte. Er fürchtete den Tod nicht. Wenn ER Nele den Mitgliedern der Organisation überlassen hatte, würde Martin sie alle töten. Das hatte er sich auf dem Weg zu diesem unbekannten Ort geschworen. Und gleichzeitig betete er dafür, dass Nele nicht dieses Schicksal ereilt hatte.

IX – Münster, Kreuzviertel, Nicolas Wohnung

Claudia und mir blieb keine Zeit zur Absprache. Dieter stand bereits vor der Wohnungstür. Ich hörte, wie er der Nachbarin über mir einen schönen Abend wünschte.

Meine Hand zitterte leicht, als ich den Türgriff mit feuchten Fingern umklammerte. Ich atmete tief ein und aus, konnte mich aber nicht beruhigen. Ich öffnete die Tür in der Erwartung, dass die Wahrheit ans Licht kommen würde.

»Nicola, geht es dir noch nicht besser?«, begrüßte mich Dieter. »Du bist sehr blass.«

Ich spürte Panik in mir aufsteigen und fragte mich, wie ich mit den Konsequenzen meines Tuns umgehen sollte.
Dieter interpretierte mein Zögern falsch. »Darf ich reinkommen? Oder passt es gerade nicht?«

Ich gab den Eingang frei und ging ins Wohnzimmer. Dieter folgte mir.

»Hallo, du musst Dieter sein. Nicola hat mir schon viel von dir erzählt.« Claudia war aufgestanden. Sie begrüßte Dieter mit einem Lächeln.

Er lächelte zurück. »Dieter Schilling, hallo. Ich wusste nicht, dass Nicola Besuch hat. Ich möchte nicht stören.« In seiner Stimme schwang Erleichterung mit.

»Ich bin Claudia Reinmann«, stellte sie sich selbst vor. »Ich wollte meine Freundin nur kurz besuchen. Wir haben uns verquatscht. Zeit für mich, aufzubrechen.«

Ich versuchte, meine Emotionen unter Kontrolle zu halten, als Claudia mich kurz in den Arm nahm, drückte und zur Wohnungstür ging. Ihr war nichts anzumerken. Nach außen hin unbeeindruckt von dem, was wir in den letzten Stunden besprochen hatten, verabschiedete sie sich von Dieter und verließ meine Wohnung.

Ganz im Gegensatz zu mir. Ich versuchte, meinen Blick ruhig zu halten, und konnte mich nur schwer auf Dieters Small Talk einlassen. Das Netz aus Lügen verhedderte sich in meinem Magen und kreiste wie eine Wolke über meinem Kopf.

»Ich sehe, dir geht es noch nicht gut. Am besten mache ich mich auf den Weg und arbeite noch etwas.« Offensichtlich hatte er bemerkt, dass ich befangen war.

Mein Verstand arbeitete auf Hochtouren, um eine plausible Erklärung für mein Verhalten zu finden. »Ich bin noch schlapp von dem Magen-Darm-Infekt. Natürlich freue ich mich über deinen Besuch, aber Claudia … Sie war lange da und ich möchte morgen wieder arbeiten. Vielleicht sollte ich früh ins Bett

gehen und du auch. Kann deine Arbeit nicht warten?«
Dieters Gesichtsausdruck entspannte sich. »Doch, das kann sie. Allerdings gibt es eine Wendung im Fall Harald Schumann. Davon wollte ich dir erzählen.«

Mein Nacken und mein Rücken fühlten sich feucht und klebrig an. Nervös zupfte ich mein Shirt von meiner Haut.

»Ich erzähle es dir bei unserem nächsten Treffen. Einverstanden? Du wirkst noch krank, willst du wirklich morgen arbeiten?« Er klang besorgt und ich spürte die Last der Lügen auf meinen Schultern. Ich ignorierte seinen Vorschlag und bat ihn, mir von den Neuigkeiten zu erzählen. Für einen Moment fühlte es sich an, als würden sich meine Muskeln entspannen, wenn ich nur daran dachte, Dieter alles zu erzählen. Doch dann hämmerte mein Herzschlag laut in meiner Brust. Dieter würde mir die Unterschlagung von Beweismaterial nicht verzeihen. Der Geruch von frischem Schweiß erhöhte meinen Pulsschlag.

Dieter beobachtete mich aufmerksam. Er griff nach meiner klebrigen Hand und ließ sie wieder los. »Ich hol uns etwas zum Trinken aus der Küche.«

Eine Hitzewelle durchfuhr meinen Körper. Dankbar nahm ich das Wasserglas aus Dieters Händen und trank es in einem Zug aus. Ich würde diesem Gespräch nicht entkommen, ich konnte es höchstens verschieben. »Danke.« Ich deutete auf das Wasser. »Warte bitte einen Moment, ich verschwinde schnell im Bad.«

Betont munter kehrte ich nach wenigen Minuten zurück. »Du wolltest mir etwas sagen?«

Dieters Irritation war offensichtlich. Wahrscheinlich hielt er mich im besten Fall für seltsam. »Deine Cousine war auf dem Präsidium«, begann er und ich spürte, wie ich mich verkrampfte. »Wir wissen, dass ihr Mann ermordet wurde. Ich habe es ihr gesagt und ihre Reaktion war … erstaunlich.«

»Ermordet«, wiederholte ich leise und warf einen Blick auf den aufgeklappten Laptop. Der Bildschirm war schwarz. »Dann hatte dein Kollege recht mit seinem Zweifel. Das tut mir leid, obwohl ich bis vor wenigen Tagen ewig keinen Kontakt zu Marina hatte und ihren Mann nicht kennengelernt habe.« Meine Stimme zitterte.

Dieter versuchte, mich zu beruhigen. »Alles gut, Nicola. Ich habe ihr gesagt, dass ihr sie informieren werdet, wenn der Leichnam ihres Mannes bestattet werden kann.« Er zögerte. »Deine Cousine hat die Geschichte zwischen euch auch nicht verarbeitet. Vielleicht schafft ihr es, darüber zu reden und sie ein für alle Mal aus der Welt zu schaffen.«

Erleichtert über die Wendung des Gesprächs schüttelte ich den Kopf und atmete auf, als Dieter sich wenige Minuten später verabschiedete.

Mittwoch, 20.10.2021

Haus in Tötensen, Harburger Hügelland

Martin Jung schaute aus dem vergitterten Fenster im zweiten Stock der Villa. Es dämmerte. Er hoffte, endlich Antworten von IHM zu bekommen. Was hatte er mit Nele gemacht? Welche Einblicke sollte sie erlangt haben?

Unzählige Male hatte Martin sich in der schlaflosen Nacht gefragt, was auf der Toilette des Tanzklubs geschehen sein könnte. Was hatte er übersehen? Fakt war, dass Nele ihn an diesem Tag kurz vor Feierabend mit ihrem Besuch im Autohaus überrascht hatte. Martin spielte dort seit knapp zehn Jahren den seriösen Autoverkäufer. Das Unternehmen handelte mit Luxus-Karossen aus aller Welt. Das Autohaus gehörte Antonio Garcias, einem Italiener, der in Deutschland über die besten Kontakte verfügte und zwischen der Organisation und Martin vermittelte. Die Kunden zählten zur gut betuchten Gesellschaft. Neureiche, hart arbeitende Bürger und erfolgreiche Businessmanager. Vorständler aus der Industrie und Prominente. Viele von ihnen hatten Töchter. Hübsch, gut erzogen und gebildet. Etliche von ihnen total behütet, unverstanden und einsam.

Martin war äußerst professionell in dem, was er tat. Er griff auf Server im Ausland zurück, ein Netzwerk, das die Organisation aufgebaut hatte. Er lernte die Mädchen entweder über Dating-Plattformen kennen oder folgte ihren Instagram- und Facebook-Profilen. Bei jedem Kontakt nutzte er eine andere Identität. Er suchte gezielt junge Frauen, mit denen sich die Mitglieder der Organisation schmücken konnten.

Von zwanzig Kontakten kam in der Regel nur eine Frau infrage und manchmal schaffte es Martin, diese Frau aus ihrem gewohnten Umfeld zu isolieren. Es lief immer nach demselben Schema ab. Sobald die Mädchen und jungen Frauen bereit waren, alles hinter sich zu lassen, führte Martin sie in den Kreis der Organisation ein. Was für die Neuankömmlinge wie ein Zufall aussah, war von langer, perfider Hand geplant. Sie erhielten eine Penthouse-Wohnung mit allem Komfort. Sie besuchten Opern, Museen und Konzerte. Dabei lernten sie wohlhabende und oft auch attraktive Männer kennen, die sie begleiteten. Sie hatten Zugang zu den besten Stylisten und wenn sie das Bedürfnis hatten, konnten sie sich bei einem renommierten Schönheitschirurgen behandeln lassen. Sie ahnten nichts von den Drogen, die ihnen verabreicht wurden, bis sie süchtig waren. Und natürlich konnten sie sich nicht vorstellen, was es bedeutete, wenn die Mitglieder sie auserkoren hatten.

Für Nele Jordan war es genauso vorbestimmt gewesen und Martin hatte Ende Mai 2019 lange überlegt, ob er sie an der Seilbahnstation in sein Auto steigen lassen sollte. Dieses siebzehnjährige Wesen faszinierte ihn. Ihre Liebe zueinander war echt, das spürte er bei jeder Unterhaltung. Als sie eingehüllt in eine Burka auf seinem Beifahrersitz saß, durchfuhr es Martin wie ein Blitz. Schon auf der Fahrt nach Hamburg gab er seinen richtigen Namen preis und suchte für Nele eine plausible Erklärung für seine Lüge. Sie war jedoch so verliebt, dass sie sich daran nicht störte. Martin wurde auf dem Weg nach Hamburg schnell klar, dass er bereit war, in der Organisation um sie zu kämpfen. Wenn es sein musste, würde er mit Nele alles hinter sich lassen, obwohl er dann seinen gewohnten Lebensstandard nicht aufrechterhalten konnte.

Eine Limousine kam die Auffahrt herauf. Der dunkle Maserati glänzte im Sonnenlicht, als er vor dem Haus auf dem Kiesweg zum Stillstand kam. Der Fahrer öffnete die hintere Tür. Ein Mann stieg aus und obwohl Martin ihn nur von hinten sehen konnte, erkannte er sofort, dass es ER war. ER hinkte leicht auf dem linken Bein, das wusste Martin. Doch seine wahre Identität blieb ihm verborgen.

Eine gute Stunde später wurde Martin in denselben Raum geführt, in dem ER sich gestern Abend von ihm verabschiedet hatte. Bevor ER das Haus verlassen hatte, hatte er Martin eingeladen, sein Gast zu sein.

Die Einladung war mehr eine Anweisung gewesen und Martin fügte sich in der Hoffnung, während dieses Aufenthaltes Licht in Neles Schicksal zu bringen. Wo hielt die Organisation sie seit zehn Tagen vor ihm versteckt? Oder war es, wie ER gestern gesagt hatte? War Nele geflohen, weil sie ihre Nase in Dinge gesteckt hatte, die tabu waren?
Martins Augen gewöhnten sich an das diffuse Licht der einzigen Lampe, die in seinem Rücken brannte. Er erkannte die Umrisse seines Gastgebers. ER saß im Sessel.

»Guten Morgen, Martin. Ich habe über unser gestriges Gespräch nachgedacht und glaube dir, dass du dich um die Kleine sorgst.«

Martin hörte ein Geräusch und sah zeitgleich für einen kurzen Moment Funken aufleuchten. Dann erhellte ein entzündetes Streichholz SEIN Gesicht. Zwischen SEINEN Lippen steckte eine Pfeife. Martin erstarrte. Das Gesicht war nicht hinter einer Maske verborgen. Die Flamme erlosch in der Sekunde, in der Martin realisierte, dass er das Haus nicht lebend verlassen würde. Er schluckte hart und straffte die Schultern. Er machte sich keine Illusionen über sein Schicksal. Sein Todesurteil war gefällt. Er hatte nichts zu verlieren und seine Starre schlug in blanke Wut um.

»Was hast du mit Nele gemacht?«, schrie er und warf sich dem Sessel entgegen. Bevor er IHN erreichte, wurde Martin an den Schultern zurückgerissen. Ein Mann war aus dem Nichts aufgetaucht und hatte ihm die Arme auf dem Rücken verschränkt, sodass er ihn wie eine Puppe drehen konnte. Martin starrte ihn hasserfüllt an und stöhnte vor Schmerz. Sein Angreifer war über zwei Meter groß und stämmig, sein Griff fühlte sich an wie eine Klammer aus Eisen. Martin versuchte strampelnd, seine Arme freizubekommen.

»Sch, sch«, zischelte der Mann und drückte ihn auf die Knie. Martins erneute Gegenwehr bändigte er, indem er die verdrehten Arme ruckartig nach oben zog.

Der Schmerz raubte Martin den Atem. Nach Luft schnappend, nahm er eine Bewegung im Raum wahr. ER war ans Fenster getreten und zog langsam den schweren Vorhang zur Seite. Das einfallende Sonnenlicht erhellte den Raum.

Du?, dachte Martin, während sich etwas Hartes in seinen Rücken bohrte. Er hörte, dass eine Pistole gespannt wurde.

»Warte!«, befahl Guiseppe Garcias seinem Handlanger und setzte sich wieder in den Sessel. »Deine kleine Freundin hat dich an deinem Geburtstag Hals über Kopf verlassen. Ich weiß das von Massimo. Er war ganz gerührt über deine Besorgnis. Nun denn, sie wird nicht ohne Grund das Weite gesucht haben. Sag mir, was sie von der Organisation weiß und du stirbst schmerzlos.«

»Wo ist sie, du Schwein? Nele hat nichts von all dem hier gewusst. Deine Identität … ich …« Martin schenkte sich seine Erklärung. Niemand hätte den Senior, der auf einen Rollstuhl angewiesen war und kaum sprach, mit dem Chef der Organisation in Verbindung gebracht. Das war die perfekte Tarnung. »Nele weiß nichts, glaub mir das oder nicht. Töte mich, aber lass Nele frei. Sorg dafür, dass sie in die Schweiz zu ihren Eltern zurückkehren kann.«

»Rührend, Martin. Rührend. Da geht mir das Herz auf. Ich sag dir, wo sie ist. Deine Kleine ist bereits in der Schweiz. Sie ist geflohen und wurde im Münsterland niedergestochen«, sagte Giuseppe.

Martins Herzschlag hallte in seinen Ohren wider, seine Gedanken rasten. Nele hatte keine Verbindungen in das Münsterland, da war er sich sicher. An die von ihm versteckten Daten, seine Lebensversicherung, konnte sie nicht herangekommen sein. »Ist sie schwer verletzt, Giuseppe?«

Ein höhnisches Lachen zerstörte seine aufkeimende Hoffnung.

»Du liebeskranker Narr, sie hat ins Gras gebissen.« Giuseppe Garcias stand auf und hinkte auf ihn zu.

Sein Handlanger zerrte Martin hoch, sodass sein Gesicht nur wenige Zentimeter von Giuseppes entfernt war. Er spürte dessen Atem auf seinen Wangen. »Tragisch, wo sie doch ein Kind erwartete. Wohl von dir?«

Martins Herzschlag setzte aus. Seine Beine knickten ein wie Streichhölzer. Sein Körper stellte seine Funktionen ein.

Er sah gerade noch, dass Giuseppe Garcias mit einer schnellen Bewegung seinen Zeigefinger von links nach rechts an seinem Hals entlang streifen ließ.

II – Polizeipräsidium Münster

Grübelnd hatte Dieter Nicolas Wohnung verlassen.

Sie schien zutiefst darüber erschrocken zu sein, dass Harald Schumann ermordet worden war. Trotzdem hatte sie sich nicht nach Einzelheiten erkundigt. Ungewöhnlich für die Ex-Polizistin. Ihr ängstlicher Blick zum Esstisch war ihm nicht entgangen. Was verbarg sie vor ihm?

Zurück im Büro versuchte er, Beatrix Brunner zu erreichen.

Daniel erschrak, als Dieter den Hörer auf die Gabel knallte.

»Schon wieder nur die Mailbox! Wann gibt sich Frau Brunner mal die Ehre und ruft zurück? Wir sind die Kriminalpolizei, verdammt noch mal! Ich ruf doch nicht zum Spaß dauernd an.«

»Ruhig, Brauner. Ich sag doch, die ist komisch. Vielleicht hat sie keinen Schimmer, dass eine Mailbox aktiviert worden ist.«

»Vielleicht ist sie abgetaucht, Daniel? Irgendwie könnte ich das verstehen. An ihrer Stelle würde ich mir auch Gedanken machen. Ihr Ex-Chef ist in der Nachbarwohnung ermordet worden und sie scheint die einzige Person zu sein, die Einblicke in seine Arbeit hat. Wir stochern im Nebel. Und mit Taube bin ich auch nicht weitergekommen. Der war gestern so mit Medikamenten vollgepumpt, dass er nicht mit mir sprechen konnte. Er hat sich einen Keim eingefangen.«

»Wenn die Brunner nichts mit der Sache zu tun hat, muss sie von einem Suizid ausgehen, Dieter«, erinnerte ihn Daniel.

»Stimmt.«

Daniel strich sich übers Kinn. »Echt übel, ein Krankenhauskeim? Dem bleibt auch nichts erspart.« Er legte seinen Kopf schräg. »Was ist mit Thore Andresen? Hast du ihn erreicht?«

»Ja. Er ist morgen Vormittag in Düsseldorf. Wenn es sein Terminplan hergibt, kommt er am Nachmittag ins Präsidium. Er meldet sich telefonisch.«

Daniel kratzte erneut seine Bartstoppeln. »Hoffentlich ist er zuverlässig.«

»Sein Entsetzen über den Tod von Schumann klang echt. Ich habe ihn direkt nach dem Hamburger Prozess gefragt und er reagierte überhaupt nicht überrascht auf meine Frage.«

»So wie Schumanns Frau. Die war mir auch zu cool.«

»Sagst du? Der coolste Kommissar in Münster?« Dieter lachte.

»Nur kein Neid, Chef«, konterte Daniel. »Was ist mit deiner Bekanntschaft? Ist sie wieder fit?«

»Sie heißt Nicola. Aber … du bringst mich da gerade auf eine Idee.« Dieter nahm sein Handy, drückte einen Kontakt und wartete. »Hallo Thomas. Nein, ich bin noch im Büro. Sag, hättest du Zeit für mich? Ich würde gerne etwas mit dir besprechen.« Er hörte seinem Gesprächspartner zu und nickte. »Dann sehen wir uns Freitagabend bei mir. Ich freu mich. Grüß Carlotta.«

Dieter suchte Daniels Blick und grinste ihn an. »Das mach ich. Bis dann.« Er beendete das Gespräch und wandte sich an Daniel. »Ich soll dich von Thomas Schneider grüßen.«

»Danke. Du triffst dich mit ihm? Weil ich dich an Nicola erinnert habe?«

»So ähnlich. Ich muss einige Sachen in meinem Kopf sortiert bekommen und im Gespräch mit Thomas hat das immer gut funktioniert.«

»In deinem Kopf«, wiederholte Daniel grinsend.
»Muss ich beleidigt sein, dass du sie ihm zuerst vorstellst?«
»Hat jemand Lust, mit in die Kantine zu kommen?«, fragte Sabrina, die plötzlich im Türrahmen stand.

»Klar, ich komme mit«, antwortete Dieter seiner Kollegin und entzog sich so der Antwort an Daniel.

III – Bestattungsunternehmen Klar
Münster-Roxel

Den Vormittag nutzte ich, um die liegengebliebene Arbeit zu erledigen.

Um die Mittagszeit war ich allein im Büro. Mit einem Tee und einem belegten Brötchen setzte ich mich wieder vor den PC und gab *vermisste Frauen* in die Suchmaske ein. Ich schaute mir diverse Suchmeldungen an. Alle waren nach demselben Schema aufgebaut. Links ein Bild und rechts daneben die Information, wer gesucht wurde und seit wann. Über einen Link konnte ich die Details zu der vermissten Person und die Kontaktdaten der zuständigen Polizeibehörde lesen.

Ich gab nacheinander die mir bekannten Namen ein. Alda, Chantal, Christin, Carola, Luna, Maria, Marie und Nadja. Ohne Erfolg. Eventuell waren die Frauen in der Inpol-Datenbank zu finden. Doch ohne Autorisierung … Vielleicht über Britta Weber … Ich verwarf den Gedanken sofort und rief stattdessen Claudia an.

IV – Mietshaus in Münster-Mecklenbeck

Claudia Reinmann ließ das Büro-Handy sinken und ignorierte den Klingelton. Sie wollte nicht mit Nicola sprechen. Und auch nicht mit Hauptkommissar Dieter Schilling. Er hatte schon wieder auf die Mailbox gesprochen. Ihr war bewusst, dass er sofort eins und eins zusammenzählen würde, wenn er sie jetzt treffen würde. Sie hatte keine Ahnung, warum Nicola ihm nicht vertraute, wollte sich aber auch nicht einmischen. Sie mochte Nicola.

Claudia zog ihre Reisetasche vom Schrank und verstaute die nötigste Kleidung für einige Tage. Sie würde bei einem Freund von Harald Schumann unterkommen.

Schumann hatte ihr nach seinem Einzug in das Mietshaus den Kontakt von Mathias gegeben und sie gebeten, sofort ihre Wohnung zu verlassen. Claudia hatte abgelehnt, war aber seinem Rat gefolgt und hatte sich die Telefonnummer von Mathias eingeprägt.

Gestern Abend hatte sie die Nummer gewählt und wollte schon auflegen, als er sich endlich mit einem »Ja« meldete. Sie sagte nur ihren Namen und ihre Adresse, so wie es Harald Schumann ihr nahegelegt hatte. Mathias antwortete ihr, dass sie morgen um Punkt 11.30 Uhr das Mietshaus verlassen und in einen grünen Golf steigen sollte, der auf der Straße halten würde. Dann beendete er das Gespräch.

Zwanzig Minuten nachdem sie ihre Tasche gepackt hatte, blickte sie sich noch einmal in der Wohnung um. Sie war ihr ein Zuhause gewesen. Ihr Mobiltelefon lag neben ihrem Schlüsselbund auf dem Küchentisch, die SIM-Karte steckte in ihrer Hosentasche.

Claudia schaute auf die Uhr. 11.28 Uhr. Sie spähte durch den Spion und lauschte einen Moment an der Wohnungstür. Dann griff sie nach ihrer Reisetasche und trat ins Treppenhaus. Ohne von jemandem aufgehalten zu werden, erreichte sie den grünen Golf, der vorfuhr, als die Haustür hinter ihr ins Schloss fiel.

Der Fahrer wartete, bis sie ihr Gepäck auf dem Rücksitz verstaut und sich auf den Beifahrersitz gesetzt hatte.

»Claudia?«, begrüßte er sie fragend und streckte ihr seine rechte Hand mit nach oben gedrehter Handfläche hin.

Sie hob ihr Gesäß etwas an und fingerte die Speicherkarte aus ihrer Jeans. Ein Funke elektrisierte sie, als sie seine Hand berührte.

Er ließ die Karte in seine Hemdtasche sinken und fädelte sich in den Verkehr ein.

Sie verließen Mecklenbeck in Richtung Norden. Von der Weseler Straße fuhren sie auf die Auffahrt der A 43 in Richtung Wuppertal/Recklinghausen. Nach einer guten Viertelstunde nahm der Fremde die Ausfahrt Nottuln/Billerbeck und bog rechts auf die Bundesstraße 525 ab. Sie folgten der Straße, bis auf der rechten Seite ein Hinweis auf einen Abzweig zum Kloster Gerleve erschien. Versiert steuerte der Fahrer die schmale, kurvige Straße bergauf.

Unvermittelt sah Claudia zwei Türme und kurz darauf ein imposantes Gebäude zwischen Bäumen.

»Ein Kloster?« Claudia runzelte die Stirn.

»Ein sicherer Ort für dich, solange du möchtest. Ich bin Pater Mathias. Heute Abend haben wir Zeit für ein Gespräch und dann wirst du einiges verstehen«, versprach er ihr.

»Du bist ein Mönch?« Sie konnte sich den gutaussehenden Fremden nicht in einer Kutte vorstellen. Die verwaschene Jeans und das rot-weiß karierte

Hemd passten perfekt zu seinem blonden, kurz geschnittenen Haar und seinen Lachfalten.

Er nickte und fuhr weiter, bis er vor einem Nebengebäude parkte. »Unser Gästehaus Ludgerirast. Bis Freitag wird es hier sehr ruhig sein. Dann reisen Frauen aus dem ganzen Land an. Sie bleiben eine Woche und begehen gemeinsam eine Auszeit. Du kannst teilnehmen. Natürlich darfst du dich auf dem Gelände frei bewegen, aber bitte verlasse den Abtei-Bereich nicht allein. Ich zeige dir jetzt dein Zimmer und dann sehen wir uns heute Abend nach dem Gebet.«

Der Raum war spartanisch eingerichtet und verfügte über ein winziges Duschbad. Das kleine Fenster gab einen Blick auf eine parkähnliche Landschaft frei.

»Was hat sich Harald dabei gedacht?«, fragte sich Claudia laut, als sich die Tür hinter Pater Mathias schloss und sie auf dem Tisch eine Brotzeit entdeckte.

Ein Geräusch weckte sie. Sie hörte ein Klopfen. »Einen Augenblick, bitte«, rief sie und richtete sich auf. Als ihre Zimmertür einen Spalt geöffnet wurde, bemerkte Claudia, dass der Flur beleuchtet war.

»Rechts auf dem Nachttisch steht eine Lampe, der Schalter ist im Fuß», hörte sie Pater Mathias sagen.

Sie tastete nach dem Licht und drückte einen kleinen Knopf. »Ich komme.« Sie schlug die Bettdecke zurück und setzte sich auf die Bettkante. Ihre schläfrige Benommenheit machte einer nervösen Anspannung Platz.

Zehn Minuten später öffnete Pater Mathias eine Tür und ließ Claudia den Vortritt. Sie betrat ein kleines Zimmer.

»Ein Raum zum Lesen und Nachdenken. Hier sind wir ungestört«, sagte er und wies mit seiner Hand auf zwei Klubsessel.

Sie setzte sich mit dem Rücken zum Fenster und beobachtete, wie er zwei Gläser mit Wasser füllte.

Seine braune Kutte reichte bis zu seinen Sandalen und machte es unmöglich, in dem Mönch den Mann zu erkennen, der sie heute Mittag abgeholt hatte. Nur die Kordel, die seine Taille umschlang, deutete auf eine schlanke Figur hin.

Er trank einen Schluck und Claudia bemerkte Narben an seinem Unterarm. »Eine Bilderbuchvergangenheit sieht anders aus«, sagte sie und brach damit die Stille.

Mathias zog seinen Ärmel bis zum Handgelenk und faltete seine Hände. »Genau wie bei dir. Meine ersten Schritte ins Kloster dienten ebenfalls meinem Schutz.

Claudia lachte heiser auf. »Es stimmt, ich habe schon viel erlebt … Das wird aber nicht dazu führen, dass ich mit vierundzwanzig Jahren Nonne werde.« Sie suchte den Augenkontakt zu ihm. »Sag mir, warum bin ich hier?«

Mathias hob die Augenbrauen und schüttelte langsam den Kopf. Auf seiner Stirn hatte sich eine kleine Falte gebildet. »Du hast die Nummer für den Notfall gewählt!«

»Vielleicht habe ich etwas überreagiert? Aber Harald ist tot. Ich weiß nicht, warum er das gemacht hat. Eine Bekannte hat dafür gesorgt, dass meine Vergangenheit mir wieder zu schaffen macht, und die Polizei will mit mir sprechen.«

»Ich denke nicht, dass deine Reaktion übertrieben war. Harald hatte am Sonntag vor seinem Tod Zugang zu brisanten Daten erhalten. Ich sollte sie aufbewahren und für den Fall, dass ihm etwas zustoßen sollte, der Polizei übergeben. Doch zur geplanten Übergabe ist es nicht mehr gekommen. Warum sollte ich an einen Suizid glauben?«

Claudia fröstelte.

»Hast du etwas für ihn aufbewahrt, Claudia?«

Donnerstag, 21.10.2021

Polizeipräsidium Münster

Thore Andresen betrat Dieter Schillings Büro und es schien, als sei der Raum geschrumpft.

Der Rechtsanwalt war groß. Dieter schätzte ihn auf über zwei Meter. Und er war übergewichtig. Er trug einen grauen Anzug, ein weißes Hemd und eine blau-grau gemusterte Krawatte. Die Schuhe schienen aus Krokodilleder zu sein, sie harmonierten mit dem Anzug. Daniel hatte ihm den Vortritt gelassen. Als er den Raum betrat, dachte Dieter einen Moment an das Gehalt eines Kriminalkommissars. Sein Blick blieb an Daniels aufgekrempeltem Hemd hängen, das locker in die Jeans gestopft war. Die ehemals weißen Sneaker rundeten den Look eines … Dieter verscheuchte den Gedanken.

Sie setzten sich und Dieter bot ihrem Gast einen Kaffee an. Andresen schaute zum Sideboard, auf dem eine alte Maschine stand, die rhythmisch zischte, bevor die Tropfen in die Kanne fielen. Er lehnte höflich ab und blickte auf seine Uhr.

Dieter registrierte ein auffälliges Armband am Handgelenk, das den großen Chronografen schmückte. »Ich möchte Ihre Zeit nicht zu sehr beanspruchen«, begann er das Gespräch. »Wie bereits gesagt, Ihr Freund und Berufskollege wurde ermordet. Wir bringen die Tat mit einem Prozess in Verbindung, der im Juli dieses Jahres in Hamburg stattgefunden hat. Sie waren der Verteidiger. Warum war Harald Schumann anwesend?«

Thore Andresen schlug die Beine übereinander und legte seine Fingerspitzen zusammen. »Wie Sie sicher wissen, habe ich meinen Halbbruder Frank vertreten. Der Angeklagte war Angehöriger der Camorra. Der Tatbestand lag zu dieser Zeit schon eineinhalb Jahre zurück. Ich wollte nicht riskieren, wegen Befangenheit als Verteidiger abgelehnt zu werden. Deshalb habe ich Harald gebeten, sich in den Fall einzuarbeiten und gegebenenfalls für mich einzuspringen.«

»Was aber nicht nötig war?«, vergewisserte sich Daniel, während er zur Kaffeemaschine ging und zwei Becher füllte. »Für Sie etwas anderes, Herr Andresen? Ein Wasser?«

Andresen nickte und rückte seine tadellos sitzende Krawatte zurecht. »Nein, es war nicht nötig.« Er nahm Daniel das Glas aus der Hand und starrte auf dessen Tätowierung am linken Unterarm. Auf der medialen Seite prangte ein Buddha-Kopf. »Sie verehren den Buddhismus?«

Daniel konnte sich ein Grinsen nicht verkneifen. Langsam schob er den Hemdsärmel höher. Sein Arm war komplett tätowiert. Am Oberarm war eine Teufelsfratze mit weit aufgerissenem Mund verewigt.

Andresen trank einen Schluck Wasser und stellte das Glas auf den Tisch.

Dieter löste seinen Blick von Daniels Arm und rollte mit den Augen. »Ist Ihnen im Gericht irgendetwas aufgefallen oder komisch vorgekommen, Herr Andresen? Irgendetwas, was Herrn Schumann

dazu bewegt haben könnte, seine Familie zu verlassen?«
Der Rechtsanwalt schüttelte langsam den Kopf. »Mitglieder der Camorra haben mir gedroht. Ich sollte dafür sorgen, dass ein Freispruch erfolgt. Was ich natürlich nicht getan habe. Der Täter wurde wegen schwerer Körperverletzung zu acht Jahren verurteilt.«

Dieter startete einen erneuten Versuch. »Bei unserem gestrigen Telefonat … Sie schienen mir nicht überrascht, dass ich einen Zusammenhang zwischen dem Auszug, dem Mord und dem Prozess gesehen habe.«

Thore Andresen lächelte. »Das haben Sie falsch interpretiert. Ich habe während der Prozesstage viel Zeit mit Harald verbracht. Er hat mir erzählt, dass seine Ehe nicht zum Besten steht und er über eine Scheidung nachdenkt.«

Dieter zog die Augenbrauen zusammen. Diese Aussage klang einstudiert. Wie eine glatte Lüge.

»Wie lange kennen Sie und Harald Schumann sich?«, fragte Daniel, als er Thore Andresen die Bürotür öffnete.

»Wir sind zusammen aufgewachsen. In Bayern, in der Nähe von München.«

Daniel warf einen schnellen Blick zu Dieter, der erstaunt aufsah. Wieder hatte Andresen nicht die Wahrheit gesagt.

II – Benediktinerabtei Gerleve, Billerbeck

Claudia starrte Mathias an. Ihre Gedanken rotierten.

Ihr war sofort klar gewesen, dass es sich bei den brisanten Informationen um den Datenstick handeln musste, der bei Nicola in der Wohnung war. Niemand außer ihr wusste davon. Konnte sie dem Pater vertrauen?

Mathias bemerkte ihre Verwirrung. »Ich habe keine Ahnung, um was für Daten es sich handelt, doch … irgendjemand tötet dafür.«

Claudia hatte sich gefangen. »Ich habe diese Daten nicht«, erklärte sie wahrheitsgemäß. »Du denkst an Mord. Vielleicht zieht die Polizei die Schuldigen aus dem Verkehr«, sagte sie und hoffte gleichzeitig, dass es genauso sein würde und dass Nicola nicht in Gefahr schwebte.

Dann erzählte Mathias ihr eine Geschichte, die sie ratlos zurückließ.

Freitag, 22.10.2021

Dieter Schillings Wohnung, Gievenbeck

Auf dem Weg zum Parkplatz des Polizeipräsidiums Münster atmete Dieter dankbar auf. Wochenende. Er freute sich auf sein Wiedersehen mit Thomas Schneider.

Seit dem Mord an Nele Jordi vor zwölf Tagen steckte er in den Ermittlungen fest. Sein Team und er hatten noch kein brauchbares Ergebnis.

Der Mörder der jungen Schweizerin und ihres ungeborenen Kindes war noch auf freiem Fuß. Valentin Taube wurde durch die Presse vorverurteilt. Staatsanwalt Langer vertrat seine Einschätzung vehement.

Aus der Uniklinik hatte Dieter schlechte Nachrichten erhalten. Valentin Taube kämpfte gegen eine Sepsis an. Sie bereitete den Ärzten große Sorgen. Der Geiger rang mit dem Tod.

Zu allem Überfluss machte Taubes Ehefrau Dieter für alles verantwortlich. Auch die Motive für den fast zeitgleichen Mord an Rechtsanwalt Schumann lagen im Dunkeln. Wo war seine ehemalige Mitarbeiterin?

Lebte Beatrix Brunner noch? Dass merkwürdige Verhalten von Nicola Sandberg bereitete ihm das meiste Kopfzerbrechen. Seine Gefühle für sie waren stark. Er wollte mehr. Aber wie stand sie zu ihm?

Seit seinem Geburtstag kannte er einen großen Teil ihrer Vergangenheit und konnte ihre Zurückhaltung, was Männer anbelangte, verstehen. Trotzdem hatte er die ganze Zeit den Eindruck, dass sie etwas vor ihm verheimlichte.

Gegen 22 Uhr war Thomas Schneider in Dieters aktuelle Fälle und Gedanken eingeweiht und wusste von Dieters Gefühlen für Nicola Sandberg.

Die beiden Freunde saßen im Wohnzimmer von Dieters Drei-Zimmer-Wohnung im Zentrum von Gievenbeck. Um seine Ex-Frau auszahlen zu können, hatte er das gemeinsame Einfamilienhaus nach der Trennung verkauft.

Dieter bot Thomas noch ein Bier an.

»Danke, ich muss fahren. Machst du mir einen Kaffee?«

»Klar«, antwortete Dieter und holte für sich eine weitere Flasche Bier aus dem Kühlschrank. Er legte ein Kaffeepad in die Maschine und drückte auf Start.

»Ich bin bei dir, Dieter, die Lösung liegt in dem Aufenthaltsort von Nele Jordi. Sämtliche Vermisstenanzeigen und Suchaktivitäten seitens der Familie haben seit Mai 2019 nichts ergeben. Sie war gut versteckt oder wollte es sein. Sie war schwanger. Der Leichnam wies keine Misshandlungen auf, das Mädchen war kein Junkie.«

»Soweit alles korrekt«, bestätigte Dieter und ging in die kleine Küche. Thomas hörte ihn hantieren.

Dieter stellte den Kaffeebecher auf den Tisch und setzte sich wieder auf die Couch. »Als wir ihre Leiche gefunden haben, war sie sehr stark geschminkt. Sie wirkte älter, als sie war. Ihre Kleidung war exklusiv, damenhaft, chic und teuer. Wir konnten einige Etiketten italienischen Designern zuordnen, deren Geschäfte findest du hier in Deutschland nur in den

Metropolen.« Er stockte, setzte die Bierflasche an die Lippen und trank. »Als sie verschwand, versuchten die Kollegen, über ihren Laptop ihre Aktivitäten im Netz zu rekonstruieren«, fuhr Dieter fort. »Der Provider eines Dating-Portals stellte die Daten zur Verfügung, die alle ins Nirgendwo liefen. Hier gab es Parallelen zu anderen Vermisstenfällen. Zielgruppe junge Frauen, gebildet, hübsch und immer aus dem Ausland. Augenscheinlich sind die Damen freiwillig mitgegangen. Sie alle wurden dem familiären Umfeld entfremdet. Sie alle sind nie wieder aufgetaucht. Es gab keine Lösegeldforderungen. Ausgesetzte Belohnungen brachten keinen Erfolg. Mich beschäftigt immer noch, was Neles Mutter sagte, nachdem sie ihre Tochter in der Rechtsmedizin identifiziert hatte: *Das Verschwinden meiner Tochter war schlimm, aber die Ungewissheit über ihr Schicksal war grausam. Jetzt kann ich zur Ruhe kommen.* Und: *Schade, dass sie ihr Medaillon nicht trug, es hätte sie geschützt.*«

»Kaum vorstellbar. Würdest du nicht alles daran setzen, den Mord an deinem Kind aufzuklären, Dieter?«

»Wahrscheinlich schon. Ich bin auch Polizist.« Ihm kam Nicola in den Sinn und ihre Reaktion auf den Mord an Schumann. Er weihte Thomas in seine Gedanken ein.

»Mit dem Wissen um das schwierige Verhältnis der beiden Cousinen denke ich, ihre Reaktion könnte darauf beruhen. Nur, ihr Blick zu ihrem Laptop … Hast du vielleicht etwas gesehen, was nicht da war?«

Dieter zuckte mit den Achseln. »Das Treffen war seltsam. Ihre Freundin, die so tat, als wüsste sie von mir. Nicola hat nie von einer guten Freundin erzählt. Noch nicht mal von irgendeiner Freundin. Im Nachhinein betrachtet wollte sie nicht, dass ich auf diese Frau treffe, da bin ich mir sicher.«

»Ich glaube, es hat dich richtig erwischt, mein alter Freund. Halt sie fest und kommt uns bald besuchen, ja?« Er leerte seine Tasse und stand auf. »Du hast für den Moment alles Mögliche getan. Warte auf die Ergebnisse der Datenbank, eventuell kann durch den DNA-Abgleich der Fötus jemandem zugeordnet werden. Vielleicht meldet sich Beatrix Brunner, wenn sie morgen in der Zeitung liest, dass sie vermisst wird. Ich habe nur noch eine Idee: Schau, ob der Prozess gegen den Angehörigen der Camorra aufgezeichnet worden ist. Dein Bauchgefühl trügt dich nicht, Rechtsanwalt Andresen hat sicher nicht alles erzählt.« Thomas nahm seine Jacke von der Garderobe und zog sie an. »Halt mich auf dem Laufenden und stell mir bald unsere Ex-Kollegin vor, ja?«

Mit einem kräftigen Händedruck verabschiedeten sich die Freunde.

II – Benediktinerabtei Gerleve, Billerbeck

Claudia lag bekleidet auf ihrem Bett und dachte an das Gespräch mit Pater Mathias. Hatte er ihr die Geschichte nur erzählt, um ihr Vertrauen zu gewinnen, oder war die Frau wirklich seit 1996 an einen Rollstuhl gefesselt? Zwei Männer, die für ihr Schicksal verantwortlich waren, der eine tot, der andere musste mit seiner Schuld leben. Ihr Bild von Harald Schumann bekam Risse. Harald hätte zu seiner Verantwortung stehen müssen.

Claudia haderte mit der Geschichte. Ein paar entscheidende Punkte fehlten ihr. War sie wahr? Wie oft hatte sie sich gefragt, warum ausgerechnet Harald Schumann ihr Hilfe angeboten hatte? Lag hier die Erklärung? Wollte er seine Tat sühnen? Würde Mathias ihre Fragen beantworten können und wollen?

Erschöpft fiel sie in einen Dämmerschlaf.

III – Münster, Kreuzviertel, Nicolas Wohnung

„Der gewünschte Gesprächspartner ist zurzeit nicht erreichbar. Bitte versuchen Sie es später erneut", tönte es aus dem Lautsprecher meines Handys.

Seit gestern war Claudias Mobiltelefon ausgeschaltet. Ich hatte gefühlt zwanzig Mal versucht, sie zu erreichen, und machte mir große Sorgen um sie. Ich zweifelte nicht daran, dass der Datenstick der Grund für Schumanns Tod war. Niemand wusste, wo er war - außer Claudia. War sie bereits darüber informiert, dass es sich um Mord handelte? Wenn noch jemand nach den Daten suchte, dann bei Claudia oder bei Marina und ihren Söhnen.

Ich fasste den Entschluss, dass ich Dieter informieren würde, wenn sich Claudia bis morgen Mittag nicht meldete. Meine Gedanken hämmerten unaufhörlich gegen meine Stirn, bis der Schmerz unerträglich wurde. Ich nahm eine Kopfschmerztablette und ließ mich auf die Couch sinken. Ich brauchte jemanden, mit dem ich mein Wissen teilen konnte. Meine einzige Freundin Britta Weber wollte ich nicht noch weiter mit hineinziehen. Die beruflichen Konsequenzen für sie wären fatal. Ich drehte mich im Kreis. »Wie komme ich da wieder raus?«, fragte ich laut.

Lidl maunzte und rückte näher an mich heran.

IV – Uniklinikum Münster

Die Krankenschwester zog die Tür des Patientenzimmers hinter sich zu und schlüpfte aus ihrer Schutzkleidung, als sie Johanna Taube auf dem Flur vor der Isolierstation zusammengekauert auf einem Stuhl entdeckte.

Sie entsorgte die kontaminierte Kleidung und ging auf sie zu. »Es ist fast Mitternacht. Gehen Sie nach Hause, Frau Taube. Sie können im Augenblick nichts für Ihren Mann tun und es nützt ihm nichts, wenn Sie umfallen. Ich verspreche Ihnen, ich melde mich sofort, wenn sich sein Zustand ändert.«

Johanna Taube schreckte hoch und starrte die empathische Krankenschwester ungläubig an. Düstere Gedanken spiegelten sich in ihrem Gesichtsausdruck. »Ich kann sowieso nicht schlafen. Ich muss doch bei ihm sein«, beharrte sie.

»Natürlich können Sie hier auf dem Flur sitzen bleiben, Frau Taube. Aber glauben Sie mir, niemand wird Sie zu Ihrem Mann lassen. Zu Ihrem und zu seinem Schutz. Wenn er die Nacht gut übersteht, machen die Antibiotika ihren Job. Dann können Sie ihn vielleicht in einer Woche besuchen. Sobald es möglich ist, können Sie mit ihm telefonieren, aber jetzt gehen Sie bitte nach Hause. Ruhen Sie sich aus. Ihr Mann braucht Sie. Gesund.« Sie legte für wenige Sekunden die Hand auf Johanna Taubes Schulter. Dann drehte sie sich um und ging in das Schwesternzimmer.

V – Haus in Hamburg – Wandsbek

Durchgefroren betrat Carolin Müller gegen 1 Uhr in der Früh ihre exklusive Fünf-Zimmer-Wohnung. Sie hatte stundenlang auf einer Bank an der Wandse gesessen und versucht, ihre Lage einzuschätzen.

Seit mehr als fünf Jahren arbeitete sie als leitende kaufmännische Mitarbeiterin im Autohaus Garcias. Ihr Vater war eng mit Antonio Garcias befreundet. Die beiden verband ihre Liebe zur Macht und zum

Geld. Schon als Teenager hatte Carolin begriffen, dass ihr Vater Kontakte zur Camorra pflegte. Sie erkannte seine Freunde in der Presse und konfrontierte ihn mit ihren Annahmen. Wenige Tage danach besuchte sie unfreiwillig eine Privatschule und einige Monate später erfuhr sie von der Trennung ihrer Eltern. Ihr Vater Fritz bekam das alleinige Sorgerecht. Ihr wurde erzählt, dass ihre Mutter kein Interesse an ihr hätte. Sie sah ihre Mutter nie wieder.

Carolin studierte Betriebswirtschaftslehre und bekam einen verantwortungsvollen Posten bei Garcias. Sie arrangierte sich mit dem Wissen um ihren Vater und hielt sich offiziell aus seinen Belangen raus. Heimlich verfolgte sie das Tun an ihrem Arbeitsplatz. Ihr Kollege Martin Jung bekam ein sehr hohes Gehalt dafür, dass er als Autoverkäufer angestellt war. Ihr gefiel der Junggeselle. Mit ihm konnte sie über Gott und die Welt sprechen. Bei einer zufälligen Berührung im Januar 2019 spürte sie zum ersten Mal ein Flattern im Bauch. Ein aufregendes und zugleich beunruhigendes Gefühl. Sie ahnte, dass Martin Jung das Potenzial hatte, ihr Leben auf den Kopf zu stellen.

Bis zum Frühjahr desselben Jahres war Martin freundlich und aufmerksam mit ihr umgegangen. Sie verbrachten Zeit miteinander. Doch plötzlich änderte er sein Verhalten. Zunehmend schien es Carolin, als hätte sie es mit einem anderen Mann zu tun. Martin verschwand oft mit Antonio Garcias in dessen Büro und kam mehrmals mit hochrotem Kopf heraus. Ihr sonst so ruhiger Kollege schimpfte lautstark und knallte die Türen hinter sich zu.

Ende Mai beruhigten sich die Gemüter und im Juli 2019 fand Carolin durch einen Zufall heraus, dass Martin mit einer sehr jungen Frau aus der Schweiz liiert war, die bereits in seine Wohnung eingezogen war.

Für Carolin brach eine Welt zusammen. Sie hatte sich als Frau an seiner Seite gewähnt. Doch sie musste sich eingestehen, dass er sie dazu nicht ermutigt hatte.

Ihre Liebe verwandelte sich in Hass und sie begann, in Martins Leben herumzuschnüffeln.

Nach einigen Wochen vermutete sie, dass er direkt für die Camorra tätig war. So ergab sein hohes Honorar einen Sinn.

Ihr Hass ermöglichte es ihr, ihre Ängste vor den Konsequenzen zu überwinden. Sie bespitzelte Martin bei seiner Arbeit und stalkte ihn privat. Ihre Gedanken kreisten um Rache.

Zufällig beobachtete sie, wie er einen Briefumschlag in dem kleinen Tresor deponierte, der in seinem Schrank eingebaut war.

Als Martin und Antonio eine gute Stunde später das Autohaus verließen, um gemeinsam am Hafen einen Container in Empfang zu nehmen, nutzte sie die Gelegenheit, um ihre Neugierde zu befriedigen.

Schon vor geraumer Zeit hatte sie Martin beim Eingeben des Zahlencodes beobachtet und vertraute darauf, dass er ihn nicht geändert hatte.

Im Tresor befanden sich Zugangsdaten für Online-Portale, ein Schlüsselbund, ein Bündel Bargeld und ein Umschlag. Er enthielt ein Notizbuch und eine Speicherkarte. Unbemerkt kopierte sie den Datenträger und das Notizbuch. Sorgsam legte sie alles zurück an seinen Platz.

Nach seiner Rückkehr am Nachmittag entnahm Martin den Umschlag, ohne zu bemerken, dass sie an seinem Tresor gewesen war.

Rückblickend staunte Carolin über sich selbst. Sie hatte fast zwölf Monate gebraucht, um zu verstehen, was Martin kurzfristig in seinem Tresor aufbewahrt hatte. Er war ein Loverboy; er lockte Frauen nach Hamburg, offenbar für eine Gruppe von Männern, deren Namen und Berufe Martin ebenfalls in seinem Heft notiert hatte.

Carolin entwarf eine Exceltabelle und fütterte diese mit den Daten der Frauen aus dem Notizbuch. Sie verschlüsselte die Buchstaben, indem sie das Alphabet rückwärts betrachtete, beginnend mit dem Buchstaben Z. Dann machte sie den Code[1] komplizierter. Sie nahm den dritten Buchstaben aus dem umgekehrten Alphabet, das X, und tauschte es gegen das A aus dem Alphabet in seiner normalen Reihenfolge. So verfuhr sie mit allen Buchstaben. Abschließend speicherte sie die Liste zu den bereits gesicherten Fotos auf einem Stick.

Die kopierten Seiten des Notizbuches verstaute sie in einem Bodentresor in ihrer Wohnung.

Irgendwie gelang es ihr, einen neutralen Umgang mit Martin zu finden, obwohl er sich von Tag zu Tag mehr von ihr zurückzog und von seiner Freundin schwärmte. Sie kannte Nele nicht persönlich, trotzdem gab sie ihr die Schuld. Nele war diejenige, die ihrem Glück mit Martin im Wege stand.

Carolin schluckte hart. Was hatte sie getan? War sie genauso kriminell wie ihr Vater oder Antonio Garcias?

---

[1] Code siehe Seite 412 / 413

Seit fast zwei Wochen war Martin nicht mehr im Autohaus erschienen. Unter den Kollegen hieß es, Martin sei im Urlaub. Doch seit gestern wies nichts mehr an seinem Arbeitsplatz darauf hin, dass er jemals dort gearbeitet hatte. Sie musste Gewissheit haben.

Sie hatte doch nicht gewollt, dass Martin zu Schaden kam.

Samstag, 23.10.2021

Autohaus Garcias, Hamburg

Übernächtigt erschien Carolin an ihrem Arbeitsplatz, obwohl sie frei hatte.

Sie hörte die erregte Stimme von Antonio Garcias aus seinem Büro. »Du hast was?« Sie fragte sich, mit wem er sprach oder telefonierte.

Fünf Minuten später sah sie, wie Antonios Vater den Raum verließ. Stumm nickte er ihr zu und navigierte dann den elektrischen Rollstuhl durch einen Seitenausgang zum Hinterhof.

Carolin wunderte sich über den Besuch. Es hieß, dem Senior-Chef ginge es nicht gut und dass er sein Haus selten verlassen würde.

Sie schaute aus dem Fenster der kleinen Küche, während sie den Wasserkocher füllte. Der Senior wurde abgeholt. Ein Paravan VW Caddy stand bereits mit geöffneter Heckklappe auf dem Hof.

»Guten Morgen, Carolin. Was machst du denn hier?«

Sie zuckte zusammen, sie hatte Antonio Garcias nicht kommen hören. »Arbeiten.« Sie zwang sich zu einem Lächeln und wechselte das Thema. »Dein Vater hat dich besucht, wie schön.«

Ihr Chef nickte ihr zu und drehte sich um.

»Antonio?«

Er blieb stehen.

»Wo ist Martin? Kommt er zurück?«

»Nein!«, antwortete er, ohne sich zu ihr umzudrehen. »Ich werde seinen Platz zeitnah neu besetzen. Frag nicht noch mal«, befahl er, während der die Küche verließ. Plötzlich stoppte er und fuhr herum. »Gehst du noch in diesen Tanzklub am Hafen? Da, wo Massimo auch immer abhängt?«, wollte er wissen und fuhr fort, ohne ihre Antwort abzuwarten. »Waren Martin und sein Mädchen vor zwei Wochen da?«

»Keine Ahnung, ich war nicht dort«, antwortete Carolin. Sie hoffte, dass Antonio das Zucken an ihrem Augenlid nicht wahrgenommen hatte.

II – Benediktinerabtei Gerleve, Billerbeck

Wie vereinbart stand Pater Mathias am Nachmittag vor dem Gästehaus. Er wollte Claudia die Umgebung zeigen.

Gemeinsam überquerten sie die Straße und folgten zwischen abgeernteten Feldern einem Weg. Parallel dazu verlief eine Straße. Mathias folgte Claudias Blick. »Die Bergallee. Sie führt nach Coesfeld.« Er zeigte auf eine Kennzeichnung. »Der Ludgerusweg. Ein Wanderweg von Coesfeld bis nach Tilbeck bei Havixbeck. Er ist ungefähr 30 Kilometer lang.« Mathias blieb stehen und schaute sie an. »Dich interessiert nicht, wo du bist, sondern warum. Ich habe dir gestern einen Teil von Haralds Geschichte erzählt, damit du ihn besser verstehen kannst.«

»Er hat nie darüber gesprochen. Ich kann mir einfach nicht vorstellen, dass er so gehandelt hat. Alles, was du gesagt hast, dreht sich in meinem Kopf. Was hast du mir verschwiegen?«

»Er ist gestorben«, sagte Mathias.

»Harald hat sich suizidiert. Er hat sich die Pulsader aufgeschnitten, er wollte sterben«, wandte Claudia ein.

»Nein. Sicher hat er das nicht getan. Ich schade ihm nicht mehr, ich darf dir die ganze traurige Geschichte erzählen. Komm, im Gehen spricht es sich besser.«

Sie waren eine gute Viertelstunde gelaufen, als Mathias auf einen Weg einbog, an dem drei Höfe lagen.

»Es war die Nacht vom 12. auf den 13. Oktober 1996. Ein Samstag. Harald war am 1. Oktober volljährig geworden und hatte seine Fahrerlaubnis erhalten. Sein Vater, der im Krankenhaus eine leitende Stelle innehatte, hatte ihm zum Abi einen 3er BMW geschenkt. Sein Studium lag vor ihm und endlich durfte er den Wagen fahren, wann er wollte. Gemeinsam mit zwei Kumpels und einem Mädchen machten sie sich auf zu einem Nachbardorf. Eine Scheunendisco war das Ziel. Haralds Euphorie schaltete sein Gehirn aus. Alle tranken. Nur einer von Haralds Freunden blieb nüchtern. Gegen 3 Uhr in der Früh machte sich die Gruppe auf den Weg zum Wagen. Das Mädchen, minderjährig und ohne Fahrpraxis, wollte an das Lenkrad. Harald war verknallt in sie, wie wir alle. Er war bereit, ihr den Wunsch zu erfüllen.«

Mathias stockte, Claudia schien es nicht bemerkt zu haben. »Der Nüchterne, selbst ohne Fahrerlaubnis, redete mit Engelszungen auf Harald ein. Er überzeugte ihn, dass es besser sei, seinen Vater anzurufen und ihn zu bitten, die jungen Leute abzuholen.«

Sie waren rechts abgebogen und erreichten eine Bank. Mathias setzte seinen Rucksack ab und entnahm ihm zwei Wasserflaschen. Nachdem er getrunken hatte, fuhr er fort. »Der Freund versuchte vergeblich, bei einem Bauern an ein Telefon zu kommen. Handys hatten wir nicht.« Mathias bemerkte das Aufblitzen der Erkenntnis in Claudias Gesicht und nickte. »Als ich die Wiese wieder erreichte, sah ich die Rückleuchten von Haralds Wagen. Wütend und enttäuscht machte ich mich auf den Heimweg. Ich weiß nicht, wie lange ich unterwegs war. Zuerst hörte ich ein Martinshorn, dann weitere Einsatzfahrzeuge. Panik übermannte mich. Ich lief querfeldein und erreichte in der Dämmerung mein Elternhaus. Zitternd verharrte ich unter meiner Bettdecke, bis meine Mutter mir entsetzt von einem schrecklichen Unfall berichtete.«

Claudia legte tröstend die Hand auf seinen Arm und wartete, bis er weitersprechen konnte.

»Harald und Thore Andresen waren verletzt, aber nicht in Lebensgefahr. Marion Büchner, Mary, hatte schwere innere Blutungen. Ihr Rückenmark wurde nicht durchblutet und dadurch irreparabel geschädigt.«

Eine Träne tropfte auf Claudias Hand. »Thore Andresen, der Rechtsanwalt. Er hatte bis zum Schluss Kontakt zu Harald.«

»Ja, die beiden verband vieles. Damals passte ein Schutzengel auf sie auf. Nur Mary bekam mit siebzehn Jahren die Gewissheit, dass keiner ihrer Träume und Pläne in Erfüllung gehen würde.«

»Schrecklich. Wie konnte Harald sie fahren lassen?«, fragte Claudia und reichte Mathias ein Taschentuch.

Er neigte den Kopf und fuhr fort: »War sie die Unglücksfahrerin? Nur die drei wussten das. Und alle schwiegen. Offiziell waren Harald und Thore so betrunken, dass sie nicht verhindern konnten, dass Mary sich an das Steuer setzte. Ihre Eltern waren normale Angestellte. Thores Eltern stammten aus Hamburg. Beide arbeiteten als angestellte Rechtsanwälte in Kanzleien. Haralds Vater verdiente seine Brötchen im Krankenhaus. Beide Familien verschlug es ein Vierteljahr nach dem Unfall nach Bayern. Die Söhne nahmen ihre Studien auf und Thores Vater gründete mit seiner Frau eine Kanzlei. Haralds Vater nahm eine Oberarztstelle im Münchener Klinikum an.«

»Was denkst du? Wer von ihnen ist gefahren?«

»Rückblickend mit dem Wissen von heute … glaube ich, was Harald gesagt hat: Thore ist gefahren. Als die Rettungskräfte vor Ort eintrafen, fanden sie die drei Verunglückten außerhalb des Wagens vor. Meine Eltern hatten mir, nachdem sie meine

Version des Abends kannten, den Umgang mit allen dreien untersagt. Weder Harald noch Thore und Mary erwähnten mich bei der Polizei. Die drei hatten sich sturzbetrunken alleine auf den Heimweg gemacht und in ihrem Zustand keinen Gedanken an mich verschwendet. Es kam zu keiner Verurteilung. Niemand stellte Ansprüche an die anderen. Da ist nichts mit rechten Dingen zugegangen. Zumindest die Versicherungen, die Kfz- und die Krankenversicherung, hätten Interesse an einem Schuldspruch haben müssen. Aber nichts passierte.«

»So etwas gibt es doch gar nicht«, wandte Claudia ein. »Da werden doch automatisch Ermittlungen aufgenommen.«

»Gefühlt war das eine andere Welt. Wir sind im Vennvorland in einem kleinen Dorf in der Nordeifel aufgewachsen. Da wurde viel über den Abend geredet, aber die Menschen waren einfach gestrickt und akzeptierten die ihnen gebotene Wahrheit. Alles eine Frage des Geldes. Mary kehrte als Pflegefall zu ihrer Familie zurück. Die Andresens und Schumanns waren verzogen und plötzlich verfügten die Büchners über Geld. Sie bauten am Rand von Cochem ein behindertengerechtes Haus und kehrten nicht mehr zurück in unser Dorf.«

»Das ist nicht das Ende der Geschichte«, vermutete Claudia. »Oder?«

»Nein. Ich bin nicht damit klargekommen. Meine drei besten Freunde waren von einem Moment auf den anderen nicht mehr für mich da. Ich war allein, fühlte mich isoliert. Ich begann, Drogen zu nehmen. Ich ritzte mich und, ja, ich wollte sterben.« Er stand auf und warf den Rucksack über seine Schultern. »Gehen wir noch ein Stück?«

Claudia erhob sich. »Lebst du deshalb als Mönch in dieser Abtei?«

»Meine Vergangenheit spielte sicher eine Rolle. Ich hatte mich aufgegeben, war Anfang zwanzig und ohne eine Perspektive. Meine Eltern sorgten dafür, dass ich in einer Klinik untergebracht wurde. Dort kümmerte sich eine Trauma-Therapeutin um mich. Sie weckte in mir das Interesse am Glauben und half mir, mich meinen Ängsten und Bedürfnissen zu stellen. Irgendwann ging es mir besser. Ich machte Pläne, zog nach Münster und studierte an der Hochschule Theologie.« Er zuckte mit den Schultern. »Und da lernte ich Johannes kennen. Die wahrscheinlich wichtigste Begegnung in meinem Leben. Viereinhalb Jahre nach meinem Absturz traf ich auf einen Menschen außerhalb einer Klinik, dem ich meine Vergangenheit anvertrauen konnte. Johannes urteilte nicht, hörte einfach zu und gab mir ehrliche Antworten auf meine Fragen. Ich war nie schwul, aber er hätte der Mann meines Lebens werden können. Wir waren wie Seelenverwandte. Er war es, der mich ermunterte, Mary in Cochem zu besuchen.«

Schweigend gingen sie weiter, bis die Dächer des Klosters zwischen den Bäumen zu sehen waren.

»Und?«, platzte es ungeduldig aus Claudia heraus.

»Es war im Sommer. Ich klingelte und ihre Mutter öffnete die Tür. Sie war überrascht, mich zu sehen, aber mir schien, dass sie sich über meinen Besuch freute. Mary war im Garten. Ich hätte sie auf der

Straße nicht erkannt. Äußerlich eine junge Frau, die keine Fröhlichkeit mehr in sich trug. Ihr Blick wirkte stumpf, sie hatte etliche Kilos zugenommen und ihr ehemals langes, glänzendes Haar war einem Kurzhaarschnitt gewichen. Ihre Mutter ließ uns allein. Wir hielten lange die Stille zwischen uns aus. Irgendwann konnte ich ihr von meinem neuen Leben erzählen, und als ich mich verabschiedete, sagte sie: „Ich bin nicht gefahren." In dem Moment kehrte ihre Mutter zurück und begleitete mich zum Ausgang. Ich wiederholte Marys Worte und ihre Mutter schaute mich mit traurigen Augen an. *Nein*, sagte sie. *Marion ist nicht gefahren, aber wem nützt die Wahrheit? Sie wird nicht wieder gesund und das alles hier,* sie wies auf das Haus und den Garten, *und ihre Therapie, das kostet enorm viel Geld. Geld, das wir nicht hätten, wenn Marion auf die Wahrheit bestehen würde. Mathias Berger, du warst nicht im Wagen. Du trägst keine Schuld. Lass alles so, wie es ist. Marion wird nie wieder gesund werden. Auch nicht, wenn du dein Wissen teilst.*« Er errötete. »Glaub mir, Claudia. Ich habe mich nie schuldiger gefühlt als in diesem Moment.«

Abermals überquerten sie die Straße und erreichten wieder das Gelände der Abtei.

Claudia tippte Mathias an den Arm. »Denkst du, dass die Daten, die du aufbewahren solltest, etwas mit eurer Vergangenheit zu tun haben?«

»Du meinst mit dem Autounfall? Nein. Harald hat als Rechtsbeistand viele zwielichtige Gestalten vertreten und damit eine Menge Geld verdient. Wenn ich ihn richtig verstanden habe, ist er erst kurz vor seinem Tod auf die Daten gestoßen. Er wollte sie nicht in seiner Nähe aufbewahren, aber aus irgendeinem Grund waren sie wichtig für ihn. Vielleicht sind es Beweisstücke, die mit einem seiner Fälle zu tun haben. Du weißt ja sicher, dass es für ihn in Ordnung war, Kriminelle zu vertreten. Frei nach dem Motto: Jeder hat ein Anrecht auf Beistand. Einige von ihnen sind im Milieu tätig, auch das fand Harald nicht anstößig. Wenn die Frauen freiwillig dort arbeiten und gut behandelt werden, sagte er immer. Ab und an hat er sich unbemerkt eingemischt und Frauen geholfen, so wie dir. Er muss irgendwem auf die Zehen getreten sein, ich bin mir sicher, ein Suizid war das nicht.«

III – Benediktinerabtei Gerleve, Billerbeck

Verwirrt hatte sich Claudia von Mathias getrennt und sich in ihr Zimmer im Gästehaus begeben. Aus dem Gemeinschaftsraum drangen Stimmen und Gelächter zu ihr, da die Seminarteilnehmerinnen eingetroffen waren.

Claudia versuchte zu verstehen, was Mathias ihr erzählt hatte. Sie fragte sich, wie gut sie ihren Helfer Harald überhaupt gekannt hatte. Zuerst der Suizid, dann der Datenstick, den Nicola bei ihm entdeckt hatte und jetzt der furchtbare Autounfall, der das Leben von mindestens zwei der vier jungen Menschen verändert hatte. Wusste Mathias wirklich nicht, um was für Daten es sich handelte?

Unruhig durchquerte Claudia das kleine Gästezimmer. Sollte sie Mathias von Nicola Sandberg erzählen? Wenn das Motiv für den Mord an Harald damit zusammenhing, dass er im Besitz des Datensticks war, dann schwebte ihre neue Bekanntschaft in großer Gefahr. Sie stellte den Kontaktabbruch zu Nicola infrage.

IV – Münster, Kreuzviertel, Nicolas Wohnung

Es war kurz nach Mittag und ich haderte mit meinem Vorsatz, Dieter von den Daten und von Claudia Reinmann zu erzählen. Die Ruhe in meiner Wohnung machte mich nervös. Ich schaltete das Radio ein.

»Die Vierundzwanzigjährige wird vermisst«, tönte es aus dem Lautsprecher und es folgte ein Werbeblock.

Handelte es sich bei dem Aufruf um Claudia beziehungsweise um Beatrix? Ich drehte das Radio lauter, als mein Handy piepste.

Es war eine Nachricht von Jörg Klar. Er war mit Marina Schumann in Kontakt getreten, um die Beisetzung zu besprechen. Meine Cousine habe nach meiner Rufnummer gefragt, schrieb er.

Obwohl es mir nicht behagte, antwortete ich und erklärte, dass er ihr meine Nummer weitergeben könne.

Möglicherweise wusste Marina etwas über Claudias Aufenthaltsort.

In den 13-Uhr-Nachrichten wurde meine Vermutung bestätigt. Bei der Vermisstenanzeige handelte es sich um Beatrix Brunner. Was war der Grund? Warum suchte die Polizei sie?

Ich saß am Esstisch, als mich die Erkenntnis wie ein Blitz traf. Unvermittelt durchschaute ich mein Verhalten der letzten Tage glasklar. Ich hatte nicht nur gegen das Gesetz verstoßen. Dafür zur Verantwortung gezogen zu werden, war wohl mein kleinstes Problem. Ich hatte moralisch versagt. Mir war übel. Marinas Verhalten hatte vor Jahren einen Keim in mir gepflanzt, der unbemerkt aufgegangen war. Er verlangte lautstark Gerechtigkeit und erstickte dabei mein Wohlwollen, meine Fairness und meinen Respekt für andere.

Ich würgte. Mein Mageninhalt schoss durch meinen Mund und klatschte auf die Tischplatte.

Der Druck in meinem Bauch wurde erträglicher. Ich säuberte den Tisch, während sich eine Wolke aus Scham und Angst über mir ausbreitete.

Bevor sich meine Einsicht verflüchtigen konnte, griff ich zum Handy. Dieter musste erfahren, was ich wusste.

V – Polizeipräsidium Münster

Dieter nahm mich beim Pförtner in Empfang. Schweigend gingen wir zu seinem Büro. Er hängte meine Jacke an die Garderobe und bot mir einen Platz an.

Ernüchtert schaute er mir in die Augen. Seine Pupillen waren verengt. »Du möchtest mir von Beatrix Brunner erzählen, Nicola. Ich höre.«

Die Kälte in seiner Stimme ließ mich frösteln. Niemals würde er verstehen, warum es mir an Vertrauen mangelte. Ich hatte ihn verloren.

»Seit wann kennst du Frau Brunner? Weißt du, wo sie sich aufhält?« Er hielt sich nicht mit Floskeln auf und notierte sich etwas auf einem Zettel.

Ich schüttelte den Kopf, obwohl er mich nicht ansah. »Ich weiß nicht, wo sie ist. Ich mache mir Sorgen um sie«, begann ich meine Selbstanzeige, über die ich seit Stunden grübelte. »Am 14. Oktober bin ich bei der Arbeit auf einen Datenstick gestoßen. Er war in der Kleidung von Harald Schumann versteckt.

In seinem Gürtel. Ich habe niemandem davon erzählt. Zu Hause habe ich mir den Inhalt angesehen. Dieter, ich bin von einem Suizid ausgegangen. Ich war vollkommen perplex über meinen Fund.«

Dieter richtete seinen Blick auf mich. »Was hast du dir dabei gedacht? Deinen Fund! Was sind das für Daten?«

Ich zog den Beutel mit dem Stick aus meiner Jackentasche und legte ihn zwischen uns auf den Tisch. »28 Bilder, einige Videos und eine Excel-Tabelle. Verschlüsselt.« Ich räusperte mich und versuchte, den Kloß aus meinem Hals zu entfernen. »Elf junge Frauen. Mädchenhandel. Es ist kein Missbrauch erkennbar, aber er ist da. Die Videos zeigen die Mädchen in hilflosen Situationen. Ich bin mir sicher, die gefilmten Männer gehören einer Gruppierung an. Sie tragen alle dieselben Masken.«

Dieters Faust knallte auf den Tisch. »Sag mal, bist du total bescheuert? Du warst eine Kollegin! Du weißt, dass Harald Schumann ermordet wurde. Und du hältst das wahrscheinliche Mordmotiv zurück. Ich fasse es nicht.« Er rollte mit den Augen. »Warum, Nicola?«

Ich zuckte mit den Achseln. Ich verstand mich selbst nicht. Auf dem Weg zum Präsidium hatte ich Marina dafür verantwortlich gemacht. Durch ihr Auftauchen war meine Vergangenheit lebendig geworden. »Es gibt keine Entschuldigung. Unvermittelt war ich die gekränkte, verarschte Nicola, deren Existenz ich verdrängt hatte. Ich war von dem Drang besessen, herauszufinden, warum Schumann diesen Stick besaß. Wahrscheinlich wollte ich Marina etwas heimzahlen.« Ich schlug meine Hände vors Gesicht.

Dieter sprang auf. »Komm mir jetzt nicht mit Selbstmitleid. Nur du bist verantwortlich!«, stieß er hervor.

Ich hob meinen Kopf.

Er sah auf mich herunter und ich erkannte Wut und Enttäuschung in seinen Augen. Dieter ließ sich zurück auf den Stuhl sinken und trommelte mit den Fingerspitzen auf die Tischplatte. »Wie passt die Brunner da rein?«, überlegte er laut und lachte heiser auf. »Natürlich, du bist die Kollegin, die sie aufgesucht hat, nicht wahr?« Er fuhr sich durchs Haar. Sein Gesichtsausdruck spiegelte seine tiefe Ablehnung.

Ich stand auf.

»Wag es nicht zu gehen. Du erzählst mir jetzt alles, was du weißt. Mein Gott, wie konnte ich nur Sympathie für dich empfinden?«

Wie eine Marionette gehorchte ich und setzte mich wieder. Ich hatte nicht geahnt, dass ich ihn persönlich so treffen würde.

»Beatrix Brunner heißt Claudia Reinmann und ich kenne ihren Aufenthaltsort wirklich nicht«, erklärte ich und erzählte Dieter alles, was ich über sie wusste. »Seit Mittwoch kann ich sie nicht mehr erreichen. Heute habe ich den Vermisstenaufruf im Radio gehört.«

»Claudia Reinmann! Deine angebliche Freundin. Habt ihr beide Spaß dabeigehabt, mich an der Nase herumzuführen? Nicola, wenn sie tot ist, geht das auch ein Stück weit auf dein Konto, ist dir das bewusst? Wir stochern seit zwölf Tagen im Nebel und du weißt das. Du weißt das genau und hältst Beweise zurück, tagelang. Tage, in denen wir hätten ermitteln können. Du hast deine Cousine und ihre Kinder in Gefahr gebracht. Von Claudia Reinmann ganz zu schweigen.«

Mir war klar, dass er recht hatte. Claudia hatte die Frauen erkannt und die Liste entschlüsselt, aber … niemand wusste davon. »Dieter, niemand weiß, dass sie die Daten gesehen hat. Sie …«

»Ich fasse es nicht«, polterte Dieter dazwischen. »Wer bist du? Miss Marple? Geh jetzt. Verschwinde!«

Ich stand auf und zog die entschlüsselte Tabelle aus meiner Handtasche. Ich legte sie auf den Tisch und verließ ohne ein weiteres Wort das Büro.

Auf dem Weg zu meinem Wagen spürte ich Tränen, die an meinen Wangen hinunterliefen.

Montag, 25.10.2021

Polizeipräsidium Münster

»Morgen, Dieter. Hast du den Aufruf …?« Daniel Ahlers sah, dass Dieter zusammengesunken an seinem Schreibtisch saß.

Die Luft im Büro war zum Schneiden.

»Morgen, Dieter«, wiederholte Daniel und öffnete ein Fenster.

Ein Ruck ging durch den Kommissar. Er richtete sich auf.

Daniel schaute auf struppige Bartstoppeln und rotgeränderte Augen. »Alles in …«

»Wir sind ein Stück weitergekommen«, fiel ihm Dieter ins Wort. »Endlich gibt es ein mögliches Mordmotiv im Fall Schumann.« Er drehte seinen Bildschirm und Daniel blickte in ein Zimmer. Ein Mädchen lag in Reizwäsche mit geschlossenen Augen auf einem riesigen Bett. Ihre Handgelenke waren mit Lederriemen an das Kopfteil gebunden. Daniel sah, wie sich eine gepolsterte Tür öffnete und Männer den Raum betraten. Er zählte sechs Personen, alle trugen nur ihre Unterhosen.

»Ist Schumann dabei?«, forschte Daniel nach.

»Nicht auszumachen. Aber er war im Besitz dieser Daten. Hier …« Dieter startete eine andere Videosequenz. »Wenn sie von vorne gefilmt wurden, trugen sie alle diese Masken.«

Er hatte einen Ausschnitt von einer der venezianischen Masken vergrößert. Sie war von verschiedenen silbernen Ornamenten durchzogen. Die Stirn und weite Teile des Kopfes wurden von einem orangeroten, üppigen Federkleid verdeckt.

»Karneval in Venedig?«, erkundigte sich Daniel.

»Confraternita delle maschere veneziane.« Dieter tippte mit dem Zeigefinger auf den Bildschirm. »Bruderschaft der venezianischen Masken. Das Ergebnis von zwei Tagen Recherchearbeit …«

Daniel schaute erneut auf das Bild. »Ich glaube, davon habe ich schon mal gehört. Ich habe es aber nicht mehr genau auf dem Schirm.«

»Du hast bestimmt davon gehört! Die Gruppierung wabert seit Jahren durch alle Bereiche der Strafverfolgung. Sie tarnen sich als Bruderschaft. Aber die Mitglieder werden von der Mafia in Schach gehalten. Es gibt beziehungsweise gab nur eine Anzeige. Vor ungefähr zehn Jahren hat ein Richter aus Hessen seinem Freund gegenüber Andeutungen gemacht, dass er von dieser sogenannten Bruderschaft erpresst wird. Am nächsten Tag wurde der Richter bei einer öffentlichen Verhandlung erschossen. Sein Freund machte zuerst eine Anzeige, entschloss sich dann aber sehr schnell dazu, diese zurückzuziehen und jede weitere Kooperation mit den Behörden zu verweigern. Seine Aussage und sein Wissen hätten sowieso nicht ausgereicht. Der Mord an dem Richter wurde offiziell als Racheakt eines Verurteilten abgeschlossen.«

»Ich erinnere mich dunkel. Wer aussteigen will, muss seinen Tod in Kauf nehmen.« Daniel überlegte. »Wie hieß noch die Kirche oder war es ein Kloster, in dem die Treffen der Bruderschaft vermutet worden sind?«

»Chiesa di San Giorgio Maggiore«, antwortete Dieter wie aus der Pistole geschossen.

»Ich setz einen Kaffee auf und du erzählst mir, warum du offensichtlich das Büro deiner Wohnung vorgezogen hast. Und wie du an die Daten gekommen bist.«

II – Bestattungsunternehmen Klar Münster-Roxel

Jörg Klar musterte mich seit Arbeitsbeginn. Natürlich waren ihm die Ringe unter meinen Augen nicht verborgen geblieben. Er wartete, bis Chris und Tim das Haus verlassen hatten. »Was ist mir dir, Nicola? Hält dich der Infekt noch gefangen?«

»Infekt?«, wiederholte ich gedankenlos, bevor der Groschen fiel. »Ich habe sehr schlecht geschlafen.«

Sein Blick drückte Mitleid und Fürsorge aus. Nur mühsam gelang es mir, die aufsteigenden Tränen zu unterdrücken. »Ich bin mit Dieter Schilling aneinandergeraten«, erklärte ich wahrheitsgemäß und hoffte, dass Jörg nicht weiter nachbohren würde.

Er schaute mich erstaunt an. »Ich habe mich über seinen Anruf gewundert. Aber klar, es ging überhaupt nicht um Schumann. Er wollte kommen, um dich zu sehen, oder?«

»Was meinst du?«

»Schilling hat mich gestern angerufen. Er wollte heute die Kleidung von Schumann sichten. Ich habe ihm gesagt, dass der Leichnam bereits im geschlossenen Sarg liegt. Er hat sich sehr schwer damit getan, das zu akzeptieren. Ich dachte schon, er würde mit einer richterlichen Verfügung daherkommen. Jetzt verstehe ich seine Vehemenz.«

Mir war schlecht. Wenn Dieter sein Wissen an Jörg preisgab, würde er in der Funktion des Chefs die Konsequenzen ziehen müssen.

»Ich will ihn nicht sehen«, beeilte ich mich zu sagen.

III – Polizeipräsidium Münster

Ein leises Knacken signalisierte den Kommissaren, dass der Kaffee durchgelaufen war. Daniel stand auf und füllte zwei Becher. Einen stellte er vor Dieter auf den Schreibtisch, dann zog er seinen Stuhl heran und setzte sich neben seinen Chef.

Dieter nahm den Becher und pustete hinein. »Danke dir.«

»Kein Ding. Soll ich dir alles aus der Nase ziehen oder klärst du mich auf?«

Dieter sah ihn stumm an.

Daniel nahm die Zerrissenheit wahr, die Dieter ausstrahlte. »Warum hast du die Suchmeldung nach Frau Brunner zurückgezogen?«, fragte er in der Hoffnung, dass Dieter sein Schweigen brechen würde.

Dieter stellte die Tasse langsam zurück. »Wir bringen sie in Gefahr. Sie heißt Claudia Reinmann.«

Nie gehört, dachte Daniel und wartete, dass Dieter weitersprach.

Das Präsidium erwachte an diesem Montagmorgen. Die Geräusche vom Flur verdeutlichten die Stille im Büro.

Daniel knüpfte an Dieters Information an. »Was wissen wir über sie?«

Dieter fasste die Neuigkeiten zusammen, die er von Nicola erfahren hatte.

»Mir kam die Dame von Anfang an etwas merkwürdig vor. Sie wird sicher nicht auf uns zukommen, auch nicht, wenn sie unseren Aufruf gehört hat.«

Mit nach oben gedrehten Handflächen zuckte Dieter mit den Schultern. Dann schob er seinen Bürostuhl zurück und drehte sich zu seinem Kollegen. »Seit Jahren ist es ein offenes Geheimnis, dass ein Ableger der Bruderschaft der venezianischen Masken hier in Deutschland existiert. Im Schatten der Gemeinschaft werden angesehene Bürger dazu gezwungen, tatenlos zuzusehen, wie die Mafia ihr Unwesen treibt. Geldwäsche, Drogen, Menschenhandel und Bandenkriege spielen sich vor unseren Augen ab, während bestimmte Institutionen sicherstellen, dass niemand zur Rechenschaft gezogen wird. Sobald jemand Mitglied der Bruderschaft wird, ist er erpressbar. Niemand verlässt dieses *Klübchen* lebendig. Die verschiedenen Ebenen der Strafverfolgung sind sich dieser Tatsache bewusst, aber es fehlen die Beweise.« Dieter holte tief Luft und griff nach dem Zettel, den Nicola auf dem Tisch zurückgelassen hatte. Er tippte mit dem Zeigefinger auf die Tabelle. »Alda, Chantal, Christin, Carola, Luna, Maria, Marie und Nadja. Acht Namen von Frauen, die auf den Bildern zu sehen sind. Ich habe alle in den Computer eingegeben. Ohne Ergebnis. Wir müssen die Bilder abgleichen lassen. Irgendwer wird die Frauen doch vermissen.«

Daniel überlegte. »Vielleicht finden wir sie unter den unbekannten Toten.«

»Daran habe ich auch schon gedacht. Wenn es uns gelingt, sie zu identifizieren, finden wir vielleicht eine Gemeinsamkeit zwischen ihnen.«

Daniel stand auf und griff nach der Maus auf Dieters Schreibtisch. Er startete eine Diashow und schaute sich alle Fotos genau an.

»Wonach suchst du?«

»Mir kam gerade Nele Jordi in den Sinn. Aber sie ist nicht auf den Fotos.«

»Nein. Das habe ich bereits geprüft. Wir haben keinen Hinweis darauf, dass ihr Tod irgendetwas mit Schumann zu tun hat. Warum war er im Besitz dieses Sticks? Ist Schumann bei seinem letzten Aufenthalt in Hamburg auf diese Daten gestoßen? Ich habe das Video vom Prozess angefordert. Hoffentlich kommt es noch heute per Mail.«

»Auf diesen Bildern ist Claudia Reinmann nicht zu sehen. Es sind zu viele Fragen offen. Wir werden von vorne anfangen müssen. Sag Dieter, woher hast du diesen Stick und die Liste?«

»War alles am Samstagmorgen in meinem Briefkasten. Anonym.«

Daniel hob die Augenbrauen. Sein Instinkt sagte ihm, dass sein Kollege nicht die Wahrheit sagte.

IV – Autohaus Garcias, Hamburg

Endlich Mittagspause. Carolin Müller atmete auf. Sie nahm ihre Tasche, zog ein Paar Sneakers hervor und tauschte sie gegen ihre Pumps.

Ihr Trenchcoat verhüllte das dunkelblaue Kostüm und ihre weiße Bluse.

Als sie zwanzig Minuten später aus dem Bus stieg, ging sie in der Masse der Touristen unter, die das schöne Wetter am Jungfernstieg genossen.

Nach wenigen Schritten erkannte sie ihren Vater. Er saß auf einer Bank, direkt an der Binnenalster. Ein Basecap verdeckte sein halbes Gesicht.

»Carolin, da bist du ja.« Er küsste sie auf die Stirn.

Sie setzte sich neben ihn.

»Was haben wir zu besprechen? Und warum treffen wir uns hier?«

Carolin kannte den scharfen Verstand ihres Vaters. Er schien ihr die einzige Chance gegen Antonios Härte zu sein. Ohne Umschweife erzählte sie ihm von ihrer Begegnung mit Nele im Tanzklub am Hafen vor über zwei Wochen. »Ich war auf der Toilette und hörte jemanden am Waschbecken. Eine zweite Frau betrat den Raum. Es war Nele. Die beiden Frauen führten ein Gespräch, in dem Nele erwähnte, dass sie mit ihrem Freund Martin da war und ihm ein wunderbares Geburtstagsgeschenk machen wollte. Sie war schwanger.« Carolin sah ihrem Vater an, dass er Schwierigkeiten hatte, ihr zu folgen. Sie schluckte hart und erklärte ausführlicher. »An diesem Tag stand Nele kurz vor Feierabend plötzlich im Büro. Ich hörte sie lachen. In meinem Kopf ging alles durcheinander. Ich sah, wie Martin Jung sie küsste. Er lud sie zum Essen ein und schlug vor, anschließend mit ihr tanzen zu gehen. In meinem Lieblingsklub.«

»Was hast du getan, Carolin?« Ihr Vater entzündete eine Zigarette.

»Ich machte Feierabend. Zu Hause bemerkte ich einen stechenden Schmerz im Kopf. Da war eine Stimme. Ich folgte ihr.«

»Du sagst mir jetzt sofort, was du getan hast, Carolin!«

»Ich habe mich geduscht und zurechtgemacht.«

»Verdammt, Carolin!«

»Vor mehr als einem Jahr habe ich Martin Jung Unterlagen gestohlen, die sein Loverboy-Leben beweisen. Und …«

»Was und?«

Sie hörte seinen stechenden Unterton und besann sich. »Ich habe die Bilder der Frauen kopiert und versteckt.«

»Bist du lebensmüde, Carolin! Wo hast du sie versteckt?«

»Damals? Bei mir in der Wohnung. An Martins Geburtstag habe ich abends den Datenstick eingesteckt. Ich wollte seine Schweinereien beweisen. Ich fuhr zum Klub. Kaum, dass ich angekommen war, bemerkte ich sie. Sie standen eng umschlungen auf der Tanzfläche. Mir war schlecht und ich wusste nicht, was ich machen sollte. Deshalb blieb ich sehr lange auf der Toilette und überlegte. Gerade hatte ich mich entschlossen, nach Hause zu fahren, da betrat Nele den Toilettenvorraum und unterhielt sich mit der fremden Frau.«

Fritz Müller stöhnte auf und zog heftig an der Zigarette.

»Ich hörte die Tür und dachte, ich wäre allein. Aber als ich vom Klo kam, stand sie im Waschraum«, fuhr seine Tochter fort. »Sie erkannte mich nicht. Ihr Strahlen stach mir wie ein Messer ins Herz. Die Stimme sagte mir, dass ich sie zerstören solle.« Tränen liefen ihr über die Wangen. »Ich habe ihr gesagt, dass Martin ein Doppelleben führt. Dass er unschuldige Mädchen anbaggert und sie Männern überlässt, die sie nur zur Befriedigung ihres Geschlechtstriebes benutzen.« Sie schluchzte auf. »Sie hat mich nicht verstanden. Also habe ich ihr die Augen über ihren Martin geöffnet. Mir ging es sofort besser, als ihr Strahlen verschwand. Plötzlich schaute sie mich verachtend an und bezichtigte mich der Lüge. Mein Kopf platzte. Ich habe ihr den Stick in die Hand gedrückt und schnell den Klub verlassen.«

Carolin schlug die Hände vors Gesicht.

Ihr Vater trat die Zigarette auf dem Boden aus und beugte sich vor. »Du hast dein Todesurteil unterschrieben. Ich habe dich für klüger gehalten.« Er entzündete eine weitere Zigarette.

Erschrocken sah sie ihn an. »Niemand weiß, dass ich die Daten kenne und … ich glaube, Martin ist untergetaucht.«

Ihr Vater zog die Mundwinkel nach unten und kniff die Augen zusammen. Carolin kannte diesen Gesichtsausdruck. Schon früher hatte er ihr damit signalisiert, wie wenig er ihr Tun schätzte. »Hat dich jemand im Klub gesehen? Hast du dich unterhalten?«

Sie schüttelte den Kopf. »Es war noch früh am Abend, als ich gegangen bin. Niemand von meiner Clique war anwesend. Niemand …«, sie brach ab und schlug sich mit der Hand an die Stirn.

»Wer?«

»Nico. Nicolaus, der Türsteher. Er hat mich gefragt, ob ich später wiederkomme.«

Ihr Vater überlegte. »Warum erzählst du mir das alles? Warum jetzt?«

»Nichts im Unternehmen erinnert mehr an Martin. Antonio sagte, er würde nicht wiederkommen. Ich kann nicht ohne ihn leben. Weißt du, wo er sich versteckt hat? Hat ihn Nele verlassen?«

»Darüber musst du dir keine Sorgen mehr machen«, sagte ihr Vater. Er holte ein silbernes Zigarettenetui aus der Jackentasche, öffnete es und drückte es sofort wieder zu. »Ich rauche zu viel.« Geradezu zärtlich strich er Carolin mit seinem Zeigefinger über die Wange und hinterließ ein feuchtes Gefühl, obwohl er Handschuhe trug. »Carolin, frag bitte nie wieder nach Martin. Am besten wäre es, wenn du ihn aus deinem Leben streichst. Du willst doch leben, oder?«

Seine Worte ängstigten sie. Gut, dass sie ihm nichts von dem Notizheft und ihrem Wissen über die Organisation erzählt hatte. »Ich muss zurück, meine Pause neigt sich dem Ende zu.«

Nachdem sie ihren Vater in der Menschenmenge aus den Augen verloren hatte, machte sie sich auf den Weg zur Bushaltestelle. In Gedanken legte sie einen Schwur ab. Niemals würde sie aufhören, nach Martin zu suchen. Niemals.

Fünf Minuten später brach sie nach Luft röchelnd auf dem Bürgersteig zusammen.

V – Polizeipräsidium Münster

Dieter Schilling hatte in den vergangenen Stunden eine Entscheidung gefällt. Nicola war Geschichte für ihn, dennoch würde er ihr Leben nicht zerstören. Ihr Vergehen war nicht zu entschuldigen. Aber über sie richten, das wollte er nicht.

Den restlichen Vormittag hatte er mit weiteren Ermittlungen verbracht und war dann mit Daniel in die Mittagspause gegangen.

»Trinkst du noch einen Kaffee mit, Dieter?«, fragte sein Kollege, als sie das Büro betraten.

»Gerne.« Dieter gab das Passwort für den Computer ein und öffnete sein Mailpostfach. »Das Video aus Hamburg ist da.« Mit gerunzelter Stirn starrte er auf den Bildschirm. »Datenschutz! Die Datei erfordert einen Code, der separat gesendet werden sollte. Aber ich habe keinen erhalten. Was soll das«, brummte er und griff zum Telefon.

Zehn Minuten später saßen die beiden Kommissare vor Dieters Bildschirm und sichteten das Videomaterial.

»Soweit ich das beurteilen kann, eine normale Verhandlung«, resümierte Daniel.

»Nicht ganz«, warf Dieter ein. »Alle Personen im Gerichtssaal wurden namentlich erfasst. Das war eine Anordnung des Richters aufgrund der Beteiligung der Camorra.« Er öffnete ein Dokument und vertiefte sich darin. »Wir müssen jeden Einzelnen überprüfen.

Es wäre am besten, wenn wir sofort damit beginnen würden.«

VI – Münster, Kreuzviertel, Nicolas Wohnung

Ich legte mich in meinen Kleidern auf die Couch und zog mir die Wolldecke bis zum Kinn. Mir war eiskalt.

Lidl sprang mir auf den Bauch und rollte sich zusammen.

Meine Gedanken wanderten zurück zu dem Gespräch mit Jörg. Natürlich wollte Dieter die Kleidung durchsehen. Er musste sicherstellen, dass keine wichtigen Daten auf Nimmerwiedersehen ins Grab wanderten. Ich quälte mich mit der Frage, warum er davon abgelassen hatte. Würde er darauf verzichten, mich anzuzeigen? Beabsichtigte er, mir eine Chance zur Selbstanzeige zu geben? Das Klingeln meines Handys unterbrach mein Gedankenchaos. Ich sah eine unbekannte Nummer auf dem Display.

»Sandberg.«

»Nicola, ich bin es, Marina. Bitte leg nicht auf. Es ist wichtig.«

Ich versuchte, sie loszuwerden. »Ich hatte einen anstrengenden Tag und fühle mich nicht gut. Fass dich bitte kurz.«

»Können wir uns sehen? Ich möchte nicht am Telefon darüber sprechen«, bat sie.

Ich stöhnte auf. Wegen ihr und ihrem Mann hatte ich Probleme. Erneut fühlte ich mich um Jahrzehnte zurückversetzt. Ich wollte das Gespräch gerade unterbrechen, als ich sie sagen hörte: »Nicht wegen mir, tu es für meine Kinder, bitte.«

»Wann?«, fragte ich gepresst.

»Sofort. Meine Söhne schlafen bei ihrer Patentante. Niemand weiß davon, sie sind in Sicherheit.«

Die Dramatik in ihrer Wortwahl machte mich unruhig und ich stimmte zu. Ich nannte ihr meine Adresse.

Der Abspann der Nachrichten lief, als mein Handy den Eingang einer Nachricht verkündete. Marina stand vor der Haustür. Ich erinnerte ich mich daran, dass ich die Klingel abgestellt hatte. Ich öffnete die Korridortür, drückte den Türöffner und ging zurück ins Wohnzimmer.

»Hallo? Nicola?«, hörte ich Marina rufen, als sie die Tür schloss.

»Ich bin im Wohnzimmer, zweite Tür links«, antwortete ich.

Ich erschrak, als sie in meinem Blickfeld erschien. Ihre Augen waren rot unterlaufen und ihr stumpfes Haar hing strähnig in ihrem Gesicht. Sie hatte enorm an Gewicht verloren.

Erschöpft setzte sie sich mir gegenüber auf die Couch.

Ich schaltete den Fernseher aus und wartete.

»Gestern Nachmittag hatte ich einen Anruf, trotz Geheimnummer«, begann sie. »Hast du etwas zu trinken für mich?«

Ich holte ihr ein Glas und füllte es mit Mineralwasser.

»Etwas Stärkeres?«

Ich nahm eine Flasche Weinbrand aus dem Vorratsschrank und füllte ein Pinchen.

Marina leerte es in einem Zug und sprach weiter. »Ben hat das Gespräch angenommen und mich gerufen. Ein mir unbekannter Mann kondolierte mir zu Haralds Tod und fragte nach einem Datenträger. Er war sehr höflich und hat sich sofort verabschiedet, als ich ihm gesagt habe, dass ich davon keine Kenntnis hätte.«

Ein Kribbeln wanderte von meinem Haaransatz bis zu meinen Füßen. »Du solltest dich an die Polizei wenden«, entgegnete ich und versuchte, in ihrem Gesicht zu lesen. Wusste sie von dem Versteck in Haralds Gürtel?

»Nicola, heute ist mir bewusst, was ich dir mit Marks Tod angetan habe. Es gibt dafür keine Entschuldigung, aber … mir geht seit gestern der Gedanke nicht mehr aus dem Kopf, dass Harald in etwas verstrickt war, das meine Kinder jetzt ausbaden müssen.«

Ich zögerte. »Wie soll ich das verhindern?«, fragte ich.

»Du warst Polizistin. Du weißt doch, was zu tun ist! Ich vertraue dir!«

Ich ballte die Fäuste. »Vertrauen! Du sprichst von Vertrauen«, zischte ich ihr entgegen.

Sie hielt meinem Blick stand. »Willst du meine Söhne dafür büßen lassen?«

»Geh jetzt.«

Dienstag, 26.10.2021

Mietshaus in Münster-Mecklenbeck

Gegen 8.30 Uhr parkte ich meinen Wagen und stellte den Motor ab. Ich stand vor dem Haus, in dem Harald Schumann ermordet worden war und in dem Claudia lebte. Ich schaute mich um. Soweit ich das beurteilen konnte, war die kleine Wohnstraße menschenleer. Ich stieg aus und ging zur Haustür.

Mein Blick wanderte an der Fassade hinauf. Ich konnte keine Anzeichen dafür erkennen, dass irgendjemand zu Hause war.

Unschlüssig trat ich von einem Fuß auf den anderen und dachte an den gestrigen Auftritt von Marina. Nachdem sie endlich gegangen war, spielten sich wechselnde Szenarien in meinem Kopf ab.

Meine Cousine hatte Angst, dass ihre Kinder in Gefahr sein könnten. Sie gab mir Schuld an der Situation.

Ich jedoch machte mir große Sorgen um Claudia. Lag sie tot hinter dieser Fassade? Hatte ich sie auf dem Gewissen?

Mein Herz schlug schneller. Die Entscheidung, ob ich klingeln sollte oder nicht, stresste mich.

»Zu wem wollen se denn?«, hörte ich eine Frauenstimme hinter mir.

Ich drehte mich um, sah aber niemanden. Auf der anderen Straßenseite bemerkte ich eine Bewegung im ersten Obergeschoss. Das Gesicht einer Frau, eingefasst von grauen, dauergewellten Haaren, schaute mich aus einem Fenster an. Sie hatte den Oberkörper auf der Fensterbank abgestützt und schien gemütlich auf ihrem Beobachtungsposten zu verharren.

»Ich möchte eine Bekannte besuchen. Aber mir kamen gerade Bedenken, ob es nicht zu früh ist«, antwortete ich rasch.

»Eher zu spät«, antwortete die Frau, während sie mich fixierte.

Ich hielt ihrem Blick stand. Eine Gänsehaut kroch mir den Rücken hinauf. Was wusste die Fremde?

Unvermittelt fühlten meine Finger eine Karte in meiner Jackentasche. Langsam zog ich meinen Ausweis der Bücherei in Münster hervor und hielt ihn in ihre Richtung. »Maria Meiners, Polizei Münster. Was genau meinen Sie damit?«

»Wenn se von der Polizei sind, sollten se das wissen, Frau Meiners!«

Auf den Kopf gefallen ist sie nicht, dachte ich. »Sie meinen den Todesfall Schumann, Frau …?«

Ihre Mundwinkel zuckten. »Paula Schröder, Hausfrau im Ruhestand.«

Humor hatte sie. Ich setzte alles auf eine Karte. »Frau Schröder, was wollten Sie mit Ihrer Äußerung andeuten?« Ich wartete. »Möchten Sie das Gespräch vielleicht auf dem Präsidium fortsetzen?«

Sie schüttelte langsam ihre Locken und betrachtete mich mit einem herausfordernden Blick. »Wohl nicht nötig, wenn se ne Bekannte besuchen wollen, oder?«

Punkt für dich, dachte ich und überquerte die Straße. »Lassen Sie mich bitte ins Haus. Unser Gespräch muss nicht von jedermann gehört werden, oder, Frau Schröder?«

Um 10 Uhr verabschiedete ich mich von ihr. Meine Einschätzung hatte sich bestätigt: Ihre Neugierde übertrumpfte ihre Vorsicht. Nachdem wir zwei Tassen Kaffee getrunken hatten, erzählte sie mir von einem grünen Golf, in den ihre Nachbarin am Mittwoch vergangener Woche gestiegen war. Paula Schröder hatte sich das Kennzeichen notiert. »Für alle Fälle«, wie sie mir sagte. Seitdem hatte sie die Frau nicht mehr gesehen.

Zwei Minuten später mailte ich das Kennzeichen an Britta Weber. Ich bat sie um eine Halterabfrage, dann startete ich den Motor und machte mich auf den Weg in das Büro.

II – Polizeipräsidium Münster

Seit gestern Mittag quälten sich Dieter Schilling und Daniel Ahlers durch die Anwesenheitsliste, die sie vom Amtsgericht Hamburg erhalten hatten.

Dieter streckte sich gerade und gähnte herzhaft, als Daniel die Liste triumphierend in die Höhe hielt. »Endlich! Klaus Büchner!«, jubelte er.

Dieter wandte sich ihm zu.

»Mir kam es spanisch vor, dass Thore Andresen gelogen hat. Warum behauptete er, in Bayern gemeinsam mit Schumann aufgewachsen zu sein? Laut Frau Schumann ist ihr Mann im Januar 1997 mit seinen Eltern aus der Eifel nach Bayern gezogen. Genau wie die Familie Andresen. Und jetzt rate mal, wo Klaus Büchner aufgewachsen ist?«

»Bingo, sehr gut, Daniel. Super Recherche.« Dieter streckte ihm den nach oben gereckten Daumen entgegen und atmete auf. »Was wissen wir über ihn?«

Daniel lehnte sich in seinem Bürostuhl zurück und verzog das Gesicht zu einem Grinsen. Er freute sich über das Lob. »Nach dem Abitur wurde Büchner an einer Fußballakademie angenommen. Ihm wurde eine glänzende Karriere prophezeit.«

»Wurde? Was ist aus ihm geworden?«

»Langsam, ich muss mich durch Jahrbücher und Schulzeitungen kämpfen«, bremste Daniel seinen Kollegen. »Die sind zum Glück alle im Archiv der Schule. Ein Hoch auf das Internet. Früher hätten wir ewig gebraucht, um an solche Informationen zu kommen.«

»Um dann festzustellen, dass diese überhaupt nichts mit unserem Fall zu tun haben. Recht hast du, Daniel, gut Ding will Weile haben. Überprüfe bitte, ob Thore Andresen auch in diesem Eifelnest großgeworden ist.«

»Das wissen wir doch.«

»Mich interessiert, ob er in demselben Dorf wie die beiden lebte oder in einem Nachbardorf. Da gibt es Nester, die haben weniger als hundert Einwohner.

Wenn da zwei angesehene Familien zeitgleich verschwinden … Vielleicht ist etwas vorgefallen, was Andresen zum Lügen bewogen hat. Darüber sollten wir Kenntnis haben, oder?«

Daniel nickte und rief im Internet die erste Ausgabe der Schülerzeitung auf. Januar 1996.

III – Bestattungsunternehmen Klar Münster-Roxel

Im Radio wurde von einem Giftanschlag in Hamburg berichtet. Das Opfer, eine junge Frau, war nach Berlin geflogen worden. Im Charité Campus Virchow-Klinikum kämpften Spezialisten um ihr Leben. Offensichtlich war sie gestern mit einem Kontaktgift in Berührung gekommen, das in Russland bereits Todesopfer gefordert hatte.

Ich war allein im Büro. Jörg war mit den Kollegen auf dem Friedhof. Die Beisetzung einer Seniorin war für 14 Uhr angesetzt. Ich prüfte meine eingegangenen E-Mails. Britta hatte nicht geantwortet.

Ohne jegliche Motivation öffnete ich das Buchhaltungsprogramm und versuchte, mich auf die Zahlungseingänge zu konzentrieren. Vergeblich. Resigniert schloss ich das Programm und griff stattdessen nach meinem Handy. In der Galerie fand ich das einzige Bild, das ich von Dieter Schilling besaß. Er hatte nicht bemerkt, dass ich ihn fotografiert hatte, während er im Kino am Popcornstand in der Schlange wartete.

Ich massierte meine schmerzende Schläfe und schloss die Augen. Zwischen einem Gefühl der Leere, Wut auf mich selbst und einem Funken Hoffnung schwankend, fragte ich mich, ob Dieter mir verzeihen würde, wenn es mir gelang, Schumanns Mörder zu überführen.

Ein selbstironisches Lachen entwich mir in die Stille des Büros und ich zuckte zusammen, als mein Handy den Eingang einer Nachricht ankündigte.

Nicola, du bringst mich in Schwierigkeiten, las ich und konnte das Zittern meiner Hände nicht unterdrücken. *Der Wagen ist auf einen Mathias Berger zugelassen. Meldeadresse: Gerleve 1, 48727 Billerbeck. Wir müssen telefonieren, ich melde mich.*

Billerbeck! Da war die Schweizerin ermordet worden. Für meinen Geschmack ein Zufall zu viel. Was hatte Claudia Reinmann mit Berger zu tun? Kannte Berger Schumann? War Claudia in Gefahr oder in Sicherheit?

Mein Herz klopfte laut, als ich den Namen über Google suchte. Kein Eintrag. Ich fügte die Anschrift ein und traute meinen Augen nicht. Benediktinerabtei Gerleve.

IV – Polizeipräsidium Münster

In der Ausgabe der Schülerzeitung vom Januar 1997 wurde Daniel fündig. Die tragische Geschichte eines Verkehrsunfalls aus dem vergangenen Herbst wurde zum Anlass genommen, die Schüler über die fatalen Folgen des Fahrens unter Alkoholeinfluss aufzuklären. Eine damalige Schülerin des Gymnasiums war bei dem Crash schwer verletzt worden.

Im weiteren Verlauf des Artikels wurde spekuliert, dass Klaus Büchners Weggang von der Fußballakademie unmittelbar mit dem Verkehrsunfall seiner jüngeren Schwester Marion in Verbindung stehen könnte. Die Familie war nicht mehr in der Lage, ihn finanziell zu unterstützen. Auf Nachfrage hatte der talentierte junge Mann angegeben, dass es nun wichtigere Dinge gab, als Fußball zu spielen.

Daniel Ahlers nutzte die gesicherte polizeiinterne Plattform, um die Mailadresse der damals zuständigen Kollegen zu finden, und verfasste eine Anfrage zum Datenaustausch bezüglich des Unfalls im Herbst 1996 mit der verletzten Person Marion Büchner.

Sein Augenlid zuckte. Hoffentlich verschwendete er keine Zeit. Sie brauchten endlich einen Erfolg. Schumann war seit zwei Wochen tot. Warum war

Büchner in einem Hamburger Prozess zugegen, bei dem ein Urteil über ein Camorra-Mitglied gefällt werden sollte? Wenn der Prozess nichts mit dem Mord an Schumann zu tun hatte, würden sie von vorne anfangen müssen.

Daniel vermisste Dieter Schilling. Er hätte sich gerne mit ihm ausgetauscht, doch Dieter war von Staatsanwalt Sven Langer in dessen Büro zitiert worden. Langer war fest entschlossen, die Akte von Nele Jordi zu schließen. Er sah in Valentin Taube den Täter.

Daniel und Dieter waren sich einig, dass Taube lediglich ein Bauernopfer war. Auch in diesem Fall war es dringend erforderlich, schnellstmöglich eine neue Spur zu finden.

Dieter wollte den Staatsanwalt umstimmen. Sie benötigten noch mehr Zeit für die Ermittlungen.

V – Benediktinerabtei Gerleve, Billerbeck

Eine halbe Stunde nach Feierabend war ich unterwegs in Richtung Billerbeck. An einem Hinweisschild auf das Kloster Gerleve bog ich rechts ab und folgte langsam einer schmalen, kurvigen und ansteigenden Straße. Nach einigen hundert Metern wies ein Schild auf einen Parkplatz hin. Ich blickte auf zwei Türme, die zwischen Bäumen mit buntem Blätterkleid herausragten.

Ich stellte meinen Wagen auf dem Parkplatz ab, stieg aus und schaute mich um. Einen grünen Golf konnte ich nicht entdecken.

Ich überquerte den Parkplatz und den Klosterhof. Sowohl die Abtei als auch das Café, vor dem ich stehenblieb, schienen geschlossen zu sein. Ich kehrte um und bemerkte zwei Frauen, die vom Parkplatz aus auf einen Gebäudekomplex auf der linken Seite zusteuerten. Dieser lag in unmittelbarer Nähe des Klosters. Ich folgte ihnen. Sie verschwanden in einem der Gebäude, dessen Erdgeschoss aus Sandstein errichtet worden war. Die beiden oberen Geschosse bestanden aus Ziegelmauerwerk.

Ich ging zu meinem Wagen, nahm mein Handy aus der Handtasche und googelte nach der Klosteranlage. Schnell wurde ich fündig. Das Gebäude trug den Namen *Ludgerirast*. Es diente als Exerzitien- und Gästehaus.

Während ich unentschlossen im Wagen verharrte, fuhr ein grüner Golf auf das Klostergelände. Ein Mann steuerte den Wagen zum anderen Ende des Parkplatzes. Gebannt starrte ich zu ihm hinüber. Plötzlich erschien Claudia Reinmann in meinem Blickfeld. Wenige Sekunden stockte mir der Atem, dann hatte ich mich gefangen. Ich drückte die Tür auf und hatte gerade meinen linken Fuß auf den Boden gestellt, als Claudia den grünen Golf erreichte und ihre Hand an den Türgriff legte.

»Claudia!«, rief ich laut.

Sie drehte langsam den Kopf in meine Richtung, hob den Arm und winkte mir zu. Nachdem sie den Arm gesenkt hatte, öffnete sie die Autotür und beugte sich nach vorn, wobei ihr Kopf im Inneren des Fahrzeugs verschwand. Eine gefühlte Ewigkeit verging, dann beobachtete ich sie dabei, wie sie die Beifahrertür schloss. Anschließend kam sie auf mich zu und stieg zu mir ins Auto.

VI – Polizeipräsidium Münster

»Das stinkt so was von zum Himmel! Langer ist stinksauer. Er versteht nicht, warum wir an Valentin Taubes Schuld zweifeln.« Dieter ließ seinen ganzen Frust raus, als er das Büro betrat. »Egal was ich angebracht habe … Seiner Meinung nach besteht hinreichender Tatverdacht. Ob wir nicht genug mit dem Fall Schumann zu tun hätten? Darauf sollten wir uns konzentrieren. Er will das Ermittlungsverfahren im Fall Jordi schließen.«

Daniel stand auf und schloss die Tür. »Das muss ja nicht die ganze Abteilung hören.« Er ließ sich auf seinen Stuhl fallen. »Ich habe einiges über Klaus

Büchner herausgefunden.« Er weihte Dieter in seine neuen Erkenntnisse ein.

Die Informationen lenkten seinen Kollegen von Taube ab. »Hat seine Schwester den Unfall verursacht oder waren weitere Personen beteiligt?«, fragte Dieter.

»Ich habe Akteneinsicht angefordert. Vielleicht gibt es Daten von 1996.«

»Gut. Wenn seine Schwester noch lebt, kann sie uns etwas von Schumann und Andresen erzählen. Und Klaus Büchner auch.«

»Dieter, glaubst du, es gibt ein Band zwischen den Vieren?«

»Vor Thore Andresens Lüge hätte ich das nicht gedacht, nein. Aber es muss etwas geben. Finden wir heraus, ob es für uns wichtig ist, dass er gelogen hat.«

»Oder Schumanns Tod steht doch mit Nele Jordi im Zusammenhang?«

»Hast du weitere Neuigkeiten, Daniel?«

Sein Kollege nickte. »INPOL hat per Gesichtserkennung eins der Mädchen ermittelt. Valeria Maria Laura Ruiz. Ihr Vater hat ein kleines Unternehmen von seinem Vater übernommen. Weinanbau im Hinterland der Costa Brava. Er war zum Zeitpunkt des Verschwindens seiner jüngsten Tochter Valeria bereits Millionär. Er exportiert seine Weine weltweit. Seine älteren Kinder arbeiten im Unternehmen. Dieser Weg war auch für Valeria vorbestimmt. Da die Eltern wenig Zeit für sie hatten, besuchte sie eine Privatschule in Katalonien.«

Dieter neigte leicht seinen Kopf nach vorn. »Lass mich raten: Valeria ist von jetzt auf gleich aus der Schule verschwunden?«

»Exakt. Keine Lösegeldforderungen, keine Leiche. Und weißt du, was mir richtig im Magen liegt?«

»Du machst es spannend, Daniel.«

»Sie war eine Einzelgängerin in der Schule. Sie hat mit niemanden darüber gesprochen, dass sie jemanden im Internet kennengelernt hat. Nach ihrem Verschwinden im September 2016 konnten Spuren im Netz verfolgt werden. Leider ohne Erfolg. An wen erinnert dich das?«

»Nele Jordi!«

»Du sagst es, Dieter. Mir sind das zu viele Zufälle. Ich habe die Zeugenaussagen über den Abend des 10. Oktober noch mal gelesen. Tanja Giese hat einen dunklen SUV auf dem Parkplatz gesehen. Direkt daneben stritten die Männer lautstark. Harald Schumann fuhr einen dunklen SUV.« Daniel begann, im Zimmer hin und her zu laufen. »Diese Bruderschaft … steckt dahinter Menschhandel? Werden die Frauen ihren Familien entfremdet, um dann in der Prostitution zu enden? Hatte Schumann Kontakt zur Bruderschaft oder war er der Anwalt eines Mitglieds? Waren die Daten seine Lebensversicherung oder bewahrte er sie für jemanden auf?« Daniel überlegte laut. »Die Geschichten von Nele Jordi und Valeria Ruiz haben große Gemeinsamkeiten und Harald Schumann ist im Besitz eines Datensticks, auf dem Valeria gespeichert wurde. Die beiden Fälle hängen definitiv zusammen.« Er verzog das Gesicht. »Ich habe keine Ahnung, wie … Sag, hat sich die ehemalige Mitarbeiterin von Schumann gemeldet?«

»Nein«, antwortete Dieter knapp. Seine Gedanken wanderten zurück zu seinem letzten Gespräch mit Nicola. Er zwang sich, seine Frustration zu unterdrücken, und erinnerte sich an den genauen Wortlaut einer ihrer Thesen. Schon vor Tagen hatte sie die Fakten so präzise dargestellt, dass er sie gefragt hatte, ob sie über Menschenhandel und Prostitution nachdachte. Ihre Stimme klang ihm im Ohr: »Wo hat sie seit 2019 gelebt?«

Dieter wandte sich an Daniel. »Warum haben wir immer noch keine Aufstellung der eingeloggten Handys in der Funkzelle? Das dauert zu lange. Wir müssen uns an Schumanns Provider wenden. Wo war es zuletzt eingeloggt? Wir gehen mit Fotos von ihm und Nele Jordi an die Öffentlichkeit und starten einen Zeugenaufruf. Ich hole mir jetzt die Genehmigung von Langer.«

»Wird er nicht freigeben«, vermutete Daniel.

»Er kann die Parallelen zwischen Ruiz und Jordi nicht ignorieren. Damit macht er sich strafbar.« Dieter bemerkte einen stechenden Kopfschmerz. »Wenn wir nicht rausbekommen, was passiert ist, lässt Langer Taube dafür hängen.«

VII – Benediktinerabtei Gerleve, Billerbeck

»Geht es dir gut, Claudia?«, brach ich das Schweigen. »Ich habe mir große Sorgen um dich gemacht.«

»Sorry. Plötzlich wollte ich weg aus Mecklenbeck. Wie hast du mich gefunden?«

»Paula Schröder.«

»Paula wer?«, fragte Claudia.

»Mensch, Claudia. Das ist im Moment egal. Was machst du hier? Sag mir bitte die Wahrheit. Ich stecke ziemlich in der Klemme.« Mir war heiß. Draußen dämmerte es. Ich ließ die Seitenscheibe einige Zentimeter herunter. Die kühle Luft machte es im Wageninneren etwas erträglicher.

»Es ist viel passiert in der letzten Woche.«

Ich ballte in Gedanken die Fäuste. »Claudia! Durch den Tod von Schumann ist mein Leben aus den Fugen geraten. Du hast mir die Daten entschlüsselt und bist danach untergetaucht. Du kanntest Schumann. In was für einen Mist habe ich mich geritten? Rede! Harald Schumann hat sich nicht suizidiert. Er wurde ermordet.« Ich suchte ihren Blick und begriff. »Das weißt du. Was für ein Spiel spielst du mit mir?« Meine Freude über unser Wiedersehen schlug in Wut um.

Claudia hob abwehrend die Hände. »Du denkst in eine falsche Richtung. An dem Abend, als ich deinen Freund kennengelernt habe …«

»Er ist nicht mein Freund«, unterbrach ich sie.

»An dem Abend wurde mir bewusst, dass es nur eine Frage der Zeit ist, bis er über meine Identität Bescheid weiß. Er hat mehrmals bei mir angerufen.«

Ich schluckte einen bissigen Kommentar hinunter, um sie nicht zu unterbrechen.

»In der Nacht habe ich kein Auge zugemacht. Als Harald vor einem Vierteljahr in sein Mietshaus einzog, forderte er mich auf, woanders neu anzufangen. Er gab mir keine Erklärung. Ich dachte, seine Frau hätte ihn rausgeschmissen und gefordert, dass ich aus seinem Leben verschwinde. Ich bin geblieben und er hat verlangt, dass ich eine Telefonnummer auswendig lerne und im Notfall dort anrufe. Das habe ich letzte Woche am Mittwoch gemacht und seitdem bin ich hier.«

»Mathias Berger!«

»Den kennst du also auch? Einmal Bulle, immer Bulle. Mathias, Pater Mathias ist zusammen mit Harald in einem Dorf in der Eifel aufgewachsen. Die beiden verbindet ein tragisches Ereignis aus ihrer Jugend. Jahre später trafen sie sich im Münsterland wieder und verstanden sich sofort gut, sie vertrauten einander sehr. Mathias hat mich gleich nach meiner Ankunft nach dem Datenstick gefragt. Er hält einen Suizid für ausgeschlossen und sieht einen Zusammenhang zwischen den verschwundenen Daten und dem Mord an Schumann.«

In meinem Kopf ging es hin und her. »Vertraust du ihm? Hast du ihm von mir erzählt?«

Claudia schüttelte den Kopf. »Ich habe ihm gerade gesagt, wie du zu Marina Schumann stehst und wo du tätig bist, mehr nicht. Obwohl ich ihm vertraue.«

Innerlich atmete ich auf. »Von was für einem Unglück sprichst du?«

Sie erzählte mir von dem Autounfall.

»Schrecklich. Erstaunlich, dass die beiden Männer zusammenhalten. Nach so einem Erlebnis würden die meisten wohl auf Abstand gehen. Was ist mit dem dritten Mann?«

»Thore Andresen. Er ist ebenfalls als Anwalt tätig und war im engen Kontakt mit Harald.«

»Unglaublich. Claudia, wir beide wissen, dass diese Daten nichts mit dem Autounfall zu tun haben. Aber … vielleicht spielt ihre Vergangenheit trotzdem eine Rolle.« Ich schaltete die Innenbeleuchtung ein und sah, wie Claudia mit den Schultern zuckte. »Bleibst du jetzt hier?«

»Wir waren gerade auf dem Weg in Haralds Büro. Mathias wollte sich umsehen. Vielleicht gibt es dort einen Hinweis auf den Mörder.«

Ich tippte mir mit dem Zeigefinger gegen die Stirn. »Ihr spinnt doch. Dieser Pater muss die Polizei informieren. Haralds Vergangenheit könnte ein Motiv sein.«

Claudia griff nach dem Türöffner. »Du hast es gerade nötig, Nicola. Dein Freund oder auch Nicht-Freund ermittelt in Haralds Fall. Und du? Hast du ihm von den Daten erzählt? Vertraust du irgendwem?« Während sie sich Luft machte, stieg sie aus meinen Wagen.

»Ich habe ihm den Stick ausgehändigt«, sagte ich laut. Sie blieb am Auto stehen. Unschlüssig, wie mir schien. »Ich habe ihm alles erzählt, auch deinen wirklichen Namen. Er will keinen Kontakt mehr zu mir. Wahrscheinlich hat er mich bereits angezeigt und es ist nur eine Frage der Zeit, dass ich vorgeladen werde.«

Wortlos stieg sie wieder ein und schloss die Tür.

Ich kämpfte gegen Mitleidstränen. »Ich hatte die bescheuerte Idee, hinter das Geheimnis von Harald Schumann kommen zu wollen. Um mich dann an meiner Cousine Marina rächen zu können. Erst nach deinem Verschwinden ist mir bewusst geworden, in welcher Gefahr wir uns befinden. Marina und die Kinder eingeschlossen. Hätte ich nicht den Polizeidienst quittiert, würden sie mich jetzt wegen Dummheit entlassen.«

Claudia legte tröstend ihre Hand auf meine Schulter. »Wie wäre es, wenn wir reingehen und du lernst Mathias kennen? Du kannst ihm erzählen, soviel du möchtest. Er wird uns helfen und er wird auf keinen Fall etwas unternehmen, wenn wir nicht zustimmen. Einverstanden?«

»Wir?«

»Glaub mir Nicola, ich habe mein Verhalten auch infrage gestellt und mir Sorgen um dich gemacht.«

VIII – Büro, Staatsanwalt Sven Langer

»Herein!« Langer löste seinen Blick von einem Formular und hob den Kopf. »Schilling, was noch? Habe ich mich nicht klar ausgedrückt? Sie vergeuden meine Zeit.«

Dieter hatte sich vorgenommen, sich nicht provozieren zu lassen und die Verfügung für den Öffentlichkeitsaufruf zu erwirken. »Es gibt neue Erkenntnisse. Im September 1996 ist Valeria Maria Laura Ruiz auf dieselbe Art und Weise verschwunden wie Nele Jordi. Die Spanierin ist bis heute nicht gefunden worden, trotz einer hohen Belohnung seitens der Familie. Ihr Foto befand sich im Besitz von Harald Schumann. Des Weiteren zehn Namen von Frauen, diverse Bilder und Videosequenzen. Daniel Ahlers hat INPOL bereits sämtliche Daten zur Verfügung gestellt. Wir erwarten baldige Ergebnisse. Die beiden Fälle hängen zusammen. Ein Öffentlichkeitsaufruf ist unumgänglich.« Dieter holte tief Luft.

»Ich sagte bereits, dass ich die Ermittlungen im Fall Jordi einstelle. Ich habe gerade unterschrieben.« Er tippte auf den vor ihm liegenden Bogen Papier.

»Dann lassen Sie mir keine Wahl«, erwiderte Dieter und verließ das Büro.

IX – Büro, Staatsanwalt Sven Langer

Langer löste den Krawattenknoten und atmete schwer. Aus der untersten Schreibtischschublade nahm er eine Packung Tabletten und drückte zwei davon aus dem Blister. Er schluckte sie ohne Flüssigkeit und griff nach seiner Aktentasche. Daraus zog er einen Schlüsselbund, stand auf, ging zur Tür und verriegelte sie. Dann hängte er seine Ernennungsurkunde ab.

Dahinter befand sich ein Wandtresor. Langer steckte den Schlüssel ins Schloss und öffnete die Tür. Der Safe war leer – bis auf ein Mobiltelefon. Langer verband das Gerät mit einem Ladekabel. Sein Herz klopfte ihm bis zum Hals. Er versuchte, sich mit Atemübungen zu beruhigen, und überlegte fieberhaft. Endlich hatte er im Kopf die Sätze gebildet, die er gleich aussprechen würde. Er entsperrte den Zugang und wählte den einzigen vorhandenen Kontakt.

»Pronto«, hörte er wenige Sekunden später.

»Der Gegenstand ist wieder da. Meine POLIN hat ihn gefunden. Für die Überprüfung auf Vollständigkeit braucht sie eine Freigabe.« Langer schwitzte.

»Aspettare!«, tönte es aus dem Lautsprecher.

Also wartete er.

Langer fragte sich gerade, wie lange er das Handy schon an sein Ohr gepresst hatte, als er jemanden am anderen Ende der Leitung atmen hörte. »

Non c'è problema. L'emancipazione è concessa. Capito?«

»Si.« Langer unterbrach die Verbindung und entfernte das Ladekabel. Die Freigabe war erteilt. Doch er bezweifelte, dass das wirklich kein Problem war.

Er spürte, wie das Telefon langsam aus seinen Händen glitt, ein verräterisches Rutschen, das er nicht rechtzeitig stoppen konnte. Mit einem leisen Klirren fiel es auf den Tisch. Das Display flackerte kurz auf.

Langer wischte die Hände an der Hose trocken, dann nahm er das Handy und legte es zurück in den Tresor. Er griff zum Telefon und wählte Dieter Schilling an. »Schilling, Sie können sich die Genehmigung bei mir abholen.«

X – Polizeipräsidium Münster

Dieter legte den Hörer zurück. »Wir haben die Freigabe. Das war Langer.«

Daniel zog seine Jacke von der Garderobe und verdrehte die Augen. »Muss ich nicht verstehen, oder? Ich dachte, du hättest ihm nicht direkt gedroht?«

»Nein. Das habe ich nicht. Lass uns Feierabend machen, es war ein langer Tag. Morgen gebe ich die

Bilder an die Presse.« Er nahm seinen Autoschlüssel vom Tisch und fing seine Jacke auf, die Daniel ihm zugeworfen hatte.

»Der Langer ist komisch«, gab Daniel kund. »Als ich ihn kennenlernte, dachte ich: Cool, endlich mal jemand in einer höheren Position, der keinen Hehl aus seiner Homosexualität macht. Aber der Umgang mit Taube? Das geht nicht.«

»Als Langer hier anfing - ich glaube das war Anfang 2015 - war er alles andere als cool«, entgegnete Dieter. »Er kam aus Frankfurt und hinterließ nicht den Eindruck, als ob er freiwillig ins Münsterland gezogen wäre. Ich wünsche dir einen schönen Abend.«

»Dito. Bis morgen, Dieter.«

Auf der Rückfahrt nach Gievenbeck dachte Dieter erneut an den Staatsanwalt. Daniel hatte recht, er war komisch. Ende 2016 brachte Langer erstmals seinen Partner mit zu einer Weihnachtsfeier, was die Spekulationen dämpfte und ihn danach erleichtert erscheinen ließ. Als hätte er einen enormen Druck abgelassen.

An einer roten Ampel nahe der St. Michael Kirche blendeten ihn die Bremslichter eines Lkws. Das rote Licht flackerte wie Blitze vor seinen Augen, während er sah, wie Langer eine Maske aufsetzte.

Dieter rieb sich die Augen. *Ich werde verrückt*, dachte er und atmete erleichtert auf, als er das Haus erreichte, in dem er wohnte.

XI – Benediktinerabtei Gerleve, Billerbeck

Claudia und ich hatten uns gerade gesetzt, als Pater Mathias den kleinen Raum betrat.

Claudia hatte mir erzählt, dass er vor knapp einer Woche hier mit ihr gesprochen hatte.

Er trug seine Kutte. »Es ist spät geworden, tut mir leid. Ich war in der Kapelle. Nicola, darf ich dich duzen?« Er wartete ihr Einverständnis nicht ab. »Claudia hat mir erklärt, in welchem Verhältnis du zu Harald standest und dass du die Cousine von Haralds Witwe bist. Du arbeitest in einem Bestattungsinstitut. Das erklärt jedoch nicht, warum du Claudia ins Kloster gefolgt bist und wie du sie gefunden hast. Ich möchte nicht misstrauisch sein, aber … die Menschen, die bei uns leben, stehen unter unserem Schutz. Warum bist du hier?«

Ich räusperte mich. »Früher war ich im Polizeidienst tätig. Ich habe Kontakte. Über das Kennzeichen des Golfs war es nicht schwer, die Halteradresse zu ermitteln.«

»Paula?«, erinnerte sich Claudia.

»Genau. Paula Schröder. Eine Nachbarin von dir. Sie hat dich gesehen und sich das Kennzeichen des Fahrzeugs notiert.«

»Das ist Amtsmissbrauch, aber dir ist das bewusst, oder?«, fragte Mathias.

»Das ist momentan mein geringstes Problem«, antwortete ich, während mir der Schweiß ausbrach. Er hatte Claudia nach den Daten gefragt. Er schien irgendwie involviert zu sein. Mir kam eine Idee.

»Hast du vorgestern bei Marina angerufen?« Ich bemerkte, wie sich eine seiner Augenbrauen hob, und hörte, wie Claudia Luft einsog.

»Ja«, gab er zu.

Ich dankte innerlich Gott, als Mathias erklärte: »Mein letzter Kontakt zu Harald liegt über zwei Wochen zurück. Er rief am späten Vormittag an. Es war sein Todestag, wie wir nun wissen. Er erzählte mir von einem Datenträger, den er erst kürzlich in seinen Besitz bekommen hatte. Er wollte ihn im Laufe der Woche zu mir bringen. Ich sollte ihn aufbewahren. Ich verbinde dieses Telefonat mit seinem Tod. Jemand hat für diese Daten gemordet und wir wissen nicht, wo sie sich befinden.«

Ich hatte keine Wahl. Harald hatte ihm vertraut und er schützte Claudia. Bevor ich es mir anders überlegen konnte, erzählte ich Mathias von dem Tag, an dem wir Harald Schumann für die Bestattung vorbereitet hatten. Ich schilderte, wie ich den USB-Stick fand und - ohne Claudia zu erwähnen - von der Datenentschlüsselung. Ich gestand ein, falsch gehandelt zu haben, und informierte ihn darüber, dass die Daten bei der Polizei in Münster seien.

Mathias warf einen Blick auf die Uhr. »Es ist fast Mitternacht. Möchtest du hier im Kloster übernachten?«

»Danke. Ich muss nach Hause, mein Kater wartet auf mich«, erklärte ich.

Im Auto entsperrte ich mein Handy und schickte Marina eine WhatsApp-Nachricht. Ich teilte ihr mit, dass ich wusste, wer sie angerufen hatte, um sich nach einem Datenträger zu erkundigen. Sie solle sich keine Sorgen machen, von dem Anrufer ging keine Gefahr aus.

Mittwoch, 27.10.2021

Polizeipräsidium Münster

Dieter Schilling drückte auf den Senden-Button und die Bilder von Nele Jordi und Harald Schumann machten sich auf den Weg zur örtlichen Presse.

Anschließend rief er bei INPOL an und erkundigte sich nach weiteren Erfolgsergebnissen. Sein Kollege bedauerte eine Verbindungsstörung zu den Datenbanken, versprach jedoch, sich sofort zu melden, sobald die Technik wieder funktionierte.

In diesem Moment klingelte Daniels Telefon. Er nahm ab und hörte zu. »Ich komme«, antwortete er und legte den Hörer zurück. »Ein Pater Mathias will uns sprechen. Es geht um Schumann!«

Knapp zwanzig Minuten später fügten sich einige Puzzlestücke wie von Zauberhand zusammen.

»Woher haben Sie die Information, dass wir diese Daten haben?«, fragte Dieter, obwohl er die Antwort bereits ahnte.

»Das spielt keine Rolle. Harald wollte mir die Daten geben, damit ich sie, wenn nötig, zu Ihnen bringe. Sie haben sie. Ich werde nicht über meine Quelle sprechen.«

»Darf ich fragen, ob Sie Claudia Reinmann kennen?«

Mathias nickte. »Sie befindet sich seit einer Woche in der Benediktinerabtei Gerleve. Sie steht unter unserem Schutz. Ich hoffe, das kollidiert nicht mit Ihrer Arbeit.«

»Wir hätten sie gerne als Zeugin befragt und ihr Verschwinden hat uns Rätsel aufgegeben, aber nein, nach ihr wird nicht gefahndet«, erklärte Daniel.

»Sie wissen jetzt, wo Sie Frau Reinmann erreichen können. Kann ich Ihnen noch behilflich sein?«

Dieter erhob sich. »Eine Frage noch. Trauen Sie der Familie Büchner zu, Rachegedanken an Schumann in die Tat umgesetzt zu haben?«

»Nein!«, entgegnete Mathias schnell. »Marion und ihre Eltern leben ohne finanzielle Sorgen. Marys

Pflege und Therapien, das behindertengerechte Haus … irgendjemand zahlt dafür. Warum sollten sie das nach all den Jahren aufs Spiel setzen? Nein, das ergibt keinen Sinn.«

»Und Klaus Büchner?«, ergänzte Daniel.

Mathias' Augen weiteten sich und er griff sich an die geöffneten Lippen.

»Wir wissen, dass er seine Karriereziele aufgegeben hat. Aufgeben musste. Wegen seiner Schwester. Kollege Ahlers hat ihn auf einem Video erkannt, auf dem auch Schumann und Thore Andresen zu sehen sind.«

Mathias hatte sich gefangen. »Der Unfall ist ein Vierteljahrhundert her, genauso lange hat Klaus seine Pläne begraben. Warum sollte er jetzt töten? So wie ich ihn in Erinnerung habe, war Fußball sein Leben. Er hat sicherlich dasselbe Schicksal erlitten wie seine Schwester. Von einem Tag auf den anderen musste er alle Träume loslassen … Aber das lässt ihn nicht zum Mörder werden«, resümierte Mathias.

Dieter setzte das Protokoll der Zeugenaussage auf. Er blickte kurz zu Daniel und sah, dass dieser in etwas auf seinem Bildschirm vertieft war.

»Daniel?« Dieter legte die Hand auf die Schulter seines Kollegen, der konzentriert in einem Dokument las. »Kannst du bitte Pater Mathias nach draußen begleiten?«

Als er alleine war, griff er zum Hörer und wählte.

»Bestattungsunternehmen Klar, Chris Kaiser«, meldete sich eine männliche Stimme.

»Dieter Schilling. Herr Kaiser, ich möchte bitte Frau Sandberg sprechen.«

»Sie ist nicht im Haus. Kann ich etwas ausrichten?«

»Nein. Wann erwarten Sie sie zurück?«

»Sie unterstützt Herrn Klar bei einer Bestattung. Sie wird erst heute Nachmittag im Büro sein. Kann ich Ihnen helfen?«

»Nein. Danke für das Angebot, es ist eine Privatangelegenheit. Obwohl, Sie können mir eine dienstliche Auskunft geben. Harald Schumann wurde kremiert. Wissen Sie, wann er bestattet wird?«

»Ich denke, das geht in Ordnung. Die Trauerfeier findet am Dienstag nach Allerheiligen statt.«

Daniel war zurück und hatte die letzte Frage von Dieter gehört. »Gibt es einen Termin?«, erkundigte er sich, als Dieter auflegte.

»Dienstag«, gab er weiter. Er dachte an Nicola: D*ein Glück, dass du nicht erreichbar bist*.

Sein Telefon klingelte. »Schilling.«

»Hallo Dieter, ich bin es, Walter. Wir haben gestern eine Vermisstenanzeige reinbekommen, die dich interessieren könnte.«

»Warum? Mach es nicht spannend, Kollege.«

»Eine Tänzerin aus London vermisst ihre Freundin … Nele Junge. Sie hat uns ein Foto geschickt. Das könnte Nele Jordi sein.«

»Schick mir bitte ihre Kontaktdaten. Ich kümmere mich. Danke.«

II – Polizeipräsidium Münster / London

»Spreche ich mit Frau Katja Freuhof«, erkundigte sich Dieter, als er ein Lachen durch das Telefon hörte.

»Ja. Entschuldigen Sie. Meine Tochter Maja wollte das Gespräch annehmen. Sie ist etwas früh dran mit ihren vierzehn Monaten. Mit wem spreche ich?«

»Kriminalhauptkommissar Dieter Schilling aus Münster. Ich habe Ihre Kontaktdaten von der Vermisstenstelle aus dem Kreis Coesfeld.« Dieter hörte Katja schwer atmen.

»Ist Nele etwas zugestoßen?«, fragte sie mit zitternder Stimme.

Anstatt ihr zu antworten, begann Dieter damit, ihr Fragen zu stellen. »Frau Freuhof, können Sie mir sagen, woher Sie Nele kennen und warum Sie sie vermisst gemeldet haben?«

Katja schluckte hörbar. »Wir kennen uns aus Hamburg. Seit gut sechs Monaten. Was ist mit ihr?«

Dieter machte sich Notizen. »Sie sind seit sechs Monaten befreundet. Können Sie mir etwas über ihre Person erzählen? Wo hat sie mit wem gelebt?«

»Natürlich kann ich das … obwohl … bei ihr zu Hause war ich nie. Wir haben uns immer auf dem Spielplatz getroffen. Kurz bevor ich mein Engagement in London angenommen habe, hat sie mich in meiner Wohnung besucht.«

»Ungewöhnlich. Hat Nele Ihnen eine Erklärung dafür gegeben?« Dieter hörte einen tiefen Atemzug.

»Hmm. Sie lebt mit einem Mann zusammen in Wandsbek. Martin. Ein Autoverkäufer. Er verkauft Nobel-Karossen. Wahrscheinlich lag es an ihm, obwohl sie immer von einer glücklichen Beziehung sprach. Hören Sie, ich habe das gar nicht überbewertet. Ich war ja immer mit Maja unterwegs. Mir haben unsere Treffen auf dem Spielplatz gereicht. Ab und an haben wir zusammen Kaffee getrunken. Ich werde Ihnen keine Fragen mehr beantworten, wenn Sie mir nicht endlich sagen, was passiert ist.«

»Frau Jordi ist Opfer eines Kapitalverbrechens geworden. Sie wurde ermordet.«

»Nele heißt Junge mit Nachnamen. Da liegt sicher eine Verwechselung vor.«

»Anhand des Fotos sind wir sicher, dass es sich um Nele Jordi handelt. Ihre Freundin stammt aus der Schweiz?«

Dieter hörte einen Aufschrei, dann war die Verbindung unterbrochen.

Er starrte den Hörer an. »Hat sie jetzt aufgelegt?«

»Was hat sie gesagt?«, erkundigte sich Daniel.

Dieter wiederholte die wenigen Auskünfte von Katja Freuhof.

»Wenn die beiden befreundet waren, ist sie jetzt sicher geschockt. Gib ihr ein paar Minuten.«

Vierzig Minuten später rief Katja Freuhof zurück und entschuldigte sich. »Ich habe am Sonntag vor zweieinhalb Wochen in den frühen Morgenstunden einen Anruf von Nele erhalten. Sie war aufgeregt, konfus und ich habe nicht alles verstanden, was sie sagte. Sie stand unter einem enormen Druck. Sie bat mich um Hilfe. Sie wollte Hamburg sofort den Rücken kehren. Ehrlich, ich dachte, ihr Typ macht Stress. Ich war in London und konnte ihr nicht helfen, aber ich habe eine Einliegerwohnung im Haus meiner Eltern, die habe ich ihr angeboten.«

»Und sie hat Ihr Angebot angenommen?«, hakte Dieter nach, weil sie nicht weitersprach.

»Erst wollte sie nicht, dann hat sie plötzlich eingewilligt. Ich habe ihr die Adresse gegeben und ihr gesagt, wo der Ersatzschlüssel versteckt ist. Sogar wie sie mit der Bahn nach Billerbeck kommt, haben wir besprochen. Sie ist aber nicht in meine Wohnung gezogen. Deshalb habe ich sie gestern als vermisst gemeldet.«

»Ihr Telefonat war in der Nacht vom 9. auf den 10. Oktober. Warum melden Sie sich erst jetzt?«

»Bitte? Ja, es war das Wochenende. Nele ist eine erwachsene Frau und ich bin wie gesagt in London. Ich habe ein Engagement am London-Theater und bin Mutter von einem Kleinkind. Der Vater von Maja ist Zauberer, wir geben uns die Klinke in die Hand. Ich sah keine Veranlassung, sie zu kontrollieren. Bis gestern. Meine Eltern sind von einer Kreuzfahrt zurückgekehrt. Ich hatte sie über Neles Anwesenheit informiert. Doch sie war nicht angekommen.«

»Wie lautet die Adresse Ihres Elternhauses?«, fragte Dieter und griff nach dem Kugelschreiber.

»Baumgarten 28.«

»Dahin war sie wahrscheinlich auf dem Weg. Sie wurde auf dem Parkplatz zwischen Edeka und Rossmann ermordet. Ihre Leiche lag in dem Bereich, in dem die Container des Edeka Marktes abgestellt sind.«

»Sie machen mir gerade ein schlechtes Gewissen.«

»Sie hätten den Mord nicht verhindern können, Frau Freuhof. Dennoch wäre Ihre Aussage für unsere Ermittlungen von großem Wert gewesen, hätten wir sie früher erhalten. Können Sie uns bitte beschreiben, wie Sie Frau Jordi den Weg erklärt haben?«

»Also ich habe ihr geraten, den ICE von Hamburg nach Münster zu nehmen, weil dieser Zug fast stündlich fährt. Anschließend sollte sie von Gleis 2E in Münster eine Regionalbahn nach Coesfeld über Billerbeck nehmen. Für den Fußweg plante Nele, ihr Handy zu nutzen.«

»Ich melde mich, wenn ich noch Fragen habe. Vielen Dank, Frau Freuhof.«

»Herr Schilling, wie wurde Nele ermordet?«

»Sie wurde erstochen. Sie und ihr Baby waren sofort tot.«

»Dann wurde ihre Schwangerschaft bestätigt. Wie traurig.«

Dieter hörte sie weinen. »Sie wussten davon?«

»Zum Zeitpunkt meiner Abreise noch nicht. Sie vermutete es bei unserem vorletzten Telefonat. Sie wollte einen Gynäkologen aufsuchen. Komisch, jetzt fällt mir auf, dass sie bei ihrem letzten Anruf nicht davon gesprochen hat.«

»Sie haben sich nicht erkundigt?«

»Nele hat … gegen 3.30 Uhr angerufen. Sie hat mich aus dem Schlaf gerissen. Wo ist sie jetzt?«

»Ihre Eltern haben sie hier in Münster identifiziert und sie mit nach Hause genommen.«

»Von ihrer Familie hat sie nie etwas erzählt. Lassen Sie uns gerne ein anderes Mal sprechen, ich benötige einen Moment für mich.«

Dieter informierte Daniel über die Neuigkeiten und bat ihn darum, mit Staatsanwalt Langer zu sprechen.

Daniel grinste und machte sich auf den Weg, während Dieter Thomas Schneiders Nummer wählte.

Kurz und präzise brachte er seinen beruflichen Vorgänger auf den neuesten Stand. »Und jetzt würde ich gerne von dir wissen, wen ich in Hamburg ansprechen kann, damit ich Informationen über diesen Martin bekomme? Der offizielle Weg dauert viel zu lang und würde eventuell für Aufregung sorgen. Ich weiß, ich verlange dir einiges ab, … aber so hast du es mir beigebracht.«

Dieter konnte Thomas fast denken hören. »Lass mich das machen. Ich habe einen alten Kontakt, leider ist der gegen fast alle Polizisten allergisch. Ich melde mich. Ach, wie läuft es mit deiner Freundin? Stellst du sie uns bald vor?«

»Wir haben uns getrennt«, antwortete Dieter barsch und verabschiedete sich, als Daniel das Büro betrat und die Tür schloss. »Das ging aber schnell oder war er nicht da?«

Daniel strich sich über das Kinn. »Dieter, mit dem Langer stimmt etwas nicht. Ich habe ihm von dem Anruf erzählt und konnte dabei zugucken, wie ihm die Suppe von der Stirn lief. Er hat mich regelrecht abgekanzelt und aus dem Büro komplementiert. Auf dem Flur bemerkte ich ein offenes Schuhband. Beim Zubinden hörte ich, wie er sich in seinem Büro einschloss. Leider war Betrieb auf dem Gang, sonst hätte ich gerne an der Tür gelauscht.«

»Woran denkst du?«

»Er präsentiert Taube auf dem Silbertablett, verweigert uns weitere Ermittlungen und plötzlich dürfen wir doch aktiv bleiben. Und dann stellt er mir keine Fragen zu einem Gespräch mit einer wichtigen Zeugin? Er hat sich nicht einmal ihre Kontaktdaten notiert. Mir ist jetzt schon zum zweiten Mal der Gedanke gekommen, ob es einen guten Grund gibt, warum er den Mordfall Jordi schnell abschließen möchte.«

»Daran habe ich gestern Abend auf dem Heimweg auch gedacht.«

Donnerstag, 28.10.2021

Polizeipräsidium Münster

»Endlich! Wo warst du denn so lange?«

»Was gibt es denn Wichtiges, Daniel?«, knurrte Dieter anstelle einer Antwort.

Daniel war schon vor Tagen aufgefallen, dass Dieter schlecht gelaunt war und sich nur mühsam im Griff hielt. »Der Öffentlichkeitsaufruf! Gerade hat ein Gastwirt aus Billerbeck angerufen«, verkündete er schnell, um Dieter nicht zu reizen. »Harald Schumann war Gast bei ihm. Am Sonntagabend. Das Restaurant liegt in unmittelbarer Nähe vom Tatort Jordi.«

Dieter reckte die geballte Faust nach oben und grinste schief. »Langsam verzieht sich der Nebel. War er alleine essen?«

Jetzt grinste auch Daniel. »Nein. Aber der Wirt kannte seine Begleitung nicht. Männlich, gleichaltrig. Ein korpulenter Riese. Die beiden Männer haben das

Haus gemeinsam gegen 20 Uhr verlassen. Es wurde zwar mit Karte bezahlt, aber leider von Schumann.«

»Dann könnte an deinem Gedanken von vorgestern etwas dran sein. Vielleicht hat Schumann seinen SUV auf diesem Parkplatz abgestellt und ist ein paar Meter gelaufen? Leider gibt es keine Kameras. Erkundige dich bitte, wie die Parksituation vor Ort ist.«

Daniel nickte. »Die Beschreibung von dem zweiten Gast erinnert mich an Thore Andresen. Lassen wir den Gedanken zu, dass es sich um Schumanns Wagen gehandelt hat. Dann könnte er der Mörder von Nele Jordi sein. Er könnte zur Tätergruppe gehören.«

»Oder er war nur ein Zeuge, der sein Wissen nicht mehr teilen kann«, ergänzte Dieter Daniels Thesen.

II – Berlin, Charité Campus Virchow-Klinikum

»Ich verstehe Ihre Empörung nicht, Frau Müller. Das ist ein ganz normaler Vorgang. Sie wurden mit Kontaktgift in Berührung gebracht und wir sind verpflichtet, die Polizei einzuschalten. Selbstverständlich wurden in dem Zuge Ihre Angehörigen verständigt. Respektive Ihr Vater.«

Carolin Müller schluckte ihren Kommentar herunter. Natürlich konnte ihr behandelnder Arzt Dr. Mike Zabel nicht verstehen, warum sie ihren Vater nicht sehen wollte. Sie war sich sicher, dass er derjenige gewesen war, der sie am Montag vergiftet hatte. Sie fühlte erneut seine feuchten, behandschuhten Finger, die ihr über die Wange strichen.

Bereits am Dienstagabend nach dem Anschlag hatte sie ihr Bewusstsein wiedererlangt und seit gestern Nachmittag konnte sie zeitweise Zusammenhänge erkennen.

Sie erinnerte sich an das Treffen mit ihrem Vater am Jungfernstieg. Er war vom Krankenhaus über ihre Einlieferung verständigt worden; eine Besuchserlaubnis war aufgrund ihres Zustandes und des Umstands der Vergiftung bisher nicht erteilt worden.

Carolin atmete ruhig ein und aus. »Dr. Zabel, ich bedanke mich sehr für Ihre Hilfe. Bitte … respektieren Sie meine Entscheidung. Niemand wird über den Fortschritt meiner Genesung informiert. Niemand!«

Der Arzt hielt ihren Blick. »Ihre Entscheidung, was Ihr privates Umfeld angeht.«

»Danke. Lassen Sie mich bitte allein, ich bin müde«, sagte sie. Obwohl ihr Kopf fast platzte, musste sie alles noch einmal überdenken. Wenn sie diesen Weg gehen würde, wäre nichts mehr, wie es war. Sie wäre eine Gejagte, sie würde immer den Atem ihrer Verfolger im Nacken spüren.

III – Münster, Kreuzviertel, Nicolas Wohnung

Jörg Klar hatte mich nach Hause gebracht. Er wollte mich partout zum Arzt bringen. Ich konnte ihn davon überzeugen, dass ich wegen der Trennung von Dieter Schilling neben der Spur stand.

Jörg sorgte sich um mich, nachdem ich während der Arbeit zusammengebrochen war. Der Auslöser war der Anblick der Leiche einer dreiunddreißigjährigen Frau. Sie war mit dem Fahrrad in Münster unterwegs gewesen. An einer Ampel musste sie anhalten. Als die Lichtanlage auf Grün schaltete, setzte sie sich in Bewegung und kippte zur Seite. Herzstillstand. Sie war sofort tot. Ich konnte ihren Anblick nicht ertragen. Es war einfach zu viel für mich.

Meine Gefühle fuhren Achterbahn. Ich war seit Tagen hin- und hergerissen. Das Adrenalin war verpufft und ich fühlte mich leer und traurig. Selbstmitleid lähmte mich. Ich vermisste Dieter und den Austausch mit ihm. Die kriminalistische Tätigkeit hatte etwas in mir wachgekitzelt. Mir war unvermittelt bewusst geworden, dass etwas Wichtiges in meinem Leben fehlte. Ich würde nie wieder als Polizistin arbeiten können, dafür war ich selbst verantwortlich.

Der Ton der Türklingel ließ mich hochschrecken.

Ich hob Lidl von meinen Beinen und stand auf. Bestimmt wollte Jörg noch mal nach mir sehen.

Ich drückte den Türöffner und wartete. Durch den Spion erkannte ich Claudia.

»Danke«, begrüßte sie mich und folgte mir ins Wohnzimmer.

»Ich hätte es verstanden, wenn du mich nicht sehen wolltest«, unterbrach sie nach ein paar Minuten die Stille. »Mathias war gestern bei der Polizei. Er hat deinem Kommissar alles über den Autounfall erzählt. Offensichtlich ein weiteres Motiv.«

Mein rechtes Augenlid zuckte. »Am Dienstag um 11 Uhr wird die Urne beigesetzt. Ich mache drei Kreuzzeichen, wenn ich nichts mehr mit Schumann, seinem Tod und meinem Kommissar zu tun habe.«

Claudia runzelte die Stirn. »Er fehlt dir«, stellte sie fest.

Ich konnte die aufsteigenden Tränen nicht mehr zurückhalten.

IV – Polizeipräsidium Münster

Daniel kehrte ins Büro zurück, als Dieter gerade die Kaffeemaschine in Gang setzte. »Das nenne ich Timing.«

»Hat der Wirt ihn erkannt? War es Thore Andresen«, wollte Dieter wissen.

Wird Zeit, dass du deine Flamme vergisst, deine Laune nervt langsam, dachte Daniel. »Ja. Über die Parksituation an dem Abend konnte er nichts sagen. Seinen Kommentar dazu erspare ich dir. Soll ich Andresen einbestellen?«

»Wir warten noch. Ich erwarte Informationen aus Hamburg.«

»Bin schon da«, begrüßte Thomas Schneider seinen Nachfolger und dessen Kollegen.

»Du hast den frischen Kaffee gerochen, oder? Schön, dich mal wiederzusehen, Thomas. Ich hoffe, du hast die fehlenden Teilchen im Gepäck?« Daniel zwinkerte Thomas zu und rollte die Augen in Dieters Richtung.

»Ich mochte euch die Neuigkeiten nicht am Telefon sagen. Ihr habt ein richtig großes Fass aufgemacht. Einen Kaffee nehme ich gerne.«

Dieter nahm drei Becher aus dem Regal und stellte sie auf den Tisch. »Erzähl!«

»Nele Jordi ist nicht in Hamburg gemeldet. Es gibt ein Nobel-Karossen Autohaus in Hamburg, in dem ein Martin bis letzte Woche Dienstag gearbeitet hat. Ein Martin Jung.«

»Nele Junge.« Dieter hob die Augenbrauen. »So hat sich Nele Jordi gegenüber ihrer Freundin genannt.«

»Martin Jung ist seit diesem Tag verschwunden und im Betrieb wird er totgeschwiegen«, fuhr Thomas fort. »Als hätte er nicht existiert. Alle Mitarbeiter mauern. Brisant ist: Dieses Unternehmen gehört Antonia Garcias.« Er wandte sich von Dieter zu Daniel. »Nie gehört?« Er wartete die Antwort nicht ab. »Antonio Garcias. Der Staatsschutz hat ihn auf dem Schirm. Seine Familie gehört zur Camorra. Bis jetzt konnte ihm nichts zur Last gelegt werden, obwohl die Spatzen auf Hamburgs Dächern Lieder von seinen Taten pfeifen.«

Daniel stand auf und ging zu seinem PC. Er gab den Namen Antonio Garcias ein. Sofort landete er auf dem Link zur Webseite des Autohauses. »Nicht schlecht die Schlitten«, murmelte er. Er öffnete die Mitarbeiterliste. Einen Martin Jung fand er nicht. »Was genau meinst du mit *richtig großes Fass*, Thomas?«

»Mein Informant sagte, dass auch die leitende kaufmännische Mitarbeiterin verschwunden sei. Ich habe einen alten Kontakt in der Davidwache. Carolin Müller hat die Bankgeschäfte des Betriebes bearbeitet. Sie wurde ab und an routinemäßig überprüft, weil ihr Vater ein sehr guter Freund und Gefolgsmann von Antonio Garcias ist. Sie scheint sauber zu sein.«

»Aber?«, hakte Daniel nach.

»Habt ihr von dem Giftanschlag in Hamburg gehört? Das Opfer ist Carolin Müller.«

»Ist sie gestorben?«, erkundigte sich Dieter.

»Sie ist in Berlin, im Charité Campus. Das gehört zum Virchow-Klinikum. Dort arbeiten Spezialisten für Giftopfer. Sie lebt, ist aber nicht ansprechbar.«

»Das heißt, Müller und Jung waren Kollegen. Er ist vom Erdboden verschwunden und sie liegt in Berlin. Sind die beiden jemandem auf die Zehen getreten? Was hat das mit Nele Jordi zu tun?«, fragte Daniel.

»Ich denke, Dieter ist vorhin der Sache schon sehr nahe gekommen. Jung lebte mit einer Frau zusammen. Dabei könnte es sich um Nele Jordi gehandelt haben. Vielleicht bekomme ich diese Information noch bestätigt. Natürlich kann es auch sein, dass Jung nicht der gesuchte Martin ist«, räumte Thomas ein.

»Unglaublich. Das hast du alles in ein paar Stunden rausgefunden. Gibst du den Namen deines Informanten preis?«

»Dieter, du weißt, niemals.«

Dieter reckte die Arme in die Luft. »Wann kann ich mit Carolin Müller sprechen?«

Thomas zuckte mit den Schultern. »Ich habe auf dem Weg hierher mit einer Schwester telefoniert. Sie sagt, Frau Müllers Zustand sei unverändert. Nicht ansprechbar. Niemand wird vorgelassen.«

»Ich weiß nicht, wie ich dir danken soll.«

Thomas räusperte sich. »Da gibt es noch etwas. Auf der Straße wird gemunkelt, dass alle, die Garcias im Weg standen, auf Nimmerwiedersehen verschwunden seien. Vor drei Jahren tauchte ein Hinweis auf, dass ein Bremer Industrieller ermordet sein könnte. Er soll früher Kunde im Autohaus Garcias gewesen sein. Gerold Kuhl hat Anfang der 2000er seine Tochter verloren. Carla starb im Alter von siebzehn Jahren an den Folgen einer LSD-Überdosis. Ihr Vater hat eigenständig jahrelang versucht, die Verantwortlichen für ihren Tod zu finden. Schließlich beschuldigte er öffentlich Antonio Garcias. Doch plötzlich verschwand Kuhl spurlos. Keine Lösegeldforderung, keine Leiche, ohne jegliche Spur. Zu der Zeit gab es Hinweise auf eine Biogas-Verbrennungsanlage, die von Luca Garcias, dem mittleren der drei Garcias-Brüder, betrieben wird. Die Tanks wurden geleert und auf menschliche Überreste untersucht. Es wurden keine Spuren gefunden.«

»Ich habe dir ja von dem Treffer in der Datenbank erzählt. Valeria Ruiz. Ebenfalls ein Mädchen, das plötzlich von der Bildfläche verschwunden war, genau wie Carla Kuhl, ihr Vater und Nele Jordi. Warum war Schumann im Besitz von Fotos, auf denen Ruiz und maskierte Männer zu sehen sind? War er Mitglied der Bruderschaft der venezianischen Masken? Wollte er jemanden erpressen? Hat er sie für einen Mandanten aufbewahrt? Außerdem war Harald Schumann in seiner Jugend an einem Unfall beteiligt, bei dem sein Wagen eine Rolle spielte. Bei einem Prozess in Hamburg, dem wir große Bedeutung zuordnen, ist der Bruder des Unfallopfers anwesend. Wir haben mindestens zwei mögliche Mordmotive im Fall Schumann. Die Parallelen zum Fall Jordi sind zu frappierend, als dass sie ein Zufall sein können. Mein Bauchgefühl sagt mir, es gibt eine Verbindung zwischen den Morden. Wir müssen mit Carolin Müller sprechen. Sie wird wissen, ob ihr Kollege eine Beziehung zu Nele Jordi hatte.«

»Sei bloß unsichtbar, mein Freund«, riet ihm Thomas. »Wir wissen noch nicht, warum sie vergiftet wurde und ob Martin Jung abgehauen oder aus dem Weg geräumt worden ist. Mein Informant meldet sich und dann könnt ihr abwägen, wie ihr weiter vorgehen wollt.«

Dieter erklärte sich bereit, abzuwarten. »Einverstanden. Daniel, bestellst du bitte Klaus Büchner ein. Ich hätte ihn gerne hier im Präsidium.«

V – Berlin, Charité Campus Virchow-Klinikum

Zu dem unerträglichen Presslufthammer in ihrem Kopf gesellten sich starke Muskelschmerzen. Carolin Müller zitterte unkontrolliert. Trotz der Tage, sie seit der Vergiftung vergangen waren, spürte sie immer noch die unerbittliche Wirkung des Gifts. Ihre Haut war schweißnass, und sie fror entsetzlich. Langsam verlor sie die Kontrolle über ihren Körper.

Mühsam nahm sie den Hörer aus dem Multimediasystem für Patienten. Sie benötigte zwei Anläufe, um die 110 zu wählen. Stotternd antwortete sie ihrem Gesprächspartner und ließ den Hörer sinken, als ihr zugesagt wurde, dass ein Beamter ins Klinikum kommen würde.

VI – Berlin, Charité Campus Virchow-Klinikum

Drei Stunden später kannte Kommissar Seifert Carolins Geschichte und war über Martin Jungs Tätigkeit als Loverboy informiert.

»Was soll Herrn Jung zugestoßen sein?«, hakte er nach.

Carolin erzählte ihm von dem Abend, als sie Nele Jordi brisante Daten in die Hand gedrückt hatte, um das Paar zu entzweien. Die ganze Geschichte brach aus ihr heraus: Sie fühlte sich schuldig. Ihr Kollege

Martin Jung war danach nicht mehr bei der Arbeit erschienen. Sie war von seinem Tod überzeugt. Ihr Chef drohte ihr, genauso wie ihr Vater, den sie für die Vergiftung verantwortlich machte. Sie sprach von weiteren Beweisen, die sie in ihrer Wohnung in Hamburg-Wandsbek versteckt hielt.

Carolin baute von Minute zu Minute sichtbar ab, sodass Seifert mehrmals den Arzt rufen wollte. Doch sie lehnte ab.

Kurz bevor sie ihr Bewusstsein verlor, nannte sie ihm ihre Adresse und das Versteck in ihrer Wohnung. Das Letzte, was er hörte, war ein vierstelliger Zahlencode.

Seifert wartete auf dem Flur, während sich Dr. Zabel um seine Patientin kümmerte.

Als der Arzt aus dem Krankenzimmer trat, schaute ihn Seifert fragend an. »Ich darf Ihnen das eigentlich nicht sagen, aber ich habe ihr Dopamin gespritzt und eine Infusion mit isotonischer Kochsalzlösung veranlasst. Wenn überhaupt, können Sie heute

Nachmittag mit ihr sprechen. Lassen Sie mir Ihre Nummer da, wir melden uns. Kann auch morgen werden.«

Auf dem Weg zum Präsidium ließ Seifert das Gehörte Revue passieren. Wenn Carolin Müller nicht über eine blühende Fantasie verfügte, befand sie sich in Lebensgefahr. Er entschied, sein Wissen erst mal für sich zu behalten. Noch aus dem Wagen heraus telefonierte er mit einem Kollegen aus seinem Team und bat ihn, für einen Wachposten vor Müllers Zimmer zu sorgen. Er begründete seine Bitte damit, dass sie Opfer eines Giftanschlags geworden war.

Stefan König fiel ihm ein. Sein engster Mitarbeiter. Mit ihm verband ihn eine jahrelange Zusammenarbeit und private Freundschaft.

König befand sich derzeit im Urlaub. Er besuchte zum ersten Mal allein seinen Sohn, der in Hamburg studierte. Königs Frau hatte ihn vor zwei Monaten verlassen.

Ohne lange das Für und Wider abzuwägen, wählte er die mobile Rufnummer seines Kollegen. Er weihte ihn in das Gespräch mit Carolin Müller ein und bat ihn darum, sich in ihrer Wohnung umzusehen.

Sein Mitarbeiter äußerte sofort Verständnis für Seiferts Vorgehen und sagte ihm zu. Er versprach, sich aus Wandsbek zu melden, wenn er Müllers Angaben überprüft hatte.

Gegen 16 Uhr stand Seifert erneut in Carolin Müllers Krankenzimmer. Sie wirkte erstaunlich gut erholt. Ihr Gesicht war nicht mehr kalkweiß und der Infusionsständer stand in der Zimmerecke.

Der Arzt gab ihm fünfzehn Minuten und forderte ihn auf, die Patientin nicht aufzuregen.

Seifert nahm einen Stuhl und stellte ihn an das Bett. Als er Platz nahm, setzte er ein Lächeln auf. »Ihr Versteck war gut gewählt. Bei Ihnen wurde eingebrochen. Ihre Wohnung wurde komplett durchwühlt. Aber die Kopien sind in Sicherheit. «

Seifert sah, dass Müller ihm nicht folgen konnte.

»Ein Kollege von mir befindet sich privat in Hamburg. Er ist zu Ihrer Wohnung gefahren. Gott sei Dank war der Code, den Sie mir gegeben haben, für den elektronischen Türöffner. Von außen waren an der Tür keine Spuren erkennbar. Wir werden den Einbruch vorerst nicht offiziell machen. Morgen ist Ihr Ringhefter in Berlin.«

»Sie glauben mir?«, vergewisserte sich Carolin.

»Ja. Allerdings nicht, dass Ihr Vater Sie umbringen wollte. Die Menge Gift reichte aus, um Sie für einige Stunden handlungsunfähig zu machen. Hätte er Sie töten wollen …«

»Mein Vater wollte mich außer Gefecht setzen … Das war eine Warnung.« Sie blinzelte. »Eine zweite wird es nicht geben. Wenn ich ihm am Jungfernstieg alles erzählt hätte, läge ich jetzt in einer Kühlkammer.«

Seifert neigte den Kopf. »Sie kennen Ihren Vater besser als ich.«

»Können Sie mich schützen?«, fragte Carolin leise.

»Ich kann und werde Ihnen nichts versprechen. Wir sichten die Daten und handeln auf dieser Grundlage. Bis dahin werden Sie bewacht. Ein Polizist steht bereits vor Ihrer Tür.«

Carolin sah ihn ungläubig an. »Haben Sie eine Ahnung, Herr Seifert, wen ich gerade ans Messer liefere?«

Er nickte.

»Glauben Sie, die Camorra wird sich von einem Streifenpolizisten aufhalten lassen? Ist es Ihnen egal, was mit mir passiert?«, wütete Carolin. Ihre Angst schien in Aggression umgeschlagen zu sein.

»Jetzt machen Sie mal einen Punkt!«, entgegnete er. »Sie haben sich selbst in diese Position gebracht und natürlich bin ich daran interessiert, dass Sie überleben. Aber … was nützt es Ihnen, wenn ich Ihnen Zugeständnisse mache, die ich nicht einhalten kann. Ich bin ein Beamter, nicht der liebe Gott. Ich habe Vorgesetzte. Noch mal, Sie werden bewacht und morgen sichte ich die Unterlagen. Weder hier in

Berlin noch in Hamburg weiß außer Ihrem Arzt jemand, dass Sie mit mir gesprochen haben. Mein Kollege war nur wenige Augenblicke in Ihrer Wohnung. Ich werde nur mein eigenes Team mit Ihrer Aussage konfrontieren. Für jeden Einzelnen lege ich meine Hand ins Feuer. Wenn Sie den Mund halten, sind Sie hier im Klinikum sicher. Offiziell sind Sie ohne Bewusstsein.« Er verabschiedete sich, ohne sie zu Wort kommen zu lassen.

Als Seifert die Tür hinter sich schloss, hörte er Carolin Müllers Stimme. Sie betete.

Beim Verlassen der Station bat er eine Schwester, nach der Patientin zu sehen.

VII – Polizeipräsidium Münster

»Damit habe ich nicht gerechnet, Dieter. Klaus Büchner kommt morgen zu uns. Er deutete an, wir wären ihm zuvorgekommen. Er war im Begriff, eine Aussage zu machen.«

Daniels Kollege brummelte etwas.

»Sollen wir heute Abend ein Bier trinken und du erzählst mir, warum du schlechte Laune hast?«

»Nein.«

Daniel erinnerte sich an den gestern zufällig mit angehörten Satz: *Wir haben uns getrennt*, hatte Dieter am Telefon gesagt.

»Sprich mit Nicola …«, forderte er seinen Kollegen auf.

»Verdammt! Nein«, fiel im Dieter ins Wort. »Ich mache Feierabend«, ergänzte er und zog seine Jacke von der Garderobe.

Freitag, 29.10.2021

Polizeipräsidium Münster

Dieter fiel es bei dem Anblick schwer, sich einen Fußballer vorzustellen, dem in besseren Zeiten eine große Karriere zugetraut worden war. Der Mann, der ihm gegenübersaß, war stark übergewichtig. Gesicht und Hals leuchteten knallrot und eine Tabakwolke hüllte ihn ein.

Dieter hatte sich mit Daniel abgesprochen. Er konfrontierte Klaus Büchner ohne lange Vorrede mit seiner Anwesenheit im Prozess in Hamburg.

Büchner sog hörbar Luft ein. Er wischte sich mit seinem Hemdsärmel den Schweiß von der Stirn.

»Sie deuteten an, eine Aussage machen zu wollen. Jetzt haben Sie die Gelegenheit.«

Büchner sah von einem zum anderen. »Wo soll ich anfangen? Ich bin am Ende. Für meine Familie bin ich eine einzige Schande.«

»Warum waren Sie in Hamburg«, konkretisierte Dieter, was ihn interessierte.

»Wegen Thore. Ich habe in der Zeitung gelesen, dass er als Verteidiger von Frank auftritt«, erklärte er. »Ich wollte ihn erpressen«, gab er unumwunden zu und senkte den Kopf. Er schluckte schwer. »Ich hatte keine Ahnung, dass Harald auch da sein würde. Mir ist eh alles egal. Meine Familie will nichts mehr mit mir zu tun haben.«

»Fangen Sie mit Ihrer Familie an. Wie war das nach dem Unfall Ihrer Schwester Marion?« Daniel lächelte ihm aufmunternd zu.

»Schrecklich war das. Meine kleine, kluge Schwester. Sie war ein hübscher siebzehnjähriger Teenager. Beliebt war sie. Viele Jungs waren hinter ihr her. Und plötzlich … einen Tag später war sie ein Pflegefall.«

»Haben Sie deshalb Ihre Karriereziele außer Acht gelassen«, erkundigte sich Daniel.

»Nein … ja. Natürlich stand Marion nach dem Unfall an erster Stelle. Meine Eltern verfügten nicht über viel Geld. Wir kümmerten uns alle um sie.«

»Wie konnte Ihre Familie ohne finanzielle Sicherheit nach Cochem ziehen? Ein behindertengerechter Neubau? Woher stammte der Geldsegen?«

Büchner wischte sich erneut über die Stirn und das Gesicht.

Daniel goss ihm unaufgefordert ein Glas Wasser ein und stellte es vor ihm auf den Tisch.

Büchner trank es in einem Zug leer. »Das wissen Sie doch, oder? Von Mario Andresen. Er hätte alles dafür getan, um seinen Sprössling aus der Schusslinie zu ziehen. Leider sind meine Eltern sofort auf seinen Vorschlag eingegangen. Sie hielten Mario Andresen für einen guten Menschen.«

»Seinen Vorschlag?«, hakte Dieter nach.

»Er bot ihnen finanzielle Sicherheit. Der Neubau, sämtliche Behandlungskosten für Marion. Unsere Mutter konnte ihren Job im Supermarkt aufgeben und sich den ganzen Tag um meine Schwester kümmern. Wir alle sind davon ausgegangen, dass Marion den Unfall verursacht hat.« Seine Oberlippe zitterte. »Ungefähr ein Jahr nach dem Unglück, Thore und

Harald waren mit ihren Eltern weggezogen, wurden wir nachts von Marions Schreien geweckt. Sie hatte geträumt und sich am Steuer des Wagens gesehen.«

»Ihre Schwester war die Unfallfahrerin«, wiederholte Dieter, weil er sich an die Aussage von Pater Mathias erinnerte.

Büchner schüttelte den Kopf. »Das dachte sie fast ein Jahr. Ihre beiden *Freunde* haben ihr das erzählt. In dieser Nacht holte ihr Unterbewusstsein die Wahrheit ans Licht. Marion sah sich selbst, wie sie sich betrunken hinter das Lenkrad setzte und es im Spaß von rechts nach links drehte. Sie, Thore und Harald warteten auf Mathias. Mathias Berger war auch auf dem Scheunenfest. Er war der einzige von ihnen, der keinen Alkohol getrunken hatte. Er wollte den Bauern bitten, Haralds Vater anzurufen, damit dieser die vier abholen konnte.« Er bat um ein weiteres Glas Wasser.

Daniel nahm eine Flasche aus der Kiste und stellte sie auf den Tisch. »Bedienen Sie sich.«

»Thore hatte die Warterei irgendwann satt und nahm Harald den Wagenschlüssel aus der Hand. Er zog Marion vom Fahrersitz, setzte sich in das Fahrzeug und startete den Motor. Er besaß seit einigen Monaten den Führerschein. Marion erzählte uns nach dieser Nacht, in der sie ihre Erinnerung wiederfand, dass sich Harald auf den Beifahrersitz gesetzt hätte und sie auf seinem Schoß Platz nahm. Thore fuhr schnell. Er war immer schon ein Angeber. Ein Söhnchen, dem Papi jeden Wunsch erfüllte. Marion erinnerte sich, wie sie gegen den Baum geprallt waren. An den Knall und dann erst wieder an den Moment, in dem sie im feuchten Gras lag. Thore und Harald hockten in ihrer Nähe. Aus der Ferne hörte sie ein Martinshorn.«

»Ein Jahr nach dem Unglück? Warum hat Ihre Schwester die beiden nicht angezeigt?«, fragte Daniel.

»Zu dem Zeitpunkt war für meine Eltern gerade so etwas wie Normalität zurückgekehrt. Die finanzielle Unabhängigkeit gab ihnen Struktur.« Er lachte bitter auf. »Nichts auf der Welt hätte an Marions Zustand etwas geändert. Erschwerend hinzu kam … meine Eltern hatten die Vereinbarung unterschrieben. Haralds Vater verzichtete auf den Ersatz des Wagens und stellte keine Schmerzensgeldansprüche für seinen Sohn. Mario Andresen ging noch einen Schritt weiter. Er malte meinen Eltern aus, wie eine Gefängnisstrafe für meine Schwester aussehen könnte.«

»Ihre Eltern haben einen Knebelvertrag unterschrieben, ohne misstrauisch zu werden?« Kopfschüttelnd wartete Dieter auf Büchners Antwort.

»Meine Eltern sind einfache, ehrliche Menschen«, verteidigte er sie. »Niemals wären sie auf die Idee gekommen, dass Marion unschuldig ist. Ich weiß noch, welch großes Glück im Unglück sie empfunden haben. Andresen *bat* sie, der Presse gegenüber zu schweigen und seinem Sohn und Harald die Aussagen bei der Polizei und beim Prozess zu überlassen. Meine Eltern waren froh, dass Marion vor Gericht und in den Klatschblättern gut behandelt wurde. Sie verstanden Andresens Taktik. Durch das Geständnis meiner Schwester und die Einsicht der anderen Unfallbeteiligten, das Unglück möglich gemacht zu haben, wurden die Ermittlungen eingestellt. Jeder hielt die jungen Menschen bereits für genug gestraft. Ich vermute, Mario Andresen und Haralds Vater haben mit viel Geld dafür gesorgt, dass alle Zweifler bis heute stumm blieben.«

Daniel brachte das Gespräch zurück auf den Prozess. »Sie wollten ihn erpressen. Haben Sie?«

Klaus Büchner faltete die Hände im Schoß zusammen. »Ich bin gar nicht an ihn rangekommen. Es standen immer Menschen um ihn herum …«

»Aber?« Daniel blieb dran.

Ein Seufzen entwich Büchners Kehle. »Ich habe mit Harald gesprochen. Wir waren zur selben Zeit auf dem Klo. Er erkannte mich nicht. Er war schockiert, als er begriff, wer vor ihm stand. Ich weiß bis heute nicht, ob er mich in dem Moment bloß loswerden wollte … Er hat mich tatsächlich zu sich ins Hotel eingeladen. Wir verabredeten uns für den Abend.« Büchner drehte die gefalteten Hände nach oben, seine Finger knackten. »Also bin ich da hin. Ich wollte bei ihm mein Glück versuchen, aber das war nicht nötig. Harald hatte getrunken. Nicht viel, aber es fehlte etwas aus der Whiskeyflasche, die vor ihm auf dem Tisch stand. Er lud mich ein, auch ein Glas zu nehmen. Und plötzlich liefen ihm die Tränen über das Gesicht. Er heulte wie ein kleines Kind und stammelte, dass er nie über die Unglücksnacht hinweggekommen sei. Sein Schuldgefühl gegenüber Marion, der Druck seiner Eltern und der massive Einfluss von Mario Andresen hielten ihn so in Schach, das er mitspielte. Nach dem Umzug nach Bayern, seinem Jurastudium und den ersten Erfolgen als Anwalt schaffte er den Absprung. Er lernte seine Frau kennen und die beiden zogen ins Münsterland. Glauben Sie mir«, Büchner schaute von Daniel zu Dieter, »ich habe ihn nicht erpresst, er hat mir freiwillig angeboten, mich finanziell zu unterstützen.«

»Schon gut«, beschwichtigte Daniel. »Wie ging es weiter?«

»Am Abend in seinem Hotelzimmer drückte er mir ein Bündel Geldscheine in die Hand. Er sprach davon, sein Leben komplett zu ändern. Er deutete an, seine Familie zu verlassen, um sie zu schützen. Ich habe es ihm nicht geglaubt, obwohl er mehrfach betonte, nur noch einige Dinge zu regeln und dann zu seiner Verantwortung an Marions Schicksal zu stehen. Ne, ich habe es ihm nicht geglaubt. Können wir eine Pause machen? Ich muss eine rauchen.«

Dieter und Daniel tauschten sich in der Zwischenzeit aus. Durch Büchners Aussage ergab es einen Sinn, dass Schumann nach seinem Hamburg Aufenthalt verändert war und die Entscheidung traf, seine Familie zu verlassen.

»So weit klar, aber wer hat ihn umgebracht?«, fragte Dieter gerade, als Büchner zurückkehrte.

»Ich nicht«, beeilte sich Büchner kundzutun. »Seit Mitte Juli hielten wir Kontakt. Er steckte mir oft große Summen zu und forderte mich auf, mit meinen Eltern und mit Marion über sein Vorhaben zu sprechen. Ich sollte sie darauf vorbereiten. Thore weigerte sich, seine Schuld anzuerkennen. Dabei ist er doch gefahren!«

Dieter begriff. »Deshalb liegen Sie mit Ihren Eltern im Argen. Ihre Familie ist nicht an der Wahrheit interessiert?«

»So ist es. Mario Andresens Einfluss lähmt sie immer noch. Sie fürchten sich vor der Öffentlichkeit. Sie wollen sich nicht so dargestellt sehen wie Eltern, die die Seele ihres Kindes verkauft haben.«

»Herr Büchner, haben Sie eine Idee, wer Harald Schumann umgebracht haben könnte?« Dieter nahm wahr, wie Büchner versuchte, das Zittern seiner Hände zu unterdrücken.

Er druckste herum und rang augenscheinlich mit sich. »Sie werden es sowieso rausfinden. Ich war an dem Abend seines Todes bei ihm.«

Daniel streckte seinen Rücken durch und rang deutlich nach Luft.

»Also, ich wollte zu ihm. Wir waren verabredet. Bei unserem letzten Telefonat an diesem Montagvormittag sagte er mir, dass Thore niemals freiwillig ein Geständnis ablegen würde. Harald wollte reinen Tisch machen. Ich hatte das Gefühl, aus irgendeinem Grund wollte er sofort mit der Wahrheit an die Öffentlichkeit.« Büchner konzentrierte sich einen Moment. »Genau sagte er, dass er im Büro zu tun hätte. Er wäre spätestens um 21 Uhr zurück, dann sollte ich ihn in seiner Wohnung besuchen. Er wollte mir erklären, wie er in den nächsten Tagen vorgehen wollte. Er hatte ein Schuldbekenntnis geschrieben. Für meine Eltern. Also … ich war pünktlich da, er nicht. Es war frisch geworden, deshalb wartete ich im Wagen. Gegen 21.15 Uhr wurde ich ärgerlich. Harald hatte sich nicht gemeldet. Ich rauchte gerade eine Zigarette, als ich sah, dass jemand in die Tiefgarage einbog. Ich wartete. Plötzlich drang warmes, gelbes Licht durch das Fenster von Haralds Wohnung. Endlich, dachte ich, und tastete im Dunkeln nach dem Türöffner. Genau in diesem Augenblick fuhr drei Autos vor meinem ein großer Wagen in eine Parklücke. Thore stieg aus und ging auf den Eingang zu. Er drückte den Klingelknopf und war Sekunden später im Hauseingang verschwunden.«

»Und Sie? Was haben Sie gemacht?«, erkundigte sich Dieter, während er sich Notizen machte.

»Was glauben Sie wohl? Nichts! Ich kenne Thore fast mein ganzes Leben. Ich bin ihm nicht gewachsen. Ich habe einfach gewartet, bis er wieder auf dem Bürgersteig stand.«

»Um welche Uhrzeit war das?«, fragte Dieter nach.

»Es war exakt zwei Stunden später. 23.15 Uhr. Ich hatte mein Handy in der Hand, weil ich Harald eine Nachricht senden wollte. Mir war nicht nach noch längerem Warten. Als ich Thore sah, löschte ich, was ich geschrieben hatte. Ich dachte, ich könnte gleich zu Harald. Es war eine seltsame Situation. Thore stand im Eingangsbereich des Hauses und schien dort zu warten. Kurz darauf tauchte ein elegant gekleideter Mann auf und näherte sich Thore. Sie unterhielten sich eine Weile, bevor Thore schließlich in seinen Wagen stieg und davonfuhr. Hier«, sagte Büchner, als er sein Handy entsperrte, »ich habe die beiden fotografiert. Sie können den Mann deutlich erkennen. Die Lampe an der Haustür leuchtete.«

Büchner gab Daniel sein Handy.

»Den habe ich schon mal gesehen«, sagte Daniel und reichte das Telefon an Dieter weiter.

Büchner fuhr fort. »In einem Haus auf der anderen Straßenseite stand eine Frau am Fenster im ersten Stock. Auf mich wirkte sie, als würde sie die beiden beobachten.«

Dieter drehte den voll beschriebenen Zettel um. »Ist der Fremde wieder gegangen?«

»Nein. Er hat wohl geklingelt. Er drückte die Haustür auf und verschwand im Treppenhaus. Kurze Zeit später stand er mit dem Rücken an dem hell erleuchteten Fenster. Ich habe den Motor gestartet und bin zu meiner Pension gefahren. Ich konnte doch nicht ahnen …« Er verstummte.

»Haben Sie gesehen, dass er geklingelt hat? Sie sind sich sicher, dass Harald Schumann noch gelebt hat?«

Büchner druckste rum. »Ich bin davon ausgegangen. Wie hätte er denn in den Hausflur gelangen sollen?«

»Eine Frage hätte ich noch. Haben Sie den Unbekannten tatsächlich in Schumanns Wohnung gesehen?«

»Hundertprozentig. Er stand am Fenster.«

II – Polizeipräsidium Münster

Am Nachmittag gingen die beiden Kommissare Büchners Aussage noch einmal durch und stellten Thesen über die letzte Stunde von Nele Jordi auf. »Sie steigt am Bahnhof in Billerbeck aus dem Zug und macht sich zu Fuß auf den Weg zu Katja Freuhofs Wohnung. Ihr Navi wird ihr die Route über die Beerlager Straße vorgeschlagen haben. Irgendwo auf der Strecke zum Baumgarten trifft sie auf zwei Männer, die mit ihr auf dem Parkplatz streiten. Schumann ist in der Nähe. Wahrscheinlich ist er auf dem Rückweg vom Restaurant zum Parkplatz. Am nächsten

Tag informiert er Büchner über seine geänderten Pläne und stirbt in den folgenden Stunden.«

Dieter nickte. »Oder … die beiden Angreifer waren ebenfalls im Zug? Sie haben Nele Jordi verfolgt und den Parkplatz für den Übergriff gewählt? Schumann war noch im Restaurant? Oder Schumann war einer der zwei Männer? Daniel, da sind mir zu viele Fragezeichen. Wir wissen, dass Andresen und der Unbekannte in der Mordnacht Kontakt zu Schumann hatten. Konzentrieren wir uns darauf.« Er zog ein Blatt Papier aus der vor ihm liegenden Akte und überflog den Inhalt, bevor er weitersprach. »Schumann wurde oral ein Betäubungsmittel verabreicht, das ihn für wenige Minuten handlungsunfähig machte. Andresen könnte ihm etwas ins Getränk geschüttet haben. Er verließ die Wohnung und hat dem Unbekannten die Drecksarbeit überlassen. Wahrscheinlich dachte Schumann, dass es sich bei dem zweiten Besucher um Klaus Büchner handelt.«

»Wie kommen wir an Andresen ran?«

Dieter zögerte mit seiner Antwort. Sein Diensttelefon klingelte.

Daniel verfolgte schweigend das sehr einseitig geführte Gespräch. Die wenigen Worte, die Dieter dem Anrufer erwiderte, ergaben für ihn keinen Sinn. Er bemerkte die Veränderung im Gesicht seines Kollegen. Dieter starrte mit leicht geöffnetem Mund auf die Kaktee, die als einzige Pflanze auf der Fensterbank überlebte. Seine Augenbrauen zuckten, als wollten sie sich über der Nase miteinander verbinden. Dann wurde sein Gesicht plötzlich weicher und ein leichtes Lächeln umspielte seine Lippen.
Endlich beendete Dieter das Gespräch.

»Bitte lass mich nicht doof sterben«, forderte Daniel ihn zum Sprechen auf.

»Gib mir einen Moment. Ich muss das erst sortiert bekommen. Am liebsten würde ich ein Bier trinken. Hast du Zeit und Lust?«

Daniel schaute auf die Uhr. »Raphaela ist mit den Prinzessinnen bei ihrer Mutter. Sie wollten zum

Abendessen bleiben. Es spricht nichts dagegen, obwohl ich fast vor Neugierde platze.«

»Dann komm zu mir. Thomas Schneider bitte ich auch dazu.«

III – Dieter Schillings Privatwohnung, Münster-Gievenbeck

Daniel und Dieter hatten die erste Flasche Bier getrunken, als Thomas eintraf.

Er bedauerte, noch keine neuen Informationen aus Hamburg erhalten zu haben.

»Hamburg ist ein tolles Stichwort. Oder sollte ich Berlin sagen?« Dieter ging zum Kühlschrank und entnahm drei Flaschen Bier.

»Hast du auch ein Alkoholfreies?«, fragte Daniel.

»Sorry. Natürlich.« Dieter tauschte die Flaschen und setzte sich zu den anderen. »Mich hat vorhin ein Kollege aus Berlin angerufen. Hauptkommissar Seifert liegt eine Zeugenaussage von Carolin Müller vor.«

»Die kaufmännische Angestellte«, ergänzte Thomas.

»Exakt. Sie hat den Giftanschlag offensichtlich gut überstanden. Müller war im Besitz von Daten, die es uns möglich machen, einige Personen der Confraternita delle maschere veneziane zuzuordnen.« Er atmete erleichtert auf.

»Dann schwebt sie in Lebensgefahr«, stellte Daniel fest.

»Also doch die Bruderschaft der venezianischen Masken. Dann hattet ihr mit eurer Vermutung recht. Ich stimme Daniel zu.« Thomas forderte Dieter auf, weiterzusprechen.

»Seifert hat mich über eine gesicherte Leitung angerufen. Carolin Müller war bis heute Mittag im Virchow-Klinikum. Sie ist jetzt im Zeugenschutzprogramm.«

»Wurde der Diebstahl der Daten nicht bemerkt?«, vergewisserte sich Thomas.

»Um das zu verstehen, muss ich etwas weiter ausholen. Frau Müller war die Kollegin unseres gesuchten Martin, Martin Jung. Ob das sein richtiger Name war, weiß niemand genau. Sie war verliebt in ihn. Und hier wird es interessant. Sie betrachtete unser Mordopfer, Nele Jordi, als Konkurrentin. Die anfängliche Liebe verwandelte sich in Hass, und Frau Müller begann, Martin Jung zu überwachen. Dabei fand sie heraus, dass er derjenige war, der Frauen beschaffte und sie der Bruderschaft zuführte. Warum auch immer, er dokumentierte die Namen der Mitglieder. Auch die Dateien auf dem uns vorliegenden Speicher-Stick stammen von ihm«, erklärte Dieter und nahm einen Schluck Bier. »Müller hat sie kopiert. Wahrscheinlich ist ihm das überhaupt nicht aufgefallen. Am 9. Oktober, als Jung mit Nele Jordi seinen Geburtstag in einem Hamburger Tanzklub feierte, trafen Müller und Jordi aufeinander. Die Situation eskalierte. Müller drückte Jordi den Datenspeicher in die Hand.«

»Was für ein Himmelfahrtskommando«, entfuhr es Thomas. »Kein Wunder, dass sie vergiftet worden ist.«

»Müller wollte Jordis Gefühle verletzen. Beziehungsweise sie wollte die Freundin von Jung zerstören. Sie wurde Zeugin eines Gespräches und erfuhr so von Jordis Schwangerschaft.«

»Deshalb wollte Nele Jordi aus Hamburg weg. Sofort.« Daniel öffnete die Flasche alkoholfreies Bier und nahm einen großen Schluck.

»Es ist noch unklar, was Nele Jordi genau in dieser Nacht unternommen hat. Seifert hat herausgefunden, dass sie am nächsten Tag gegen 10 Uhr ein Bahnticket von Hamburg über Münster nach Billerbeck gekauft hat. Eine Mitarbeiterin am Ticketschalter erkannte sie wieder. Jordi bezahlte mit einem 500-Euro-Schein. Laut Aussage der Bahnangestellten trug sie ein prall gefülltes Portemonnaie bei sich.«

»Was sollte sie machen? Sie wird sich den Inhalt der Dateien angesehen und Parallelen zu ihrer eigenen Geschichte erkannt haben. Sie war schwanger, am Boden zerstört und ganz allein in Hamburg. Deshalb hat sie ihre einzige Bekannte Katja Freuhof mitten in der Nacht aus dem Bett geworfen und sich auf den Weg nach Billerbeck gemacht. Sie hatte keinen Plan B«, behauptete Daniel.

»Sie hätte sich bei ihren Eltern melden können. Wir haben bei ihr weder Papiere noch eine Geldbörse gefunden.« Dieter überlegte laut. »Nele Jordi lief allein durch Hamburg. Es ist möglich, dass sie zunächst in die gemeinsame Wohnung wollte, um den Inhalt des Sticks anzuschauen. Der Fußweg wäre zu weit gewesen. Vielleicht hat sie ein Taxi genommen. Nachdem sie die Videos und Bilder gesehen hatte, wollte sie fliehen. Sie nahm das vorhandene Bargeld an sich und verließ die Wohnung.«

Thomas rieb sich die Stirn. »Um dann in Billerbeck erstochen zu werden? Hat außer Carolin Müller eine weitere Person Kenntnis von den Daten gehabt und ist Nele Jordi gefolgt? Wie ist der Datenspeicher in den Besitz von Harald Schumann gekommen?«

»Hat Seifert Namen genannt?«, fragte Daniel.

»Nein. Er wird alle genannten Personen diskret überprüfen. Er arbeitet nur mit seinem engsten Team. Ihm ist die Bruderschaft ein Begriff. Er will die Mitglieder nicht aufschrecken. Ohne hieb- und stichfeste Beweise können wir denen sowieso nichts. Die Organisation ist wie ein Kokon. Der Kopf wird von allen geschützt. Die einzige Chance liegt darin, ein Mitglied zu isolieren und zum Reden zu bringen. Alle Versuche in der Vergangenheit, die Organisation zu zerschlagen, endeten damit, dass es Tote gab. Thomas, du weißt ja noch nicht, dass Klaus Büchner heute im Präsidium war. Er hat eine wichtige Aussage gemacht.« Dieter erzählte Thomas von Harald Schumanns Schuldbekenntnis.

Die drei Freunde versanken in ihre Gedanken.

»Wenn Andresen weiß, dass Büchner ihn gesehen und fotografiert hat …« Daniel vollendete den Satz nicht.

Dieter schüttelte mit dem Kopf. »Unwahrscheinlich. Fakt ist, Nele Jordi hatte die brisanten Daten im Gepäck, als sie in Billerbeck ankam. Später tauchen sie bei Harald Schumann auf. Er war in der Nähe des Tatorts. Nach Büchners Beschreibung traue ich ihm keinen Mord zu. Er lebte, als Andresens Begleiter in der Wohnung war. Zwischen der Anwesenheit von Andresen und dem Fremden versuchte Schumann, seine Frau zu erreichen. Jedoch ohne Erfolg. Möglicherweise ist der Unbekannte Schumanns Mörder. Darauf sollten wir uns konzentrieren.«

»Jetzt weiß ich, wo ich den schon mal gesehen habe«, unterbrach ihn Daniel.

Samstag, 30.10.2021

Polizeirevier, Hamburg

Dieter und Daniel hatten keine Zeit verschwendet. Bereits am gestrigen Abend hatten sie ihre Recherche-Ergebnisse nach Hamburg übermittelt und Haftbefehle veranlasst.

Am späten Vormittag wurde Thore Andresen von ihren Hamburger Kollegen in seiner Wohnung festgenommen.

Er konnte seine Verblüffung nicht verbergen, als er die Münsteraner Kommissare auf dem Revier erkannte.

Gemeinsam mit den Hamburger Ermittlern konfrontierten sie Andresen mit den Fakten und sahen dabei zu, wie er die Gesichtsfarbe verlor, als er als Unfallverursacher genannt wurde.

Dieter informierte ihn über Büchners Aussage. »Klaus Büchner ist bereit, vor Gericht zu bezeugen, was seine Schwester gesagt hat.« Dann lenkte er das

Gespräch auf Nele Jordi.

Andresen bestritt vehement, irgendetwas von einem Datenspeicher zu wissen, der in Schumanns Besitz gewesen sein sollte. Er beteuerte, den Namen Nele Jordi noch nie gehört zu haben.

»Aber den Namen Bernd Breitner, den kennen Sie?«, behauptete Dieter und hielt ihm das von Büchner gemachte Foto vor die Nase.

Andresen fing an zu stottern. Seine Fassade bröckelte. »Ich will sofort meinen Vater anrufen«, verlangte er.

Sonntag, 31.10.2021

Uniklinikum Münster

Dieter klopfte an die Tür des Patientenzimmers und öffnete sie vorsichtig.

Sein Blick fiel auf Johanna Taube, die mit dem Rücken zu ihm stand.

Sie drehte sich um, in der Hand hielt sie eine Vase mit einem Strauß Rosen. Ihr Lächeln erstarb. »Sie! Was wollen Sie hier? Haben Sie meinem Mann nicht schon genug angetan?« Ihr Gesicht war gezeichnet von den Spuren der letzten Wochen.

»Guten Tag, Frau Taube.« Dieter betrat das Zimmer. »Guten Tag, Herr Taube. Bitte hören Sie mich an. Ich bin hier, um mich bei Ihnen im Namen der Staatsanwaltschaft zu entschuldigen.«

Dieter hatte es sich nicht nehmen lassen, persönlich Valentin Taube davon in Kenntnis zu setzen, dass er nicht weiter unter Verdacht stand.

»Sie haben den Mörder der jungen Frau?«, erkundigte sich Valentin Taube. Er sah bemitleidenswert aus. Der Fixateur schränkte seine Bewegungsfreiheit erheblich ein. Sein linkes Bein steckte in einem Gips. Er trug einen Rucksackverband. Sein Gesicht war aschgrau. Das schlimmste waren seine Augen. Sie blickten Dieter leer entgegen. Trotzdem konnte Dieter für einen kleinen Moment Erleichterung in seinen Gesichtszügen erkennen.

»Nein, wir haben ihn noch nicht gefasst. Wir wissen jetzt, dass es sich an dem Abend genauso verhalten hat, wie Sie es gesagt haben. Uns liegt eine Zeugenaussage vor. Nele Jordi war kein Zufallsopfer. Mehr kann ich leider nicht sagen, die Ermittlungen laufen noch.«

»Und nächste Woche ändert Ihr Herr Staatsanwalt seine Meinung wieder«, keifte Johanna Taube.

Dieter konnte sie verstehen. Es fiel ihm sehr schwer, dem Ehepaar nicht die Wahrheit zu sagen. »Verlassen Sie sich auf mein Wort. Staatsanwalt Sven Langer wird Ihren Mann nicht mehr belangen.«

In Gedanken ergänzte er: *Dafür hat Carolin Müller gesorgt.*

Drei Wochen zuvor

Sonntag, 10.10.2021

Nele Jordi

Endlich! In fünfzehn Minuten fährt der Zug in den Hauptbahnhof von Münster ein.

Ich bin todmüde und würde dennoch jeden Eid schwören, dass ich nie wieder in Ruhe schlafen kann. Ich bin schon lange nicht mehr das kleine, naive Mädchen, das vor knapp zweieinhalb Jahren in Martins Auto gestiegen ist.

Nur eine halbe Stunde, nachdem mir diese Frau auf der Toilette den USB-Stick in die Hand gedrückt hat, wusste ich, dass es wahr ist. Sie hat nicht gelogen.

Jetzt ergibt vieles einen Sinn. Das ganze Geld, das Martin verdient. Sein Widerwillen, mich seinen Kollegen im Autohaus vorzustellen. Seine Dienstreisen, für die er mir seltsame Erklärungen anbot.

Und seine Reaktion, als ich ihm abends erzählte, dass ich mit Katja und ihrer Kleinen den warmen Tag

für einen Spaziergang genutzt habe. Zufällig sind wir an seiner Arbeitsstelle vorbeigelaufen und … hätte ich seinen Wagen nicht gesehen … wahrscheinlich wüsste ich bis heute nicht, in welchem Autohaus er tätig ist.
Meine tiefen Gefühle für ihn überdeckten mein ab und an aufkeimendes Misstrauen.

Martin liebt mich, daran zweifle ich nicht. Er würde mir niemals etwas antun. Aber kann er mich vor seinen Auftraggebern beschützen?

Ich darf meine Augen nicht weiter verschließen. Es dauert sicher nicht lange, bis sie wissen, was diese Frau mir in die Hand gedrückt hat.

Ich will nicht sterben. Ich brauche Hilfe. Für mich und mein Kind und für diese Frauen, die auf den Bildern zu sehen sind. Sie stecken in Schwierigkeiten.

Der Zug kommt mit zwanzigminütiger Verspätung an. Ich hänge mir meine Handtasche um und steige aus.

Den Anschlusszug nach Billerbeck habe ich ver-

passt, das hat mir die freundliche Schaffnerin im ICE bestätigt.
Die nächste Möglichkeit besteht um 19.08 Uhr, Abfahrt von Gleis 2E.

Mein Magen knurrt. Ich überlege. Die letzte Mahlzeit, die ich zu mir genommen habe, war das Abendessen mit Martin in diesem tollen Restaurant in Hamburg. Nur wenige Stunden sind seither vergangen. Doch alles hat sich verändert. Plötzlich bin ich auf mich allein gestellt und ich frage mich erneut, woraus ich meine Kraft ziehe. Gestern bin ich glücklich gewesen. Heute stehe ich barfuß in einem Haufen Scherben und muss weitergehen.

Mir selbst Mut machend, lege ich meine Hand auf meinen Bauch und wähle den Weg in die Bahnhofshalle.

Ich reihe mich in die Schlange vor einem Bäckerstand ein und warte. Die Normalität um mich herum beruhigt meinen Herzschlag.

Ein Geruch von altem kaltem Schweiß vermischt sich mit frischem Kaffeeduft.

Mir wird übel. Ich drehe den Kopf und sehe zwei Junkies, die sich direkt hinter mich gestellt haben. Gierig atme ich die frische Luft auf dem Gleis. Sobald sich mein Magen beruhigt, werde ich mir mit dem belegten Brötchen und einer Flasche Wasser die Wartezeit vertreiben.

Wir erreichen Billerbeck nach einer knappen halben Stunde. Ich verlasse den Zug und programmiere die Navigation meines Handys. Mein Akku ist fast leer.

Plötzlich wird mir erneut dieser unangenehme Geruch bewusst, der in der Luft liegt. Die beiden Junkies befinden sich nur wenige Schritte von mir entfernt in einem Unterstand. Sie beginnen zu streiten.

Ich mache mich auf den Weg zu Katjas Einliegerwohnung. Dort werde ich in Ruhe überlegen, wie ich weiter vorgehen könnte. Erneut kommt mir der Gedanke, meinen Stolz und meine Scham hinunterzuschlucken und mich bei meinen Eltern zu melden.

Abgelenkt durch tausend Gedanken und meinen

Versuch, dem Navi zu folgen, zucke ich zusammen, als mich jemand von hinten am Arm festhält. Ich rieche kalten Schweiß.

Bevor ich reagieren kann, spüre ich eine feuchte Hand, die mir den Mund zuhält. Die Person zerrt mich vom Bürgersteig herunter. Hinter mir ist noch jemand, der mich vorwärts stößt. Der Weg ist abschüssig und ich stolpere. Der zweite Kerl zieht mich hoch und drängt mich weiterzugehen. Ich sehe, dass sie mich auf einen Parkplatz zwischen Einkaufsmärkten bugsiert haben.

Angst lähmt mich. Es sind die beiden Junkies aus Münster, die lautstark mein Geld verlangen. Unbeholfen versuche ich, den Träger meiner Handtasche über den Kopf zu ziehen. Meine Hände zittern stark. Warmer Urin läuft mir an den Beinen hinunter. Der Größere der beiden schreit, dass ich mich beeilen soll. Er greift nach meiner Tasche, kaum, dass ich sie gelöst habe. Hektisch wühlt er darin herum, bis er mein Portemonnaie in den Händen hält. Der Kleinere versucht, nach der Börse zu greifen. Sie rangeln.

Ich entferne mich rückwärts von ihnen.

Sie bemerken meinen Versuch und kommen auf mich zu. Der Größere schleudert meine Tasche in Richtung eines Wagens. Es klirrt metallisch.

Er stößt heftig gegen meine Brust, sodass ich auf den Rücken falle. Ich schreie vor Schmerz auf.

Die Junkies streiten um das Portemonnaie. Plötzlich hält der Kleinere ein großes Messer in der Hand.

Ich schreie um Hilfe und höre kurz darauf eine männliche Stimme rufen: »Verdammt, was ist denn hier los?«

Die Junkies fahren herum und laufen auf den Mann zu.

Ich höre einen Schlag und rapple mich auf. Ich will wegrennen, aber meine Beine gehorchen mir nicht.

Alles verblasst, als mir der kleinere Junkie sein Messer in die Brust stößt.

Sonntag, 10.10.2021

Harald Schumann

Ich laufe durch die ruhige, menschenleere Einkaufszone und denke an das Gespräch, das ich beim Abendessen mit Thore geführt habe.

Er hat mir klipp und klar zu verstehen gegeben, dass er nicht bereit sei, für irgendetwas die Verantwortung zu übernehmen. Schließlich ginge es Marys Familie gut und niemand könnte beweisen, dass unsere damaligen Aussagen nicht der Wahrheit entsprachen. Meine Schuldgefühle ignorierte er.

»Stell dich nicht so zartbesaitet an, sonst bist du doch auch nicht so«, sagte er und mir war klar, worauf er anspielte.

Seit Jahren kompensiere ich aufkeimende Zweifel mit einem Leben auf der Überholspur. Ich verteidige für sehr viel Geld Menschen, die über keinerlei moralische Werte verfügen. Ich versichere mir immer wieder, dass ich im Gegensatz zu denen ein guter Bürger bin. Zugegeben, gelegentlich lasse ich mich hinreißen und greife nach den Angeboten meiner Mandanten.

Manchmal unterstütze ich Frauen, die in Schwierigkeiten geraten sind, um mein Gewissen zu beruhigen und einige Pluspunkte zu sammeln.

Ich erreiche meinen Wagen, steige ein und starte den Motor. Vor mir steht ein Auto, sodass ich rückwärts ausparke.

Ich drehe das Lenkrad und erkenne im Scheinwerferlicht, dass eine Handtasche unter der Wagenschnauze liegt. Ich ziehe die Handbremse, nehme den Gang raus und schaue mich auf dem Platz um. Menschenleer. Ich beschließe, die Tasche mitzunehmen und bei Gelegenheit beim Fundbüro abzugeben.

Nach wenigen Metern muss ich rechts abbiegen. Beinahe überfahre ich zwei Männer, die mitten auf der dunklen Straße kämpfen. Als ich mich nähere, rennen sie in verschiedene Richtungen davon. Sie sehen aus wie Obdachlose.

Zuhause werfe ich einen Blick in die Tasche, die ich gefunden habe. Sofort kommt mir der Gedanke, dass sie gestohlen sein könnte und die Diebe sie einfach weggeworfen haben.

Sie könnte auch Marina gehören. Ein klappbarer Spiegel, ein Lippenstift, ein Kamm und eine Packung Taschentücher. Kein Portemonnaie, keine Papiere.

Stattdessen finde ich einen kleinen USB-Stick. Ich verbinde ihn mit meinem Laptop und die Dateien beginnen, sich aufzubauen. Als ich die Excel-Tabelle öffne, kann ich mit dem Inhalt nichts anfangen. Die Bilder und Videos deuten auf eine gewisse Brisanz hin. Ich muss herausfinden, was es damit auf sich hat, aber das kann warten. Jetzt muss ich mich um meine eigenen Angelegenheiten kümmern.

Ich stecke den USB-Stick in das kleine Fach meines Gürtels.

Montag, 11.10.2021

Harald Schumann

Klaus Büchners Auftauchen in Hamburg hat bei mir eine Schleuse geöffnet. Ich will meine Schuld zugeben. Mein Leben ändern und endlich ein gutes Vorbild für meine Söhne sein. Mir schweben Mandanten vor, die es wert sind, sie zu vertreten. Dass es mit Marina noch mal gut wird, bezweifle ich. Sie wird mich für bescheuert halten, wenn ich ihr von meinem Vorhaben erzähle. Fakt ist, dass mir bis auf eine Falschaussage und Strafvereitelung nichts vorgeworfen werden kann. Das ist alles längst verjährt. Meine Eltern sind tot. Ich würde höchstens postum ihren Ruf beschmutzen. Ich frage mich, ob es klug gewesen ist, Thore Andresen von meinem Vorhaben zu erzählen.

Ich erinnere mich daran, dass ich Büchner anrufen wollte.

Er nimmt das Gespräch entgegen und wir vereinbaren, dass er um 21 Uhr zu mir kommt.

Am Nachmittag fahre ich in mein Büro. Im Radio beginnen die 14-Uhr-Nachrichten.

»Der Geiger Valentin Taube wird beschuldigt, eine Frau in seinem Heimatort Billerbeck erstochen zu haben. Der Polizei liegt eine Aussage über einen Streit auf einem Parkplatz vor. Zwei Männern haben sich um eine Frau gestritten. Die Ermittlungen wurden an das Präsidium in Münster abgegeben.«

Mir kommen sofort die beiden Streithähne in den Sinn, die auf der Straße gerangelt haben. Gehört die Handtasche der Toten? Ist sie eine der Frauen, die auf den Bildern zu sehen sind?

Den Gedanken, mich an die Polizei zu wenden, verwerfe ich. Ich kann die beiden nicht beschreiben. Es gibt keine Hinweise in der Tasche, die auf ihre Besitzerin schließen ließen. Schätze ich den Inhalt des USB-Sticks richtig ein, dann kann ich mir durchaus vorstellen, dass das Mädchen in die Schusslinie von Menschenhändlern geraten ist. Ich entscheide mich, mein Wissen vorerst für mich zu behalten.

In allernächster Zukunft werde ich mehr mit der Polizei zu tun haben, als mir lieb ist.

Im Büro fällt mir zu spät auf, dass die Wanduhr nicht die richtige Zeit anzeigt. Ich werde mich beim Treffen mit Klaus verspäten. Schnell räume ich meinen Schreibtisch auf und stelle die Akten, an denen ich gearbeitet habe, zurück in das Regal.

Gegen 21.15 Uhr betrete ich meine Wohnung. Es klingelt und ich öffne in der Erwartung, mich Klaus Büchner gegenüber zu sehen. Stattdessen füllt Thores korpulente Erscheinung meinen kleinen Flur. Ich bitte ihn in mein Wohnzimmer und biete ihm etwas zum Trinken an.

Er versucht fast zwei Stunden, mich davon zu überzeugen, dass ich einen riesigen Fehler begehe. Er redet und redet. Mir kommt Klaus Büchner in den Sinn und ich bin froh, dass er unsere Verabredung nicht einhält.

Auf der Toilette beschließe ich, Thore zu sagen, dass er recht hat. Ich will ihn nur noch loswerden und bereue meine Dummheit, ihm von meinem Vorhaben erzählt zu haben.

Ich höre ihn telefonieren, während ich mir die Hände wasche.

»Es ist spät geworden und du willst nicht einsehen, wie bescheuert du bist. Ich dachte, wir wären Freunde. Aber … mach was du willst. Du wirst sehen, einem Thore Andresen kackt niemand ans Bein. Grüße an Marina und die Kids.«

Ich kann mein Glück kaum fassen, als die Korridortür hinter ihm ins Schloss fällt.

Deine Arroganz wird dir noch zum Verhängnis, denke ich und leere mein Whiskyglas in einem Zug. Plötzlich fühlen sich seine Grüße wie eine Drohung an. Spontan versuche ich, Marina zu erreichen. Sie hebt nicht ab.

Ein Schatten im Flur erregt meine Aufmerksamkeit. Unvermittelt steht ein Fremder in meinem Wohnzimmer.

»Verdammt! Wer sind Sie? Was wollen Sie hier?«

Der Fremde grinst und schwenkt meinen Schlüsselbund vor seiner Brust.
Ich will hochschnellen, aber die Beine sacken mir weg. Ich verliere das Bewusstsein.

Epilog

Montag, 06.12.2019

Polizeipräsidium Münster

»Die Prinzessinnen sind heute freiwillig aufgestanden. Nicht so wie sonst, fünfmal wecken und die Damen bitten«, plauderte Daniel drauf los, als er ins Zimmer kam. »Die waren richtig aus dem Häuschen, als sie die gefüllten Stiefel sahen.«

Dieter wusste nichts darauf zu sagen. Er hatte diesen Tag wie jeden anderen alleine begonnen. Niemand wartete auf ihn. Er kapselte sich ab und beschäftigte sich viel mit negativen Dingen. Er spürte, dass er immer frustrierter wurde.

»Du hättest das Leuchten in ihren Augen sehen sollen. Und die Verblüffung, als sie feststellten, dass die Milch ausgetrunken und die Kekse aufgefuttert waren.«

Dieter hob den Kopf. »Ich kann dir wirklich nicht folgen. Kekse … Milch?«

Daniel schüttelte den Kopf. »Kennst du den Brauch nicht? Im Gegenzug für die Geschenke bekommt der Nikolaus etwas für seinen Magen.« Er schaute seinen Kollegen mit gerunzelter Stirn an. »Was ist eigentlich mit dir los?«

»Nichts.«

»Wenn Raphaela das sagt, klingeln bei mir die Alarmglocken.« Daniel räusperte sich. »Mir scheint, du bist seit deiner Trennung von Nicola so mies drauf.«

»Sie hat mich ziemlich enttäuscht. Trotzdem krieg ich sie nicht aus meinem Kopf«, gab Dieter zu.

Daniel überlegte. »Weißt du noch, als Ulrich Borgmann kurz vor der Hochzeit von Margits Betrug erfahren hat?« Er wartete die Antwort nicht ab. »Er hat sich sofort von ihr getrennt. Genauso wie von seinem besten Kumpel, mit dem er sie in der Kiste erwischt hat. Und?«

Dieter hielt seinen Blick. »Daniel. Was soll das? Ulrich und Margit sind glücklich verheiratet. Seit der Geburt seines Sohnes platzt er vor Stolz.« Er begriff nicht, was die Ansprache seines Kollegen bewirken sollte.

»Dieter! Die beiden sind nur zusammen, weil du es nicht ertragen hast, wie er sich nach der Trennung verändert hat. Du hast ihm den Kopf gewaschen und ihm seine Situation gespiegelt. Er musste sich entscheiden. Entweder verzichtet er den Rest seines Lebens auf die Frau, die er liebt, oder er macht den ersten Schritt und redet mit ihr. Dieter, wir haben alle schon mal Scheiße gebaut.« Er stand auf und stellte sich direkt vor seinen Kollegen. »Ich glaube, Schumann hatte den Datenträger bei sich. In seiner Kleidung. Ich stell mir das so vor: Nicola hat ihn an sich genommen. Nachdem sie verstanden hat, über was sie gestolpert ist, hat sie dir die Beweise gegeben. Hör dir ihre Gründe an und entscheide, ob du den Rest deines Lebens schlechte Laune haben möchtest.«

Dieter starrte ihn an. Dann stand er auf, griff nach seiner Jacke und verließ wortlos das Büro.

II - Polizeipräsidium Münster

Daniel blieb zurück. Er war sich sicher, mit seiner Theorie recht zu haben, und hoffte, dass ihre Freundschaft seine Einmischung aushalten würde.

Er hörte bis zum späten Nachmittag nichts von Dieter und beschloss, etwas früher in den Feierabend zu starten.

Auf dem Weg nach draußen traf er auf Sabrina. »Wir haben uns lange nicht gesehen. Geht es dir gut?«

»Sehr gut. Ich war auf dem Weg zu euch. Es gibt Neuigkeiten. Wo ist denn Dieter?«

Wüsste ich auch gerne, dachte Daniel und sagte stattdessen: »Er hat schon Feierabend gemacht. Was gibt es denn?«

»In Münster haben die Kollegen einen Junkie hochgenommen. Er wollte bei den Zivilen ein goldenes Medaillon gegen Stoff tauschen.«

Daniel sah sie fragend an.

Sabrina machte es spannend. »Routinemäßig wurden seine Fingerabdrücke erfasst. Es gab einen Treffer.«

Schade, dass sie ihr Medaillon nicht trug ..., hörte Daniel plötzlich die Stimme von Nele Jordis Mutter.

»Du sagst jetzt nicht …?«

»Doch. Seine Fingerabdrücke sind identisch mit denen, die wir am Schaft des Messers gesichert haben. Wir haben Nele Jordis Mörder.«

Daniel riss sie an sich und drückte ihr einen Kuss auf ihre Wange. »Du bist die Beste!«

»Das weißt du aber schon länger, oder?« Lachend entfernte sie sich.

Daniel drehte sich um und ging zurück ins Büro. Er setzte sich an seinen Schreibtisch und ließ die Nachricht sacken.

III – Münster-Handorf, Daniels Haus

»Endlich!« Daniel sah auf das Display. Fast Mitternacht. Er hatte auf den Rückruf gewartet und war auf der Couch eingeschlafen. »Mensch, Dieter, wo hast du gesteckt? Ich habe mir Sorgen gemacht.«

»Hast du? Was ist denn so dringend? Ich habe auch ein Privatleben.«

Daniel konnte Dieters Lächeln durch die Leitung ahnen. Er bemerkte die Veränderung in der Stimme. »Du warst bei ihr?«

»Danke, mein Freund.«

»Gerne. Lerne ich sie endlich kennen?« Er hörte Dieter lachen.

»Sie hat mich zum Essen eingeladen. Wir sehen uns am Freitagabend wieder. Ja, ich denke, du wirst sie kennenlernen.«

»Heute ist dein Glückstag!« Und dann erzählte Daniel seinem Kollegen von dem Erfolg.

Ende

Alphabet	Alphabet	Code ≙ ABC
regulär:	umgekehrt:	
A	Z	X ≙ A
B	Y	U ≙ B
C	X	R ≙ C
D	W	O ≙ D
E	V	L ≙ E
F	U	I ≙ F
G	T	F ≙ G
H	S	C ≙ H
I	R	Z ≙ I
J	Q	W ≙ J
K	P	T ≙ K
L	O	Q ≙ L
M	N	N ≙ M
N	M	K ≙ N
O	L	H ≙ O
P	K	E ≙ P

Alphabet regulär:	Alphabet umgekehrt:	Code ≙ ABC
Q	J	B ≙ Q
R	I	Y ≙ R
S	H	V ≙ S
T	G	S ≙ T
U	F	P ≙ U
V	E	M ≙ V
W	D	J ≙ W
X	C	G ≙ X
Y	B	D ≙ Y
Z	A	A ≙ Z

Na, … wie lange hat dich mein Krimi unterhalten?

Mich hat die Idee, eine Geschichte über eine Tatortreinigerin zu schreiben, 2,5 Jahre beschäftigt. Meine Protagonistin Nicola Sandberg *sollte* bei ihrer Arbeit einen Beweis finden, dass jemand ermordet worden ist.

Was dabei herausgekommen ist, hast du gelesen. Es war wie immer … Meine Figuren lernen laufen und ich schaue staunend zu, wohin die Reise geht.

Dabei wurde ich von meinen lieben **Testleserinnen** unterstützt: Christa Johanna Gundt, Ingrid Lange und Kristin Drastig. Vielen Dank für eure kostbare Zeit und euer ehrliches Feedback.

Meine Vorstellung, wie das **Cover** auszusehen hat, wurde zum zweiten Mal von Carola Käpernick umgesetzt. Ich liebe es.

Den **Feinschliff** meines Textes verdanke ich erneut der Lektorin meiner Wahl, Beate Fischer (Schreibgewandt). Das Ergebnis ihres magischen Rotstiftes hältst du in den Händen.

Bei den folgenden **Unternehmen** kannst du meine Bücher direkt kaufen:

Ein herzliches Dankeschön geht an:

Family Fit in Billerbeck
(www.family-fit-billerbeck.de)

Onkel Alex in Coesfeld
(ein Teil der Alexianer-Gruppe)

Salon Christin in Nottuln-Darup
(www.salonchristin.de)

Besonders danken möchte ich dir:

Du hast mir und meinem Krimi eine Chance gegeben.

Hast du spannende Stunden mit meinen Zeilen verbracht? Ich bin gespannt auf deine **Bewertung / Rezension** auf den üblichen Portalen:

- Amazon
- Lovelybooks
- Epubli
- usw.

Natürlich kannst du mich auch per E-Mail erreichen:

kontakt@birgithedemann-billerbeck.de

Hobbyautoren wie ich sind auf dein Feedback angewiesen.

Zum Schluss bedanke ich mich bei **Kater Lidl** und meinem Partner **Stefan König**.

Liebe Grüße

Birgit Hedemann

Vita:

Birgit Hedemann wurde 1965 in Münster / Westfalen geboren. In ihrer Freizeit engagiert sie sich ehrenamtlich in der Hospizgruppe Billerbeck e.V.

Um ihrer Leidenschaft Geschichten zu erzählen, den richtigen Rahmen zu geben, erlernte sie 2015 das Handwerk für das kreative Schreiben in der Schreibschule buchreif.

Sie wohnt mit Mann und Kater Lidl in Billerbeck. Ihr idyllischer Wohnort ist auch bekannt als „Perle der Baumberge“. Er dient als Kulisse für ihre düsteren Familiengeschichten.
Korruption, Intrigen und Mord. Das schöne, beschauliche Münsterland als Ort des Verbrechens.

Weitere Infos: www. birgithedemann-billerbeck.de

Bisherige Veröffentlichungen:

Emily – Ein Billerbeck-Krimi, 2019

Schatten des Todes – Ein Billerbeck -Thriller, 2021

Anthologie-Beteiligungen - Kurzgeschichten:

Münsterlandmörder, 2018, Dark Killers

Noch 48 Stunden, 2019, Krimi Kurzgeschichten III

Glühendes Herz, 2020, Heldengeschichten

Leichenfund in der Berkelaue, 2020, Regio Krimis

Der schönste Name der Welt, 2022, Meine Katze … und ich

Der Heimweg, 2022, Geisterstunde

An deiner Seite, 2024, Von ganz kleinen und … ziemlich großen Freunden